LESSING

EXTRAIT

DE LA

DRAMATURGIE

DE HAMBOURG

TRADUCTION FRANÇAISE LITTÉRALE ET MOT A MOT

AVEC DES NOTES EXPLICATIVES,

PAR

C. MARIE-D'HYER

Professeur d'allemand.

PRIX : 2 fr. 50.

GRENOBLE

IMPRIMERIE TYPOGRAPHIQUE F. ALLIER PÈRE ET FILS

1881

LESSING

EXTRAIT

DE LA

DRAMATURGIE

DE HAMBOURG

LESSING

EXTRAIT

DE LA

DRAMATURGIE

DE HAMBOURG

TRADUCTION FRANÇAISE LITTÉRALE ET MOT A MOT

AVEC DES NOTES EXPLICATIVES,

PAR

C. MARIE-D'HYER

professeur d'allemand.

PRIX : 2 fr. 50.

GRENOBLE

IMPRIMERIE TYPOGRAPHIQUE F. ALLIER PÈRE ET FILS.

1881

PRÉFACE

En publiant au mois d'avril passé ma traduction littérale et mot à mot d'*Iphigénie en Tauride*, de Gœthe, j'avais annoncé, comme étant sous presse, la traduction de *la Fiancée de Messine*, et comme étant en préparation *la Dramaturgie de Hambourg*. De nombreuses demandes cependant et des conseils d'amis m'avaient déterminé à arrêter pour le moment l'impression de *la Fiancée de Messine*, et de m'occuper uniquement de *la Dramaturgie de Hambourg*. Je me mis presque immédiatement à l'œuvre, espérant d'arriver encore assez tôt pour la session de juillet-août ; cependant, comme je fais mes traductions pendant mon temps libre, pendant mes heures de récréation pour ainsi dire, je ne la pouvais pas activer autant que je l'aurais voulu, le temps absolument nécessaire me manquait pour laisser paraître mon travail au moins pour la fin du mois de juin, et je me vis donc forcé de laisser mes jeunes amis sans une traduction tant désirée.

J'aime à croire cependant, je suis même presque persuadé, que les examens n'en ont pour cela pas moins réussi, car de ceux qui ont suivi le nouveau programme, il n'y en aura pas eu beaucoup qui auront été interrogés sur *la Dramaturgie*. Le mal était donc plutôt apparent que réel, et pour l'avenir je lui ai porté remède en publiant aujourd'hui ma traduction littérale et mot à mot de *la Dramaturgie de Hambourg* qui, j'espère, sera bientôt suivie de celle de *la Fiancée de Messine*, de manière que tout le monde pourra étudier dorénavant ces deux œuvres à sa guise, ou en suivant son devoir, ou en suivant son plaisir.

Qu'on veuille bien accepter ceci pour mon excuse; si j'avais bercé involontairement tant de jeunes têtes dans un doux espoir, déjà pour la session passée, qu'elles me pardonnent; au rêve suit maintenant la réalité.

Il y a quelques mois, le 15 février passé, on célébra en Allemagne le centième anniversaire de la mort de Gotthold Ephraïm Lessing, en rendant enfin à cet homme un hommage aussi mérité que dû. Les mânes de Lessing ont probablement accepté cet honneur tardif avec la même indifférence que Lessing lui-même accepta de son vivant les titres honorifiques de « Hofrath, conseiller aulique » de la cour de Brunsvick et de quelques autres cours ; mais enfin l'Allemagne a payé à l'homme qui est « comme un miracle dans sa nation » la dette, qu'elle doit être assez honteuse de n'avoir pas payée plus tôt. En effet, il était temps qu'on songeât enfin à rendre la mémoire de Lessing plus éclatante. Un petit buste sur une des places de Brunsvick, si je ne me trompe, une plaque commémorative à Breslau, son nom donné à une rue et à un pont de la même ville, voilà à peu près tout ce qui faisait jusqu'à présent mention de cet homme unique qui, par sa *Minna von Barnhelm*, par son *Laokoon*, par sa *Dramaturgie*, par son *Emilia Galotti*, par son *Nathan der Weise* et par son *Erziehung des Menschengeschlechts*, a rendu de si grands services à l'Allemagne et au monde entier.

La vie du « premier critique de l'Europe » est certes digne d'être connue par tout le monde ; j'essaierai de la retracer dans quelques lignes, me réservant de le faire plus amplement dans un livre spécial, le cadre de cette préface ne me le permettant pas pour le moment.

Gotthold Ephraïm Lessing est né le 22 janvier 1729, à Kamenz, dans la haute Lusace en Saxe Ober-Lausitz) ; il était l'aîné de dix fils (1) du diacre, et plus tard, pasteur primarius, Jean Gottfried Lessing, théologien fort distingué. Après avoir reçu le premier enseignement par son père, il entra, à peine âgé de treize ans, en 1741, dans la célèbre école des princes, à Meissen, la Sainte-Afra, pour la quitter cinq ans plus tard, un an avant le temps réglementaire, pour l'université de Leipzig, où il devait étudier la théologie, mais où il fit toute autre chose. Dans cette ville qu'on appelle encore aujourd'hui « le petit Paris qui forme ses gens, » il quitta d'abord — *sit venia verbo* — le paysan, il se fit à la vie,

---

(1) Il avait encore deux sœurs dont l'une était de deux ans plus âgée que lui.

étudia un peu, et vécut beaucoup la vie de tous les étudiants. Il aima principalement les acteurs et le théâtre, mais comme il était trop pauvre pour pouvoir suivre librement son penchant, il se procura l'argent nécessaire en traduisant quelques pièces de Marivaux et de Regnard, et il mangea plutôt du pain sec, que de se priver de son plaisir favori. Ses parents, surtout sa mère, ne furent pas contents de cette joyeuse vie, ils le rappelèrent à la maison ; après une courte explication cependant il retourna à Leipzig en 1747. Il avait nettement refusé d'étudier la théologie, se décida cependant à l'étude de la médecine, et pour faire plaisir à sa mère, il lui promit de s'occuper aussi de philologie, ce qui n'avait rien d'extraordinaire pour l'époque. Il renoua naturellement ses relations avec le théâtre qui avait fait représenter sa première pièce « *Der junge Gelehrte,* » le paya cependant cher, car la troupe partant pour Vienne, et Lessing s'étant porté garant pour quelques acteurs, fut tellement harcelé par les créanciers, qu'il quitta Leipzig en 1748, en fugitif, pour se rendre à Berlin En route il tomba malade à Wittenberg et dut forcément se découvrir à ses parents, qui lui donnèrent la permission de continuer ses études à cette université. Mais aussi à Wittenberg il fut poursuivi par ses créanciers, et pour s'en débarrasser il renonça à toutes les études universitaires ultérieures, employa sa bourse à payer ses dettes et se rendit en novembre de la même année à Berlin, sans même dire un seul mot à ses parents.

Il y arriva en décembre, sans argent, sans recommandation, sans amis, excepté un seul qui n'était pas plus riche que lui, il n'avait que le courage de ses vingt ans. Il ne le perdit pas ; pour gagner sa vie il fit des traductions et d'autres travaux littéraires qui lui procurèrent le strict nécessaire jusqu'à ce qu'il rentrât, en février 1751, comme feuilletoniste dans la rédaction de la *Vossischen Zeitung*, journal qui existe encore aujourd'hui, et dans lequel il se révéla déjà à l'âge de vingt-deux ans comme critique redouté.

Je suis obligé de passer sous silence beaucoup de choses intéressantes, l'espace me manque ; je mentionnerai pourtant les éternelles querelles avec ses parents, et son retour à Wittenberg. Lessing était toujours un *studiosus medicinæ*, et pour régler aussi extérieurement sa position dans la littérature, il fallait bien qu'il la réglât par une promotion académique C'est dans ce but qu'il resta un an à Wittenberg, où il fit son doctorat et où il prit, le 29 avril 1752, le titre d'un « Magister der freien Kuenste »

Nonobstant les dissuasions de ses parents et les misères qu'il avait endurées à Berlin, il y retourna fin 1752. En reprenant ses anciennes occupations il sut au moins se mettre à l'abri de la misère, rentrer en meilleurs termes avec sa famille, et s'acquérir l'amitié des hommes comme Mendelssohn et Nicolaï Cette vie assez heureuse pour lui dura jusqu'en 1755, époque où il alla à Leipzig, qu'il quitta cependant déjà en 1756, pour faire, en qualité d'homme de compagnie,

un voyage à travers l'Europe, avec un jeune patri-
cien nommé Winkler. Le commencement de la
guerre de sept ans fit cependant échouer ce projet, il dut retourner d'Amsterdam à Leipzig, et
renoncer à un voyage qu'il ne dut jamais plus
reprendre. Du mois de mai 1758 jusqu'au mois
de novembre 1760, nous le retrouvons à Berlin,
sous les mêmes occupations, avec les mêmes
amis et dans des conditions de vie supportables.

Le besoin « de vivre une fois de nouveau
plus parmi les hommes que parmi les livres » et
celui de rétablir sa santé, lui firent accepter, en
novembre 1760, la place d'un secrétaire du gouvernement chez le général Tauentzien, à Breslau.
Il resta pendant cinq ans dans cette place, exempt
de soucis et de misères, et son *Laokoon* et sa
Minna de Barnhelm qu'il créa pendant cette
période, en portent les marques évidentes. Sa
famille qui, depuis que Lessing gagna un peu
d'argent, ne cessa de puiser largement dans sa
bourse, était fort mécontente, lorsqu'il quitta
cette place en 1765. Il avait l'idée de faire un
voyage en Italie et en Grèce, mais il n'y alla pas,
et nous le trouvons en mai 1765 à Berlin, où il
resta jusqu'en avril 1767, naturellement « sans
le sou, » et travaillant pour un morceau de pain.
On peut dire de Lessing que c'était un homme
qui n'avait pas de chance ; il avait espéré, en
allant à Berlin, d'obtenir la place de bibliothécaire
à la bibliothèque royale devenue vacante par la
mort du Français Gautier de la Croze. Cette place
était « de son goût, » mais malgré les instances

de ses amis, surtout du lieutenant-colonel Gui-
chard, auprès de Frédéric le Grand, ce monarque
fut assez petit pour donner la place à un Français,
Antoine-Joseph Pernety († 1801, à Avignon), qui
était toute autre chose, mais jamais un bibliothécaire.

Il s'affecta beaucoup de cette négligence de la
part d'un roi qu'il admirait, et c'est avec joie qu'il
accepte, en novembre 1766, l'offre de Jean-Frédéric Lœwen, de venir à Hambourg et d'y prendre, au théâtre national, la place d'un dramaturge. Après quelques pourparlers il régla ses
affaires à Berlin, et quitta cette ville ingrate en
avril 1767. Comme je vais parler tout à l'heure de
la dramaturgie plus amplement, je mentionne
pour le moment seulement qu'il resta à Hambourg jusqu'en 1770, et qu'il se rendit le 18 avril
de ladite année à Wolfenbuettel.

Le séjour à Wolfenbuettel est si marquant dans
la vie de cet homme, les raisons qui l'ont déterminé d'y aller sont si importantes qu'il faut bien
que je m'y arrête un moment.

L'entreprise d'un théâtre national une fois
manquée, Lessing avait projeté un voyage en
Italie, lorsqu'une circonstance imprévue le détermina à y renoncer et le retint à Hambourg La
mort de son ami Kœnig lui permit d'épouser la
veuve Eva Kœnig, mais pour cela il lui fallait une
position sûre et durable. Il croyait la trouver
dans la position de bibliothécaire à Wolfenbuettel,
qui lui fut offerte par le duc de Brunsvick, Char-
les-Guillaume-Ferdinand. Hélas! il s'était trompé,

et il était trompé, disons le mot, volé, encore plus
par ce prince sans foi et sans parole, et par son
père le duc Charles.

S'il est vrai que Lessing aima beaucoup à voya-
ger et qu'il se déplaça souvent, mu par un irrésis-
tible amour de la liberté, s'il est vrai qu'il lui fut
insupportable de se river trop longtemps au même
travail, à la même occupation, dans le seul but de
gagner de l'argent, comme chaque manœuvre ;
s'il est vrai qu'il n'aima pas à avoir un maître, si
toute sa nature républicaine s'y opposa, il est
pourtant aussi vrai que, cette fois-ci au moins, son
départ de Hambourg et son envie de se créer une
position fixe et durable, furent motivés par une
raison fort sérieuse. Il est d'autant plus regret-
table que justement dans la position où il espérait
pouvoir vivre en bonheur, il trouva la plus grande
misère ; et il sera toujours une honte ineffaçable
pour le prince héritier d'avoir laissé dans le malheur et le désespoir le plus célèbre poète et le
plus grand écrivain de l'Allemagne de l'époque.
C'était, comme j'ai dit surtout, le prince Charles-
Guillaume Ferdinand de Brunsvick, assez connu
par sa campagne en Champagne et par la bataille
de Jéna. A lui aussi la gloire d'avoir retenu dans
un esclavage indigne, le champion de la vérité, le
pauvre Lessing! d'avoir causé son malheur, peut-
être sa mort prématurée !

Lessing, lui qui aima tant la vie « du moineau
sur le toit, » se rendit « dans son château maudit »
(ou ensorcelé?) à Wolfenbuettel, fin avril 1770.
On lui avait alloué 600 thalers (2,250 fr.) d'ap-

pointement, le chauffage et le logement ; mais bien que cette somme, vu sa position, fût déjà assez insuffisante, on la lui rogna encore d'année en année par des réductions. Loin donc de pouvoir se marier, il fut encore obligé d'écrire pour gagner sa vie et pour contenter ses créanciers, jamais il ne se vit dans une position aussi triste et misérable ; la vie lui dégoûtait ! Toutes ses démarches auprès de « son prince » furent inutiles, on le paya de mots et voilà tout ! Enfin, au commencement de l'année 1775 il obtint un congé pour aller voir sa fiancée à Vienne. Ce voyage l'avait rétabli un peu, la ville de Vienne lui fit une brillante réception, de même l'empereur et l'impératrice (Joseph II et Marie-Thérèse). Ce bien-être n'était que d'une courte durée. Bientôt après lui arriva à Vienne le prince Léopold de Brunsvick ; Lessing dut l'accompagner en Italie et ne rentra à Brunsvick que le 23 février 1776, où il obtint enfin, avec le titre de conseiller aulique, une augmentation de 200 thalers (750 fr.) sur ses appointements primitifs, et le 8 octobre nous le trouvons enfin marié.

J'ai déjà dit que Lessing n'avait pas de chance : en effet, « Fortuna » s'est moquée de lui jusqu'au dernier moment. Après son mariage il crut avoir atteint enfin le port du bonheur, surtout comme le prince-électeur du Palatinat, Charles-Théodore lui avait assuré une pension annuelle de cent louis d'or, qui lui aurait pu essentiellement faciliter la vie, il eut même le bonheur de se voir père, mais — son fils mourut après vingt-quatre heures, sa femme le suivit trois semaines après, le 10 janvier 1778, la pension ne fut jamais payée, et il ne lui resta de tout cela que — le titre de membre de l'académie de Mannheim ! Pauvre homme !

Il avait bu le calice des souffrances jusqu'à la lie. Il faut lire ses lettres de cette époque pour comprendre l'abîme de sa douleur ; sa force vitale était brisée pour toujours. Mais tous ces malheurs n'avaient pas pu briser la verve et la pénétration de son esprit, et justement pendant les derniers trois ans de sa vie il publia ses plus belles œuvres ; d'abord, sa polémique avec Gœze, puis son *Nathan der Weise*, et enfin *die Erziehung des Menschengeschlechts*. Ce dernier travail fut, à ainsi dire, son chant de cygne ; malade depuis 1779, il mourut le 15 février 1781 à Brunsvick, pauvre comme il l'avait été pendant toute sa vie, si pauvre que son duc dut le laisser enterrer aux frais de l'Etat.

J'ai dit que le cadre de ce travail ne me permet pas de donner à ma matière toute l'extension dont elle est capable, je supprime donc toute caractéristique de Lessing, et je me bornerai seulement à dire que c'était un homme comme je voudrais qu'il en fût beaucoup. Il était pieux, mais avec ça tolérant, très tolérant, ennemi de toute creuse politesse, charitable sans borne ; souvent il empruntait lui-même pour pouvoir prêter aux autres, et d'une modestie sans égale. Il détestait le mensonge et la lâcheté, et de là vient ce superbe amour de la liberté et de l'indépendance personnelle. La polémique avec Gœze nous apprend le reste ; il faut que je passe là-dessus pour le moment, cependant j'ose affirmer que Lessing était un homme, un vrai héros et champion de la vérité, qui ne craignit personne, ni roi, ni prêtre, quand il s'agissait de défendre la vérité. Je ne crois pas exagérer, mais c'était un homme qui devança son temps de cent ans, et il pressentit la grande révolution de 1789, dont il aurait partagé les principes en vrai républicain convaincu. L'esprit qui souffle à travers tous ses écrits le prouve ; lisez et jugez et vous verrez si j'ai dit un mot de trop.

J'ai cité, plus haut, en passant, les œuvres principales de Lessing, occupons-nous maintenant de sa *Dramaturgie* comme de celle qui nous intéresse spécialement.

Il n'y avait en Allemagne, à l'époque, pas encore des théâtres comme aujourd'hui, il y avait seulement des troupes d'acteurs, sous la direction d'un principal, qui allèrent de ville en ville où elles donnèrent leurs représentations dans une baraque ou dans une salle quelconque. Les plus célèbres de ces troupes sont : celle de Schœnemann, qui possédait son privilège pour la Prusse depuis 1743 ; celle d'Ackermann, qui joua à Berlin en 1755 ; celle de Franz-Schuch, qui joua aussi à Berlin de 1754-1759, dans une baraque sur le « Gensd'armenmarkt, » juste là où se trouve aujourd'hui le théâtre royal ; celle de Mme Neuber, et enfin celle de Koch depuis 1751, à Leipzig. Le théâtre se développe seulement lentement dans le nord de l'Allemagne, surtout à Berlin, et encore en 1764, sous le directeur Dœbbelin, il était en arrière de vingt-cinq ans, derrière la plupart des théâtres en province. Le vrai théâtre en Allemagne ne date que depuis cent ans, après que le directeur Koch en eut formé les bases en 1771.

Le théâtre de Hambourg était depuis 1756 le premier de l'Allemagne, et M. Jean-Frédéric Lœven, un ami enthousiaste du théâtre, crut pouvoir l'élever au rang d'un théâtre national, c'est-à-dire d'un théâtre où on jouerait des pièces allemandes au lieu des imitations et des traductions françaises. C'est à ce M. Lœwen que l'Allemagne est redevable de *la Dramaturgie de Lessing*. Mais, pourquoi raconter tout cela, l'honorable M. Cottler, des *Extraits de la Dramaturgie de Lessing*, duquel je me suis servi, raconte tout cela beaucoup mieux dans sa *Notice sur la Dramaturgie de Lessing* ; je me bornerai donc à raconter la manière de combattre de Lessing, et à expliquer son langage qui souvent a été mal interprété et mal compris. Je le ferai en toute modestie, mais je le ferai consciencieusement, d'après mon meilleur savoir, comme cela est mon droit et mon devoir.

Pour bien comprendre l'œuvre de Lessing, et pour trouver les causes qui ont déterminé Lessing à faire de sa *Dramaturgie* ce qu'elle est devenue, pour comprendre surtout sa manière de parler, il sera utile de jeter un regard rétrospectif sur l'histoire de la France et de la Prusse, de cette époque.

Le règne tant vanté de Louis XIV n'avait pas empêché que tout le monde en France fit éclater une joie assez peu respectueuse à la nouvelle de sa mort. L'état de la France sous la régence du duc d'Orléans est trop bien connu ; les choses ne changèrent point après la mort du duc (1723) ; la gloire acquise par le traité de Vienne n'était que passagère, et le traité d'Aix-la-Chapelle (1748) enleva le peu de gloire qui restait des victoires de Raucoux et de Lawfeld (1746-1747). Après une paix de huit ans éclata la funeste guerre de sept ans, qui amena la décadence politique et militaire de la France, malgré quelques exceptions heureuses. Vis-à-vis de cette décadence d'une grande nation, et de ce roi Louis XV qui en est la cause principale, Lessing voyait aussi la petite Prusse et son roi Frédéric II. Quelle différence ! Ce même roi, descendant du petit « Burggraf von Nuerenberg » Frédéric de Hohenzollern, depuis 1415 markgraf de Brandenbourg, était arrivé trois cent cinquante ans après, à tenir tête à presque toute l'Europe, pendant une guerre de sept ans, dans les positions les plus difficiles. Son courage et sa persévérance lui avaient acquis l'admiration de tout le monde, et bien que la patrie de Lessing, la Saxe, fût ennemie de Frédéric le Grand, Lessing lui-même admirait ce roi ennemi de sa patrie proprement dite.

Cependant, en rapprochant ainsi la position politique des deux pays, Lessing ne put s'empêcher de voir que, malgré tous les revers et son roi incapable, la France continuait toujours à grandir et à tenir la première place dans le domaine de la littérature, tandis que la Prusse et l'Allemagne n'y en avaient encore presque point. Ce fait, si bizarre en apparence, a pourtant une explication assez simple, et je vais essayer de la donner, en cherchant l'origine de ce rapport inverse de la littérature de ces deux pays à leur grandeur politique, pour arriver à ses suites.

Les esprits en France voyant la ruine de tous les pouvoirs au XVIIIe siècle se demandèrent bien la cause. En prenant pour point de départ de disserter sur le grandeur et la décadence des rois et des peuples, de chercher les remèdes pour empêcher la dernière, ou d'établir de nouveaux principes, leurs écrits prirent un tout autre caractère, et s'ils étaient autrefois le privilège de quelques esprits d'élite, ils devinrent maintenant la propriété de la France; autrement dit, on ne s'enferma plus dans le domaine de l'art, mais on soumit tout à la critique et à un examen plus ou moins approfondi. Ces écrits hâtèrent la ruine du gouvernement, et Voltaire avait pleinement raison en écrivant : « Tout ce que je vois jette les semences d'une révolution... dont je n'aurai pas le plaisir d'être le témoin... Les jeunes gens sont bien heureux ; ils verront de belles choses (1). » De même Jean-Jacques Rousseau en disant (2) : « Nous approchons de l'état de crise et du siècle des révolutions. »

(1) Lettre du 2 avril 1764, au marquis de Chauvelin.
(2) *Émile*, livre III, page 383 (édition Desoer).

L'éclat de cette nouvelle littérature ajouté à celui de l'ancienne et des œuvres de Corneille et de Racine avait naturellement fasciné toute l'Europe, même le rude roi Frédéric Guillaume Ier de Prusse qui dut consentir à ce que son fils fût élevé par un Français. Justement ce fils était plus tard le roi sous le règne duquel Lessing écrivit sa *Dramaturgie.* Frédéric II resta toujours l'ami des savants et des philosophes français, chose dont on ne lui pourrait peut-être pas faire un reproche s'il avait été seulement un peu plus juste pour sa langue, plutôt pour la langue de son peuple, car lui-même ne l'écrivit presque jamais, il la dédaigna, au contraire, et avec elle tous ceux qui la cultivaient. Pour vous donner une idée je citerai ce passage d'une lettre de Voltaire : « Je me trouve ici en France. On ne parle que notre langue. L'allemand est pour les soldats et pour les chevaux ; il n'est nécessaire que pour la route. » Frédéric II a eu tort, en agissant ainsi, car bien que la littérature allemande ne se fût pas encore élevée à la hauteur des autres littératures — et pour causes — elle comprenait pourtant toujours des monuments qui n'étaient pas à dédaigner. Il y avait la poésie païenne du vieux temps germanique jusqu'à Charlemagne (800) et la période de la poésie allemande sous l'influence du clergé qui dura jusqu'en 1150. Notez après cette période le premier temps classique de 1150-1300, l'épopée populaire les Nibelungen et Gudrun, l'épopée artificielle de Percival de Wolfram von Eschenbach ; Walter von der Vogelweide et le Minnesang. Ajoutez la quatrième période jusqu'en 1500, qui marque, il est vrai, la décadence de la poésie allemande, mais qui a pourtant produit un Hans Sachs avec ses chansons populaires. Souvenez-vous du temps plus moderne à partir de 1500 jusqu'à nos jours, du temps de la réformation (Luther 1483-1546) de Ulrich von Hutten, de Fischart † 1589, le plus grand satirique ; rappelez-vous Opitz (première école de Silésie) de la deuxième école de Silésie de Hoffmannswaldau (1624-1730), époque moins brillante à cause de la guerre de trente ans, et vous êtes arrivés dans la deuxième période de fleuraison de la poésie allemande (1730-1830) qui embrasse le temps préparatoire (1730-1748) avec les poètes Gottsched, de Leipzig ; Bodmer, un Suisse ; Hagedorn, Gellert, Pfeffel, Gleim, le temps de la fondation du temps classique (1748-1780) avec Kloppstock 1724-1803, Gessner, Matthison, Lavater, Voss, Holty, Buerger, Claudius, *Lessing*, Iffland, Kotzebue et Wieland 1733-1803, et le temps de la perfection (1780-1806) avec Herder 1744-1803, Jean-Paul Richter, Musaeus, Krummacher, Goethe (1749-1832) et Schiller (1759-1805).

Frédéric II avait bien de quoi examiner avant de juger et de condamner, car déjà en 1772 parut *Goetz de Berlichingen*, de Goethe, et *les Brigands de Schiller*, 1767, cette Dramaturgie et tant d'autres œuvres de mérite, mais il était sourd et entêté, son éducation française lui fit voir dans chaque savant et écrivain allemand un pédant, et ma foi il était à excuser, car le peu qu'il connais-

sait de la litérature allemande ne pouvait pas se mesurer avec les chefs d'œuvre français. Sa prophétie
pourtant s'est réalisée : « La nation allemande ne
manque pas de génie et d'esprit ; mais elle était
retenue par des circonstances qui l'empêchèrent
de se développer en même temps avec ses voisins. Nous aurons un jour des écrivains classiques immortels ; chacun les lira, pour s'instruire ;
nos voisins apprendront l'allemand ; aux cours on
le parlera avec plaisir, et il peut se faire que
notre langue, une fois tout à fait développée, se
répande d'un bout de l'Europe à l'autre. »

Pour compléter cet aperçu de la littérature allemande, je citerai encore l'époque de la Romantique, Tieck, Chamisso, un Français qui, à neuf
ans, était forcé par la révolution d'aller en Allemagne, dont il devint un des poètes classiques
(1781-1839), Eichendorf, Ernst-Moritz Arndt,
Schenkendorf, Theodor Kœrner † 1813, Rueckert,
Uhland, Kerner, etc., la période jusqu'à nos
jours, la poésie de notre temps, Heine, Bœrne,
Gutzkow, Lenau, Zedlitz et une foule d'autres.

Revenons maintenant après cette digression
qui n'était peut-être pas strictement nécessaire
pour notre sujet, mais non plus tout à fait inutile,
à notre point principal.

En France, comme nous avons vu, l'amoindris-
sement de la prépondérance politique amena les
esprits à une nouvelle littérature qui subjuga
encore tout le monde. En Allemagne, par contre,
la résurrection politique amena les esprits à
une nouvelle littérature qui cherchait à s'affran-

chir aussi spirituellement d'un joug qu'elle avait
porté si longtemps, de même que l'Allemagne
s'était déjà affranchie politiquement.

Il va sans dire que ce changement ne se fit que
petit à petit, et la grande masse, prenant son roi
pour exemple, aima mieux se faire l'esclave d'un
goût étranger, que d'entreprendre aussi cette
lutte des esprits. Enfin, elle fut entreprise.
Le premier lutteur fut le Suisse Bodmer,
à Zuerich, qui, en compagnie de son com-
patriote Haller, de Klopstock *(Messiade)* et
de Wieland *(Obéron)* entreprit la lutte. Le
deuxième et de beaucoup le plus fort fut Lessing.
Au commencement, à dire vrai, aussi Lessing
suivit le goût de tout le monde, ses premiers essais
dramatiques suivent encore les règles françaises,
mais plus il pénétra dans la connaissance des anciens, plus il trouva le manque de solidité de ces
règles, et si nous voulons ajouter à ceci encore
son désir ardent, révolutionnaire et aimant l'indépendance, nous trouverons facilement qu'il dut
bientôt chercher et suivre son propre chemin.
C'est ce qu'il fit, et la *Dramaturgie* lui offrit un
vaste champ.

Il est à peu près certain que les circonstances
que j'ai racontées plus haut, ont laissé une certaine
aigreur dans son cœur qui s'épanche plus d'une
fois dans le cours de la Dramaturgie, mais il est
aussi certain que Lessing avait raison de se plaindre de l'indifférence du peuple allemand. Un
homme comme Lessing ne pouvait pas comprendre qu'un peuple, surtout au moment de sa

grandeur politique, se fît encore l'esclave du goût
français, et manquât même d'énergie pour secon-
der les quelques hommes qui se frayèrent leur
propre chemin. L'idée de Lessing a été toujours
d'affranchir, je ne puis pas dire sa patrie, mais
la littérature allemande, du goût français ; mais,
pour se faire une idée de la difficulté de cette
tâche, il faut aussi pouvoir se faire une idée des
Allemands, surtout de ceux de son époque. Le
tableau qu'il fait d'eux, pages 35, 36 et à la fin
de notre texte allemand, est si vrai, si peu exagéré que je l'ai encore trouvé le même cent ans
après! sauf dans les grandes villes. En effet, l'ap-
pesantissement de l'esprit du peuple allemand
de l'époque est presque incroyable, la grande
masse suivait ceux qui donnaient le ton comme
les moutons de Panurge, et on avait beau dire et
beau faire, elle aimait à rester l'esclave d'une
douce habitude, peu importait si cette habitude
fût bonne ou mauvaise. Il fallut un homme
comme Lessing pour la remuer et la secouer, il
fallut vingt ans pour la mettre en mouvement et
sur le bon chemin.

C'est à ces gens que s'adressa Lessing dans sa
Dramaturgie, et on imagine facilement qu'il dut
leur parler carrément pour se faire comprendre,
pour leur prouver leur peu de sens, leur peu
d'amour-propre : mes lecteurs jugeront s'il s'est
gêné. Avant Lessing, il y eut en Allemagne seulement des savants qui écrivaient pour des savants. Lessing fut le premier qui s'adressa au
peuple et écrivit pour lui. De là vient qu'il frappe

souvent fort, afin qu'on sente qu'il frappe, ou, si vous voulez me passer le mot, qu'il demande souvent 100 francs pour avoir 100 sous. Lessing force quelquefois la note, mais, au fond, il a presque toujours raison, et s'il commet des erreurs, alors il commet les erreurs de son temps qui, je le pense, lui sont bien pardonnables. Lessing parla aux Allemands en avocat, on l'a appelé : « einen Volksredner, orateur populaire, mieux aurait valu l'appeler : einen Volksschrei ·ber, » écrivain populaire. Comme tel, il plaidait pour le goût et la littérature allemande contre le goût et la littérature française, et naturellement il parla comme chaque bon avocat doit le faire, en attaquant le côté faible de son adversaire, c'est-à-dire de la littérature française. Pour être compris par tout le monde, aussi par le peuple, il parla le langage du peuple, le langage familier, et je n'ai trouvé que deux ou trois fois dans nos *Extraits* un passage où il se sert d'un tableau un peu hors du langage ordinaire. Son langage est classique, oui, aussi classique qu'il pouvait être en 1767, mais je n'engage personne à écrire et à parler aujourd'hui comme Lessing l'a fait souvent. Sa ponctuation est très souvent fausse, et n'est plus à imiter, ses propositions sont souvent trop longues et fourmillent de mots étrangers, et ses préposi-tions régissent des cas contraires à la règle d'au-jourd'hui, mais, comme j'ai dit, ce sont là des fautes de son temps. et on ne peut réellement pas lui en faire un reproche. Ensuite, sa Drama-turgie n'était pas, à dire vrai, un livre, c'était plutôt un journal. Lessing en était le rédacteur et, comme tel il parlait le langage de tous les journalistes, dans le but unique de montrer aux Allemands qu'ils avaient tort de suivre ainsi en aveugles, sans aucune réflexion, sans aucun examen, les Français et leurs règles. Il importait avant tout de mettre à néant leur prétendue infaillibilité, et comme il ne pouvait donner lui-même toujours tort aux Français, il choisit naturellement comme point d'attaque les endroits les plus faibles de leurs poètes et de leurs œuvres.

Sa Dramaturgie se divise, en ce qui regarde l'extérieur, en deux volumes. Le premier volume finit avec la cinquante-deuxième pièce (27 octobre 1767) traitant de la représentation du quarantième soir (jeudi, le 9 juillet). Le deuxième volume commence par la cinquante-troisième pièce (3 novembre 1767), quarante-unième soir (vendredi, le 10 juillet) et termine par les pièces 101-104 (19 avril 1768), traitant de la représentation du cinquante-deuxième soir (mardi, le 28 juillet).

Constatons, à cette occasion, que la véritable critique — pour des raisons trop longues à expliquer ici — fut déjà supprimée après les premières semaines avec la vingt-cinquième pièce ; que Lessing resta, à partir de la trentième pièce, avec sa Dramaturgie, en retard derrière les représentations ; qu'elle était seulement avancée, en juin 1768, jusqu'à la quatre vingt-deuxième pièce et que le reste ne parut que presqu'un an plus tard que ne le dit la date ; il ne parut qu'à l'âques 1769, et que ces mêmes raisons sont la cause si la Dramaturgie est restée une œuvre incomplète de deux volumes, au lieu de cinq ou six.

Quant à la division intérieure, nous pouvons remarquer la critique de la littérature dramatique de son époque, la critique de ses modèles, les Français, et le développement de l'idée de la tragédie comme la forme la plus haute de la poésie dramatique et de toute poésie.

Je passe rapidement sur le premier point, je constate seulement la sévérité de son jugement en parlant des poètes allemands et de leurs œuvres, qui excita souvent le mécontentement du public ; mais Lessing n'en fut pas rebuté, il continua tranquillement à poursuivre son chemin. Je glisse sur le troisième point, qui, bien qu'il soit un petit chef-d'œuvre, n'a pourtant plus de valeur pour notre temps, sauf la valeur et l'intérêt historique, et je ne parlerai que du deuxième point comme de celui qui nous intéresse le plus.

Si Lessing avait bien prouvé à sa propre nation qu'elle n'avait pas de théâtre, il n'avait pour cela cependant pas encore cause gagnée, car les Allemands s'en souciaient réellement fort peu, pourvu qu'ils eussent toujours des traductions des chefs-d'œuvre français. Il fallait donc qu'il leur prouvât qu'aussi les Français, en prenant la tragédie comme la plus haute forme de la poésie dramatique, s'éloignèrent encore de beaucoup de l'idéal de la perfection. Il le fit en se basant sur Aristote. Toujours fidèle à son rôle d'avocat, il tenait aux Allemands à peu près le langage suivant : « Vous croyez ou vous ne croyez pas que vous n'avez pas de théâtre, peu vous importe, vous prétendez d'avoir dans le théâtre français une large compensation. Eh bien ! sans parler du manque de votre propre initiative et de votre peu d'amour-propre, je vous prouverai que vous vous trompez aussi là dedans, je vous le prouverai par Aristote qui pour nous tous fait foi dans cette matière. »

Le premier poète français qu'il attaque est Voltaire, l'idole du siècle et de l'Europe. On remarquera, à travers toute la critique de Voltaire, chez Lessing, une certaine âpreté de ton, une certaine causticité, un certain mordant joint à une joie maligne souvent mal cachée. Je ne puis pas expliquer ici le pourquoi, je dirai seulement que Lessing avait fait, en 1750, à Berlin, la connaissance personnelle du poète. Voltaire était en procès et chercha un traducteur pour ses répliques françaises dans cette affaire. Son secrétaire privé, Richier de Louvain, un ami de Lessing, proposa celui-ci qui fut agréé et prit par son travail connaissance du procès de Voltaire contre le banquier juif Abraham Hirsch, à Berlin. Voltaire se tira de ce procès à peu près, mais passons là-dessus. Lessing avait pu connaître ainsi le caractère de Voltaire : une autre affaire qui le regarda personnellement mit le comble à son indignation, elle eut un grand retentissement à Berlin et arriva même jusqu'à Frédéric le Grand, naturellement sous une forme plus favorable à son favori qu'à Lessing. Mais je ne vois pas l'utilité de raconter et de divulguer ici une histoire qui n'est que très peu connue dans ses détails et qui a été toujours voilée autant que possible dans la biographie et la caractéristique de Voltaire. Il suffit de la mentionner pour expliquer l'animosité de Lessing contre Voltaire, et, si j'ajoute encore que cette histoire est probablement la cause pour laquelle Frédéric II n'a pas voulu donner la place de bibliothécaire à Lessing, on comprendra facilement le plaisir que celui ci devait éprouver en pouvant se venger, si longtemps après, de cette manière sur la personne qui était la cause principale de tant d'espérances déçues. En même temps, elle nous prouve aussi l'intrépidité du caractère de Lessing qui n'hésita pas de se mesurer avec un Voltaire qui avait derrière lui un roi tyrannique comme Frédéric le Grand.

Vous savez maintenant d'où vient ce « dégoût particulier » de Lessing pour le caractère moral de Voltaire, et, s'il a traité le poète avec ce dédain cruel et présomptueux, vous devez surtout en chercher la cause dans cette aversion contre le caractère de l'homme sous lequel il avait eu à souffrir si cruellement dans sa jeunesse S'il était *toujours* dans le vrai dans ses objections, c'est une question que le public tranchera, moi, je crois que non, au moins a-t-il exagéré quelquefois, mais il ne faut non plus pour cela lui faire dire des choses auxquelles il n'a seulement pas pensé. Les notes dans nos *Extraits* ne sont pas toujours justes là dedans. Page 23 de nos *Extraits*, note 1, M. Cottler dit: Lessing parodie le texte de Voltaire, et pourtant celui-ci a dit textuellement: « Les Grecs auraient appris de nos grands

modernes à faire des expositions plus adroites, à
lier les scènes les unes aux autres par cet art
imperceptible qui ne laisse jamais le théâtre vide
et qui fait venir et sortir avec raison les personnages. » Est-ce une parodie ce que Lessing dit ?
Ce n'est rien autre qu'une bonne traduction.
Page 31, note 1. M. Cottler dit : « Il n'est pas
juste de comparer, etc. » Mais où donc Lessing
compare-t-il directement Voltaire à Shakespeare?
Où donc attaque t-il Voltaire ? Il s'adresse plutôt
à ce critique inconnu qui a dit : « L'amour lui-
même a dicté *Zaïre* à Voltaire, » et je pense qu'il
avait raison, Lessing, car Voltaire a fait sa *Zaïre*
réellement pour être agréable à plusieurs dames,
et Lessing savait parfaitement que Voltaire dépeint
la lutte entre la religion et l'amour, « ein Herz,
um das Zaertlichkeit und Religion streiten, » etc.;
que veut donc dire cela? Page 68, note 1,
M. Cottler cite une remarque de M. de Suckau ;
je demande bien pardon à ces messieurs, mais le
verbe « vorkommen » n'a pas ici le sens de paraître en scène, se présenter, il a plutôt le sens
de se trouver dans, s'agir de. Par exemple :
« Doch das kommt in dieser Geschichte oft genug
vor. » Mais cela se trouve assez souvent (de
cela il s'agit) dans cette histoire. Du reste,
Corneille lui-même a dit : « Il y a quelque chose
d'extraordinaire dans le titre de ce poème, qui
porte le nom d'un héros qui n'y parle point ; mais
il ne laisse pas d'en être en quelque sorte le
principal acteur, puisque sa mort est la cause
unique de tout ce qui s'y passe. » Lessing pensa

à ce sens du verbe « vorkommen », il a certainement connu *la Mort de Pompée*, et dans ce sens
Pompée y paraît très souvent.

L'attaque contre Corneille est beaucoup moins
violente que celle dirigée contre Voltaire. Lessing
parle de *Polyeucte* en termes assez modérés et
critique ensuite *Rodogune*, que Corneille lui-
même avait déclaré être sa meilleure pièce.

A propos de *Rodogune*, je suis forcé malgré
moi, de faire un petit écart, pour rectifier une
chose étonnante que j'ai trouvée dans la *Rodogune*, publiée par M. Félix Hémon, agrégé de l'U-
niversité, (Librairie Ch. Delagrave, Paris 1881). Le
but que poursuit M. Félix Hémon en publiant sa
Rodogune est clairement indiqué dans sa préface;
certes, il est fort louable et digne de toute considération, mais on a beau laver un nègre il ne deviendra jamais un blanc, et malgré le langage spirituel
par lequel M. Hémon défend *Rodogune* contre
tous ses détracteurs il est pourtant obligé d'avouer,
page 35, sur la question *Rodogune*, est-elle
le chef-d'œuvre de Corneille, comme Lessing le
voudrait faire croire ? que la réponse doit-être
résolument négative. D'abord il faudrait prouver
que Lessing ait voulu faire cela, Lessing dit seulement, « Corneille a dit qu'il... etc., et il est juste
que nous nous arrêtions pour examiner ce chef-
d'œuvre de ce grand homme. » Comme j'ai dit,
Lessing parla en avocat, comme tel il s'inquiète
peu ou pas du poète Corneille, il s'occupe seulement de ces paroles et de la pièce qu'elles visent,
qui par hasard plaît beaucoup à Corneille, tandis

qu'elle déplaît au moins autant à beaucoup d'autres. Il s'adresse donc à son auditoire à peu près ainsi : « Je vais vous parler maintenant d'une œuvre du grand Corneille, que ce poète lui-même qui était incontestablement un génie, a déclaré être sa meilleure pièce. » Il en dévoile les fautes et conclut : « Vous connaissez maintenant la pièce que le grand Corneille appelle son chef-d'œuvre, je vous en ai montré les défauts et les faiblesses ; s'il en est ainsi de son chef-d'œuvre, comment en . doit-il être des œuvres qu'il ne place pas au même rang avec celle-ci ? Faites vous-mêmes la conclusion et vous trouverez que vous avez tort d'applaudir toujours les Français et leur théâtre. »

Je répète que moi-même je ne puis donner toujours raison à Lessing, que je trouve qu'il va souvent un peu trop loin, mais au fond il a toujours raison, et, vu le but qu'il poursuit, il faut lui tenir compte de ces exagérations. Ni celles-ci ni d'autres, ni les détracteurs ni les admirateurs de Corneille amoindriront ou augmenteront sa gloire et son mérite ; il ne s'agit pas non plus de cela pour nous, il s'agit plutôt pour nous de chercher à comprendre le langage de Lessing, de pénétrer dans ses idées et de nous faire ainsi un tableau de son caractère et de la portée de ses critiques. Ceci n'est pas possible quand les paroles de Lessing ne sont pas rendues textuellement, ou quand elles sont interprétées non suivant leur sens mais suivant le besoin. M. Félix Hémon a raison de défendre *Rodogune* contre le perfide commentaire de Voltaire, ou plutôt contre ce qui est perfide

dans le commentaire de Voltaire, qui souvent ne
comprend pas où un élève de 3me pourrait donner
l'explication nécessaire, mais il n'aurait pas non
plus dû tomber dans la même faute vis-à-vis de Lessing. Qu'il parle de lui toujours dans un ton mo-
queur et railleur, qu'il l'appelle, le vertueux —
épithète qu'il a, du reste, peut-être méritée — ceci
sont des bagatelles ; mais ce qui n'est pas une
bagatelle c'est la manière dont M. Félix Hémon
cite les passages de la *Dramaturgie*, et surtout
celui de la page 29 de sa *Rodogune* dans la note :
« Ailleurs il (Lessing) supprime toutes les ré-
serves : Qu'on me cite une pièce du grand Corneille que je ne me charge de faire mieux. »
Oh ! oh ! où donc Lessing a-t-il dit cela, a-t-il voulu
dire cela ? M. Félix Hémon qui indique toujours
ses sources, a oublié de citer celle où il a puisé
ce passage ! Il a bien fait, car probablement il
ne se trouvera dans aucune, ou il faudra que
M. Hémon ait eu ou un texte spécial ou une
traduction spéciale. Tout le monde peut lire à la
fin de ma traduction ce que Lessing a dit, ou, —
pourquoi croire et admettre la compétence d'un
tout petit traducteur ? — qu'on lise la préface de
M. Cottler, page 22 en bas et page 23 en haut.
C'est tout à fait autre chose ! Une fanfaronnade,
telle que M. Hémon la fait dire à Lessing, est
incompatible avec le caractère de Lessing, et j'aurais été assurément le dernier à le défendre, si
elle était le moins du monde imaginable.

Les paroles que cite M. Hémon dans la même
note de la même page 29, « je ne sais pas... de les

digérer, » ne contiennent par contre aucunement
une modestie quelconque, au contraire, Lessing
veut dire : « je le crois au dessous de ma dignité,
et je crois mon temps trop précieux pour m'occuper à faire de telles inventions invraisemblables. »
M. Félix Hémon fait encore dire à Lessing, page 28
de sa *Rodogune*, note 1, ligne 3 : « dût le diable
l'emporter. » Ceci doit probablement être la traduction de « und wollte sich des Todes verwundern, » eh
bien pour une traduction libre, c'est une traduction libre, mais n'en déplaise à M. Félix Hémon,
« dût le diable l'emporter » veut dire en allemand : « sollte ihn der Teufel holen. » Aussi le
mot « bousilleur » pour « Stuemper » (*Rodogune*, page 29), est mal interprêté. Stuemper
est bien bousilleur, mais Lessing n'a pas du tout
employé ce terme en parlant de Corneille directement. Lessing aime le mot « Stuemper » et il
l'emploie assez souvent ; ici il est opposé à génie,
et d'après le sens qu'implique ce mot en allemand, il n'a rien d'offensant pour Corneille,
Lessing est si loin d'appeler ce grand poète
« einen Stuemper » qu'il l'appelle plutôt toujours
un grand poète; la fin de nos *Extraits* le prouve
suffisamment. Je laisse le public juge entre
M. Hémon et moi, et s'il veut juger encore mieux
de ce qu'ont dit les autres critiques de *Rodogune*,
de ce qu'a dit Lessing, de ce qu'a dit M. Hémon
lui-même, de ce qui est fondé et de ce qui n'est pas
fondé, de ce qui est exagéré et exagéré par qui
et de ce qui n'est pas exagéré et encore par qui,
qu'il lise après la critique que Lessing a faite de

...

Rodogune, la *Rodogune* de Corneille dans l'édition de M. Félix Hémon, mais entièrement et
avec toutes les notes.

J'ai cru devoir au public cette rectification, je
reprends donc le fil de ma préface — pour la
terminer, après avoir modifié encore un peu un
jugement de M. Cottler.

Lessing, en parlant du comique de Destouches,
dit bien qu'il est supérieur à celui de Molière,
mais il continue : je ne veux pas dire avec cela
que le comique de Destouches soit avec celui de
Molière de la même qualité, il est, en effet, de
beaucoup plus raide, etc. » Lessing avait-il donc
tort en parlant ainsi ?

Me voilà arrivé à la fin de ma tâche ; à dire
vrai, je n'ai pas épuisé ma matière, je n'ai
qu'effleuré les points principaux, j'aurais bien
pu dire encore beaucoup de choses surtout des
deux notes n° 1 des pages 6 et 55 de nos
Extraits, mais je m'en accommode volontiers,
ces observations portant plutôt sur des idées que
sur des mots, des vocables, me mèneraient trop
loin et ne changeraient rien dans l'appréciation
de la *Dramaturgie de Lessing*, je me contente
donc de cette petite réserve.

Quant à la forme de ma traduction, j'ai gardé
les mêmes dispositions que j'avais déjà suivies
pour la traduction d'*Iphigénie en Tauride de
Gœthe*, et les mêmes raisons qui m'avaient déterminé à ne pas juxtaposer à ma traduction littérale et mot à mot encore une fois le texte étranger, m'ont aussi guidé cette fois-ci et me guide-

ront toujours ; car je suis persuadé que *seulement ainsi* une traduction peut devenir *profitable* à un élève, parce qu'elle ne lui enlève et n'épargne pas tout travail personnel ; les élèves sensés et sérieux m'approuveront, les autres le feront aussi, mais plus tard.

Je remets donc plein de confiance, mais non pas sans une certaine inquiétude, ce nouveau travail à la bienveillante critique d'un public éclairé, qu'il le juge, et s'il trouve çà et là quelques imperfections, — et c'est de là que vient mon inquiétude, — qu'il veuille bien admettre comme circonstance atténuante que je suis le premier qui aie rendu sous celte forme le langage souvent si difficile de Lessing Mon livre se présente pour cela timidement au public sollicitant ses suffrages. Lui en paraîtra t-il digne ? Obtiendra-t-il le nombre de suffrages suffisant pour pouvoir reparaître plus tard fort de son premier accueil, et débarrasé de ses imperfections d'aujourd'hui? L'avenir le montrera, pour le moment je ne puis l'accompagner que de mes meilleurs souhaits :

I bone, quo virtus tua te vocat, i pede fausto,
I mi parve liber, vive valeque, precor.

C. MARIE D'HYER.

Grenoble, le 2 novembre 1881.

REMARQUES FINALES.

Il se trouvera probablement , malgré tous les soins , encore quelques fautes d'impression dans ce livre, je les corrigerai au fur et à mesure que je les trouverai, pour le moment je prie le public de bien vouloir prendre note des remarques suivantes :

Texte allemand, page 10, ligne 3, lisez : « seine » pour « feine ».

Texte allemand, page 14, ligne 13, lisez : « sich » pour « sie ».

Texte allemand, page 24, ligne 14, lisez : « hineingeht » pour « hereingeht ».

Texte allemand, page 26, ligne 25, lisez : « geworden » pour « worden ».

Texte allemand, page 44, ligne 26, lisez : « gegen sie » pour « gegen ihr ».

Texte allemand, page 57, ligne 1 , ajoutez après « Fleischessen » la remarque, voyez : Περὶ σαρκοφαγίας, λόγος β . « De usu carnium, oratio posterior. »

Texte français, page 11, ligne 3, lisez : " ses « pour « fins ».

Texte français, page 16, ligne 2, lisez : « se » pour « les » et supprimez ma note 1.

Pour les deux premières remarques je me suis permis de rectifier le texte de M. Cottler, pour les autres celui de Lessing. J'ai ajouté la note à la page 57, pour celui qui voudra lire les mots concernant « das Fleischessen » chez Plutarque.

AUSZUEGE

AUS DER

DRAMATURGIE VON LESSING

I. — Anzeige.

Il se laissera facilement deviner, que la nouvelle administration du théâtre de Hambourg est le motif de la feuille présente.

Le but final de celle-ci doit correspondre (répondre) aux bonnes intentions qu'on ne peut pas autrement qu'attribuer, aux hommes qui veulent se charger de cette administration. Ils se sont eux-mêmes suffisamment prononcés (expliqués) là-dessus, et leurs opinions (manières de s'expliquer) ont été reçues, aussi bien ici, qu'au dehors, par la plus distinguée partie du public avec l'approbation (le succès) que chaque spontané encouragement du bien public mérite et peut se promettre dans nos temps.

Sans doute y a-t-il toujours et partout des gens qui, parce qu'ils se connaissent eux-mêmes pour le mieux, ne voient dans chaque bonne entreprise, rien que des intentions (vues) particulières. On pourrait leur volontiers accorder cette consolation (tranquillité) d'eux-mêmes; mais, si les prétendues vues particulières les irritent contre la chose elle-même ; si leur envie mesquin (méchant), pour faire manquer (échouer) celles-là, s'évertue à faire échouer aussi celle-ci : alors ils doivent savoir, qu'ils sont les membres les plus méprisables de la société humaine.

Heureux (cet) l'endroit, où ces misérables ne donnent pas le ton; où le plus grand nombre de citoyens bien intentionnés les contient dans les bornes (limites) du respect, et ne permet pas, que le meilleur du tout (de la totalité) devienne une proie (de) pour leurs cabales, et des intentions patriotiques un appât (de) pour leur ironique (esprit faux) radotage (folie, bizarrerie).

Que Hambourg soit aussi heureux en tout ce qui intéresse (regarde) sa prospérité et sa liberté ; car il mérite, d'être si heureux.

Lorsque Schlegel, fit des propositions en faveur (pour mettre en vogue) du théâtre danois (un poète allemand du théâtre danois!), dont il tournera encore longtemps au reproche (à la honte) de l'Allemagne, qu'aucune occasion lui (1) a(it) été faite pour les faire en faveur du nôtre : était celle-ci la première et la principale [proposition], « qu'il ne fallait pas abandonner aux acteurs eux-mêmes le souci de travailler pour leur perte et [pour leur] gain. » Le système du principalat (le principalat) parmi eux a dégradé (avili) un art libre à un métier que le maître (principal) laisse (fait) le plus souvent (2) faire (aller) d'autant plus négligemment et [d'autant plus] par intérêt, que des clients sûrs, que des acheteurs plus nombreux lui promettent la misère ou le luxe.

Si ici donc jusqu'à présent encore rien de plus n'était arrivé, [que ce] qu'une société d'amis de la

---

(1) A Schlegel. — (2) L'adverbe « meistentheils » est plus usité maintenant.

scène (du théâtre) [eût] mis main à l'œuvre et se fût
unie pour faire (laisser) travailler d'après un plan
d'une utilité générale, (il serait) on aurait (1) pourtant, seulement par là déjà beaucoup gagné. Car de
ce premier changement peuvent, aussi (même) avec
une seulement modérée protection du public, facilement et promptement naître toutes les autres amé-
liorations dont notre théâtre a besoin.

Il ne sera assurément rien épargné en [ce qui
concerne l']application (les soins) et (les) frais : s'il
pourrait (1) manquer de goût et d'intelligence [ceci]
il faut que le temps l'apprenne (le montre). Et le
public ne l'a-t-il pas, dans son pouvoir, de faire éloigner et corriger ce qu'il y trouverait (devrait trouver)
imparfait ? Qu'il vienne seulement, et voie et entende, et examine et juge. Sa voix ne doit jamais
[être] dédaigneusement pas entendue (2) son jugement ne doit jamais être entendu sans soumission (2).

Seulement que chaque petit critique (3) ne se
(regarde, tienne) croie pas (pour) le public, et [que]
celui dont les attentes sont trompées tienne aussi
avec lui-même un peu conseil, [pour examiner] de
quelle espèce ses attentes [ont] été. Non pas chaque
amateur est connaisseur ; non pas chacun qui ressent
les beautés d'une pièce, le juste jeu d'un acteur, peut
pour cela aussi estimer la valeur de tous les autres

---

(1) Le subjonctif de l'imparfait pour le conditionnel
passé.

(2) C'est-à-dire : Nous ne ferons pas semblant de ne
pas avoir entendu cette voix, comme si elle nous paraît
trop peu compétente, et nous écouterons toujours votre
jugement en l'acceptant.

(3) En italien « astro, astra » marque de mépris.

[beautés et acteurs]. On a pas de goût, quand on n'a qu'un goût partial (qui n'a qu'un côté) ; mais souvent on est d'autant plus partial. Le vrai goût est le [goût] commun (général) qui s'étend sur des beautés de chaque espèce, mais [qui] n'attend d'aucune plus de plaisir et de charme, qu'elle ne peut accorder d'après son espèce.

Des degrés il y en a beaucoup (1), qu'une scène (2) naissante a à monter jusqu'au sommet de la perfection, mais une scène (2) gâtée est de cette hauteur, naturellement, encore plus (loin) éloignée et je crains beaucoup que [la scène] allemande ne soit plutôt (plus) ceci que cela.

Tout peut par conséquent ne pas se faire (arriver) à la fois. Cependant ce qu'on ne voit pas croître (pousser), on [le] trouve après quelque temps crû (poussé). Le plus lent qui ne perd seulement pas son but des yeux, va encore toujours plus vite, que celui qui erre sans but çà et là.

Cette dramaturgie doit tenir un registre critique de toutes les pièces à exécuter (représenter), et accompagner chaque pas que l'art, aussi bien du poète, que de l'auteur, fera ici. Le choix des pièces n'est pas une bagatelle : mais [le] choix suppose la masse : et (si l'on) s'il ne devrait pas toujours être exécutés des chefs-d'œuvre, (alors) on voit bien à quoi est la faute. En attendant (cependant) il est bon, si le médiocre n'est vanté pour rien de plus qu'il n'est; et [si] le spectateur mécontent y apprend au moins juger. A un homme de saine raison, si l'on lui veut

---

(1) « Viele » est aussi juste.
(2) Voyez ma traduction d'*Iphigénie en Tauride* de Goethe, page 93, note 1.

insinuer du goût, on n'a qu'à expliquer, pourquoi quelque chose ne lui a pas plu. De certaines pièces médiocres doivent aussi déjà être gardées pour cela, parce qu'elles ont certains rôles excellents dans lesquels cet acteur ou celui-là peut montrer toute sa force. Ainsi on ne rejette pas tout de suite une composition musicale, parce que le texte en est misérable.

La plus grande finesse d'un juge dramatique se montre en ce, quand il sait dans chaque cas du plaisir et du déplaisir, infailliblement distinguer, quoi et combien en est à mettre sur le compte du poète ou de l'acteur. Blâmer l'un pour quelque chose que l'autre a manqué, c'est perdre tous les deux. A celui-là est ôté le courage, et celui-ci est rendu sûr.

Surtout l'acteur peut-il le demander, qu'on observe là dedans la plus grande sévérité et impartialité. La justification du poète peut être abordée (prise) en tout temps ; son œuvre reste là et peut toujours nous être remise devant (sous) les yeux. Mais l'art de l'acteur est transitoire dans ses œuvres. Son bien et son mauvais (ce qu'il fait de bien ou de mal) passe(nt) également vite (1) ; et pas rarement est l'humeur (le caprice) d'aujourd'hui du spectateur plus cause, que lui-même, pourquoi l'un ou l'autre a fait une plus vive impression sur celui-là.

Une belle figure, une mine enchantante, un œil parlant, une démarche séduisante, un ton aimable, une voix mélodieuse sont des choses qui ne se laissent pas bien exprimer (rendre) avec (par) des paroles. Cependant, ce sont aussi ni les uniques, ni les plus

(1) Voyez le prologue de « Wallensteins Lager » : « Denn schnell und spurlos geht des Mimen Kunst » etc.

grandes perfections de l'acteur. [Ce sont] des dons estimables de la nature, très nécessaires pour son métier (à sa vocation), mais de beaucoup loin (remplissant) pour remplir sa vocation ! Il doit partout penser avec le poète : il faut que là, où au poète est arrivé quelque chose d'humain (1), il pense pour lui.

On a toute raison pour se promettre de nombreux exemples de ceci de nos acteurs. — Mais je ne veux pas hausser l'attente du public. (Tous) les deux se nuisent à eux-mêmes : celui qui trop promet, et celui qui trop attend.

Aujourd'hui a lieu (se fait) l'ouverture de la scène. Elle décidera beaucoup ; elle ne doit cependant pas tout devoir décider. Dans les premiers jours les jugements se croiseront assez. Ça (il) coûtera de la peine pour obtenir une audition (oreille) tranquille. — La première feuille de cet écrit (ouvrage) ne doit par conséquent pas paraître plus tôt qu'avec le commencement du mois prochain.

Hambourg, le vingt-deux avril mil sept cent soixante-sept.

II. — Von dem Christlich-Wunderbaren; Voltaire's Alzire; Corneille in Polyeukt.

Tout convaincus que nous (pouvons toujours) puissions être des effets immédiats (directs) de la grâce, si peu pourtant peuvent-ils nous plaire sur le théâtre

---

(1) Voyez « Wilhelm Tell », acte I, scène I, à la fin à peu près.

(la scène) (1), où tout ce qui appartient au caractère des personnes doit sortir (naître) des causes les plus naturelles. Des miracles (2) nous [les] souffrons (supportons) là (3) seulement dans le monde physique : dans le [monde] moral tout doit garder son cours régulier, parce que le théâtre doit être l'école du monde moral. Les motifs pour chaque résolution, pour chaque changement des moindres idées et opinions doivent, d'après (en raison du) le caractère une fois adopté, être exactement pesés les uns contre les autres, et ceux-là ne doivent jamais plus produire, qu'ils ne peuvent produire d'après la plus rigoureuse vérité. Le poète peut posséder l'art, de nous tromper par des beautés du détail sur des disproportions de ce genre (cette espèce) ; mais il ne nous trompe qu'une fois, et aussitôt que nous redevenons froids (insensibles), nous reprenons (retirons) l'approbation qu'il nous a dérobé (en guettant en écoutant). Personne l'a mieux compris, combien loin on peut (puisse) aller dans ce point (morceau) sur le théâtre, que Voltaire. Après que l'âme sensible [et] noble de Zamore a été assaillie par l'exemple et des prières, par la magnanimité et des exhortations, [et] ébranlée jusqu'au plus profond, il le laisse pourtant plutôt soupçonner que croire la vérité de la religion, aux confesseurs de laquelle il voit tant de grand. Et peut-être Voltaire aurait-il aussi supprimé cette supposition, s'il n'avait pas fallu que quelque chose se fît pour la tranquillité du spectateur.

Même le *Polyeucte* de Corneille est, eu égard (4)

---

(1) Voyez note page 4. — (2) Voyez la préface.
(3) C'est-à-dire sur le théâtre.
(4) On dit aujourd'hui : « in Hinsicht ».

aux deux remarques, blâmable : et si ses imitations
le sont devenues toujours plus, (alors) pourrait sans
doute encore être à attendre la première tragédie qui
mérite le nom d'une [tragédie] chrétienne. J'entends
une pièce, dans laquelle uniquement le Chrétien nous
intéresse comme Chrétien. — Une telle pièce cependant est-elle aussi bien possible ? Le caractère du vrai
Chrétien n'est-il peut-être pas tout à fait contre le théâ-
tral (inthéâtral) ? La tranquille résignation, l'immua-
ble douceur qui sont ses traits essentiels, ne sont-
elles peut-être pas en opposition avec toute l'affaire
de la tragédie qui cherche à purifier des passions par
des passions ? Son attente d'une félicité récompensante
après cette vie, ne s'oppose-t-elle peut-être pas au
désintéressement avec lequel nous désirons voir en-
treprises et exécutées toutes (1) les grandes et bonnes
actions sur la scène ?

Jusqu'à ce qu'un ouvrage du génie duquel on ne
peut apprendre que par l'expérience, combien de difficultés il peut surmonter, réfute ces subtilités irré-
futablement, mon conseil serait (2) donc : — qu'on
laissât toutes (1) les tragédies chrétiennes qui ont eu
lieu jusqu'ici inexécutées. Ce conseil qui est pris dans
les besoins de l'art, qui ne peut nous faire perdre
rien (d'autre chose) de plus, que de très médiocres
pièces, n'est pour cela pour rien plus mauvais, parce
qu'il profite (3) aux caractères plus faibles qui,
ressentent je ne sais quel frisson, s'ils reçoivent à
entendre au (dans le) théâtre des opinions aux quelles

---

(1) On dit aujourd'hui: « alle bisherigen christlichen »,
et plus haut : « alle grossen und guten ».

(2) « Waere » pour « wuerde sein ».

(3) On dit aujourd'hui : « kommt ».

ils ne s'attendent que dans un lieu plus sacré. Le théâtre ne doit offusquer personne (1), qui que ce soit ; et je souhaiterais qu'il pût ét voulût aussi obvier à tout achoppement pris.

III. — Von der Kunst sittliche Denksprüche (Sittensprueche) auf der Buehne herzusagen.

Et par quoi cet acteur (M. Eckhoff) fait-il que nous aimons tant à entendre de lui aussi (même) la morale la plus commune. Qu'est-ce que [donc] réellement, ce qu'un autre a à apprendre de lui, si nous devons (voulons) le trouver dans un tel cas aussi intéressant ?

Toute morale doit sortir du plein du cœur, duquel la bouche déborde ; il faut qu'on ne paraisse pas davantage d'y penser (de réfléchir là-dessus) longtemps, que [il faut, qu'on ne paraisse] se vanter avec cela.

Il se comprend donc de soi-même, que les passages moraux veulent être appris extrêmement bien. Ils doivent être dits sans hésitation, sans la moindre difficulté, dans un flux non interrompu des paroles, avec une facilité, qu'ils ne paraissent pas de pénibles étalages de la mémoire, mais d'immédiates inspirations de la situation actuelle des choses.

Il est de même incontestable, qu'aucun accent faux doit nous laisser soupçonner, que l'acteur parle, ce

---

(1) « Niemand » serait aussi juste.

qu'il ne comprend pas. Il doit nous convaincre par le ton le plus juste, le plus sûr, qu'il a(it) pénétré le sens (l'esprit) entier de ses paroles.

Mais la juste accentuation est à la rigueur aussi à apprendre à un perroquet. Combien éloigné est l'acteur qui comprend seulement un passage, encore de celui qui le ressent en même temps! Des paroles, dont on [a] une fois saisi l'esprit, qu'on s'est gravées une fois, dans la mémoire se laissent très justement réciter, aussi (même) pendant que l'âme s'occupe de tout autres choses; mais alors n'est point de sentiment possible; il faut que l'âme soit entièrement présente; il faut qu'elle dirige son attention uniquement et seulement sur ses paroles, et seulement alors [l'acteur peut-il avoir du sentiment].

Mais aussi alors l'acteur peut en vérité avoir beaucoup de sentiment, et pourtant paraître ne pas en avoir. Le sentiment est du reste toujours le plus discutable parmi les talents de l'acteur. Il peut être où l'on ne le reconnaît pas; et on peut croire le reconnaître, où il n'est pas. Car le sentiment est quelque chose d'intérieur duquel nous pouvons seulement juger après ses signes extérieurs. Or il est possible, que certaines choses dans la construction du corps ou ne permettent pas, du tout ces marques, ou du moins [les] affaiblissent et [les] rendent ambiguës. L'acteur peut avoir une certaine formation de la figure, de certaines mines, un certain ton avec lesquels nous sommes habitués d'unir de tout autres capacités, de tout autres passions, de tout autres sentiments, qu'il ne doit actuellement (momentanément) faire paraître (ressortir) et exprimer. (Est ceci) s'il en est ainsi, qu'il ressente (encore aussi autant) tant qu'il voudra (il aura beau ressentir) nous ne le croyons pas; car il est avec lui-même en contradiction. Con-

trairement (1) un autre peut être (bâti) formé si heureusement ; il peut avoir des traits si décisifs ; tous
les muscles fins peuvent être si facilement, si promptement à sa disposition ; il peut avoir de si fines, de
si multiples modulations dans son pouvoir ; bref, il
peut être favorisé avec tous les dons nécessaires pour
la pantomime dans un si haut degré, qu'il nous paraîtra dans ces rôles qu'il ne joue pas originalement,
mais d'après un bon modèle quelconque, animé du
plus intime sentiment, bien que, tout ce qu'il dit et
fait, ne soit rien, qu'une singerie mécanique (contre-
façon ou imitation servile).

Sans doute celui-ci, malgré son indifférence et sa
froideur, est pourtant sur le théâtre (la scène) beaucoup plus utile que celui-là. Si pendant assez longtemps il n'a [fait] rien que singé(r)(alors) une foule de
petites règles se sont enfin amassées chez lui, d'après
lesquelles il commence lui-même à agir, et par l'observation desquelles (en conséquence de) (conformément) à la loi, que les mêmes modifications de l'âme,
qui produisent certains changements du corps, par
contraire sont produites par ces changements corpo-
rels), il arrive à une espèce de sentiment qui, il est
vrai, ne peut pas avoir la durée, le feu de celui qui
prend son origine dans l'âme, mais [qui] pourtant
dans le moment de la représentation est assez fort
pour produire quelque chose des non spontanés changements du corps, de l'existence desquels nous
croyons presque seul pouvoir conclure sûrement sur
le sentiment intérieur. Un tel acteur doit p. ex. ex-

(1) Aujourd'hui généralement : « Dagegen, im Gegen-
theil ».

primer la plus grande fureur de la colère ; je suppose
qu'il ne comprend seulement pas bien son rôle, qu'il
ne peut ni suffisamment saisir, ni assez vivement se
présenter les raisons de cette colère pour mettre son
âme elle-même en colère. Et je dis, quand il a seulement appris (en le voyant seulement faire) (1) les plus
grossières expressions de la colère, d'un acteur de
sentiment original, et quand [il] sait fidèlement les
imiter — la démarche vive, le pied (tapant) piétinant
le son rauque, tantôt jetant (poussant) des cris per-
çants, tantôt étouffé, le jeu des sourcils, la lèvre trem-
blante, le grincement des dents, etc. — s'il, dis-je,
imite bien seulement ces choses qui se laissent imiter,
dès (aussitôt) qu'on veut, (alors) infailliblement un
vague sentiment de colère saisira par là son âme, qui,
en échange, réagit (dans) sur le corps, et [qui] produit là aussi ces changements qui ne dépendent (2)
non seulement pas (uniquement) de notre volonté ;
son visage sera enflammé, ses yeux brilleront, ses
muscles se gonfleront ; bref, il paraîtra être un vrai
furieux, sans l'être, sans comprendre le moins du
monde, pourquoi il devrait l'être.

D'après ces principes du sentiment en général, ai-
je cherché à me déterminer quelles marques extérieures (3) accompagnent ce sentiment avec lequel
des réflexions morales veulent être dites, et lesquelles
de ces remarques sont dans notre pouvoir, de manière que chaque acteur, qu'il ait lui-même le sentiment ou pas, puisse les représenter. Il me paraît le
suivant :

Chaque morale est une phrase commune qui,
comme telle, demande un [certain] degré de recueil-

---

(1) Conf. « ablauschen », page 7. — (2) Aujourd'hui
« abhaengen ». — (3) Aujourd'hui : « auesserlichen ».

lement et de tranquille réflexion. Elle veut donc être dite avec nonchalance et avec une certaine froideur (indifférence).

Mais cette phrase commune est en même temps le résultat d'impressions que font des circonstances individuelles sur les personnes agissant; elle n'est pas une simple conclusion symbolique, elle est un sentiment généralisé, et comme tel elle veut être dite avec feu et un certain enthousiasme.

Donc [faut-il la dire] avec enthousiasme et nonchalance, avec feu (ardeur) et froideur (indifférence) ?

Pas autrement ; avec un mélange des deux, dans lequel cependant, d'après la nature de la situation, perce tantôt ceci, tantôt cela.

[Si] la situation est tranquille (calme), (alors) l'âme doit vouloir se donner par la morale quasi (1) un nouvel élan ; elle doit paraître faire sur son bonheur, ou ses devoirs, seulement pour cela des réflexions générales, pour jouir par cette généralité elle-même de celui-là d'autant plus vivement, pour observer ceux-ci d'autant plus volontiers et courageusement.

[Si] la situation au contraire est violente, alors l'âme doit par la morale (sous quel mot je comprends chaque réflexion générale) quasi (1) se rechercher de son élan ; elle doit paraître vouloir donner à ses passions l'aspect de la raison, à de violentes explosions l'apparence de résolutions préméditées.

Celui-là demande un ton élevé et enthousiasmé, celui-ci un [ton] modéré et solennel. Car là il faut que le raisonnement s'enflamme en affect (2), et ici l'affect [doit] se refroidir en raisonnement.

La plupart des acteurs le tournent justement (font

---

(1) En quelque sorte. — (2) Passion.

le contraire). Ils font sortir avec fracas dans des situations violentes les réflexions générales aussi véhémen-
tement, que le reste ; et dans des [situations] calmes
ils les débitent aussi nonchalamment que le reste.
Mais par là (pour cela) il arrive donc aussi que la
morale ne se dessine chez eux ni dans les unes, ni
dans les autres ; et que nous les trouvons dans celles-
là aussi innaturels, que dans celles-ci ennuyeux et
froids. Ils ne réfléchissaient jamais, que la broderie
doit saillir du fond, et [que] c'est un goût misérable
[de] broder (5) de l'or sur de l'or.

IV. — Von der Geberde der Schauspieler.

Par leurs gestes (1) ils (2) gâtent encore (entièrement) tout. Ils (2) ne savent ni quand (3) ils en doivent
y faire, ni lesquels [ils doivent faire]. Ils (2) font
ordinairement trop [de gestes], et de trop insignifiants.

Si dans une situation violente l'âme paraît tout à
coup se recueillir, pour jeter un regard réfléchissant
sur elle ou sur ce qui l'entoure, (alors) il est naturel,
qu'elle commandera à tous les mouvements du corps
qui dépendent (4) de sa simple (pure) (4) volonté. Non
pas la voie seule devient plus calme ; les membres tous
[ensemble] arrivent dans un état de calme, pour exprimer le calme intérieur, sans lequel l'œil de la rai-

---

(1) Pluriel latin. — (2) Les acteurs. — (3) « Wenn »
pour « wann ». — (4) L'orthographe moderne veut » blos-
sen » et « abhaengén », — (5) « Sticken ».

son ne peut pas bien voir autour de lui. Avec un [le premier point, si l'âme paraît se recueillir] le pied marchant en avant se pose fermement, les bras tombent, le corps entier se tire (dresse) dans la position horizontale ; une pause — et alors la réflexion. L'homme est là (debout), dans un silence solennel, comme s'il ne voulait pas se déranger, de s'entendre lui-même. La réflexion est passée — encore une pause — et ainsi qu' [a] abouti la réflexion, ou de modérer ses passions ou de [les] animer, il éclate ou tout à coup, ou [il] remet petit à petit le jeu de ses membres en marche (mouvement). Seulement sur la figure restent, pendant la réflexion, les traces de l'affect ; [la] mine et [l']œil sont encore en mouvement et [en] feu : car nous n'avons pas [la] mine et [l']œil aussi subitement dans notre pouvoir, que [le] pied et [la] main. Et en cela donc, dans ces mines exprimantes (pleines d'expression), dans cet œil enflammé, et dans l'état de repos de tout le corps restant, consiste le mélange de feu et de froideur, avec lequel je crois, que la morale veut être parlée (dite) dans des situations violentes.

Avec justement ce mélange veut-elle aussi être dite dans des situations calmes ; seulement avec la différence, que cette partie de l'action qui était là-bas l'ardente, doit être ici la plus froide, et [celle] qui était là-bas la plus froide [doit être] ici l'ardente. C'est-à-dire : puisque l'âme, quand elle n'a rien que de doux sentiments, cherche à donner par des réflexions générales à ces doux sentiments un plus haut degré de vivacité, (alors) elle laissera aussi y contribuer ces membres du corps qui lui sont (qu'elle a) immédiatement à la disposition ; les mains seront en plein mouvement ; seulement l'expression du visage ne peut pas suivre (après) si vite, et dans mine et œil règnera encore le calme duquel le reste du corps voudrait bien les (1) faire sortir (en travaillant).

Mais de quelle espèce sont les mouvements des mains avec lesquels, dans des situations calmes, la morale aime à être dite ?

De la chironomie des anciens, c'est-à-dire, de l'ensemble des règles que les anciens avaient prescrites aux mouvements des mains, nous ne savons que très peu ; mais ceci nous [le] savons, qu'ils ont poussé (mené) le langage des mains à une perfection de laquelle, par ce que nos orateurs sont en état d'y faire, se devrait à peine laisser comprendre la possibilité. Nous paraissons avoir gardé, de tout ce langage rien qu'une criaillerie inarticulée ; rien que la faculté, de faire des mouvements sans savoir, comment donner à ces mouvements une signification fixée, et comment les unir ensemble, qu'ils deviennent capables non seulement pas d'un seul sens, mais d'un raisonnement cohérent (2).

Je m'accommode volontiers, qu'il ne faut pas confondre chez les anciens le pantomime avec l'acteur. Les mains de l'acteur étaient loin d'être si loquaces que les mains du pantomime (3). Chez celui-ci elles remplaçaient la place du langage ; chez celui-là elles ne devaient qu'en augmenter l'énergie, et par leurs mouvements, comme signes naturels des choses, aider à procurer aux signes convenus de la voix, de la vérité et de la vie. Chez le pantomime les mouvements des mains n'étaient seulement pas des signes naturels ;

---

(1) Miene und Auge.

(2) Voyez note page 14.

(3) Le nom « der Pantomime » appartient aujourd'hui à la déclinaison faible.

beaucoup d'eux avaient une signification stipulée, et de ceux-ci l'acteur devait entièrement s'abstenir.

Il se servait (1) donc de ses mains plus parcimonieu-sement (rarement), que le pantomime, mais pas moins (autant peu) inutilement que celui-ci. Il ne remuait pas la main, s'il ne pouvait avec cela rien signifier ou appuyer (augmenter). Il ne savait rien de ces mouvements indifférents (insignifiants) par le perpétuel [et] monotone emploi desquels, une si grande partie d'acteurs, spécialement la femme (2) se donne l'aspect complet de marionnettes. Décrire tantôt avec (de) la [main] droite tantôt avec la main gauche la moitié d'un huit estropié, (bossu), en descendant le corps, ou éloigner d'eux en ramant avec les deux mains à la fois l'air, [cela] s'appelle pour eux avoir de l'action ; et celui qui est exercé à le faire avec une certaine grâce de maître de danse. Oh ! celui-là croit pouvoir nous enchanter.

Je sais bien, que même Hogarth ordonne aux acteurs d'apprendre à mouvoir leur main dans de belles lignes serpentines : mais de tous côtés, avec toutes les variations possibles dont ces lignes vu leur élan, leur grandeur et durée sont capables. Et enfin il le leur ordonne seulement comme exercice, pour se rendre par là habiles pour l'action ; pour rendre aux bras les flexions du charme coulantes ; mais non pas dans l'opinion que l'action elle-même ne consiste en rien autre chose que dans la description de telles belles lignes, toujours dans la même direction.

---

(1) « Gebrauchen » demande aujourd'hui l'accusatif. Brauchen s'emploie avec l'accusatif et avec le génitif, l'accusatif cependant vaut mieux.

(2) Il faut éviter aujourd'hui le mot « Frauenzimmer ».

2

Loin donc [de nous] (en arrière avec) ce porte-bras (1) insignifiant, surtout dans des passages moraux, en arrière avec lui ! Du charme à l'endroit faux est de l'affectation et de la grimace ; et le même charme répété trop souvent, de suite, devient froid et à la fin dégoûtant : Je vois un écolier (garçon d'école) réciter son aphorisme (dicton) [le thème qu'on lui avait donné pour l'apprendre par cœur] quand l'acteur me tend des réflexions générales avec ce (le) mouvement avec lequel on donne la main dans le menuet (2) ou [quand] il file sa morale quasi de la quenouille.

Chaque mouvement que la main fait dans des passages moraux doit être signifiant. Souvent on peut aller avec ça jusque dans le pittoresque, pourvu qu'on évite seulement (si l'on) le pantomime. Il se trouvera peut-être une autre fois [l']occasion d'expliquer par des exemples cette gradation des gestes importants aux pittoresques, des pittoresques aux pantomimes, leur différence et leur emploi. Maintenant cela me mènerait trop loin, et j'annote seulement, qu'il existe parmi les gestes significatifs une espèce que l'acteur avant toutes les choses a bien à observer, et avec lesquels il peut seul donner à la morale de la lumière et de la vie. Ceci sont, en un mot, les gestes individualisant. La morale est une thèse générale, tirée des circonstances particulières des personnes agissant ; par sa généralité, elle devient à ainsi dire étrangère à la chose, elle devient une digression dont le rapport

---

(1) Le mot « porte-bras » ne plaît pas à M. Cottler, je ne sais pas pourquoi, il ne manque cependant pas de composés du verbe porter en français.

(2) Menuet est aussi neutre, et on l'écrit souvent avec deux t.

avec (sur) le présent, n'est pas aperçu ou pas compris, par le spectateur moins attentif ou moins péné-
trant. S'il (1) y a donc un moyen de rendre ce rapport sensible (2), de ramener le symbolique de la
morale de nouveau à (sur) l'intuitif [de la morale], et
si certains gestes peuvent être ce moyen, alors
l'acteur ne doit pourtant pas négliger de les faire.

V. — Shakespeare's Rath an die Schauspieler; Vom Feuer der Schauspieler.

Si Shakespeare n'[a] pas été un aussi grand acteur
dans la (mise en) pratique, qu'il était un poète dramatique, (alors) il a du moins aussi bien su, ce qui
appartient à l'art d'un, et ce (qui appartient) à l'art
de l'autre. (Oui) peut-être même avait-il réfléchi
d'autant plus profondément sur l'art du premier,
parce qu'il avait pour cela d'autant moins de génie.
Du moins chaque parole qu'il met dans la bouche (à)
de Hamlet, quand il dresse les comédiens, est une
règle d'or pour tous les acteurs auxquels importe une
approbation sensée. « Je vous prie » le fait-il dire
entre autre au comédien, parlez (prononcez) le discours ainsi (tel) que je vous le disais ; la langue ne
doit que justement passer là-dessus (en courant).
Mais si vous me le criez ainsi à gorge déployée, comme
maints de nos acteurs le font : voyez-(vous) alors il

(1) « Wann « pour « wenn «.
(2) Sinnlich=fuehlbar.

m'aurait été autant agréable, si le crieur municipal avait récité mes vers. Aussi ne me sciez pas tant l'air avec votre main, mais faites tout bien sagement, car pour parler ainsi au milieu du torrent, au milieu de la tempête, au milieu du tourbillon des passions, vous devez encore observer un degré de modération qui leur (1) donne l'insinuant et la souplesse ! »

On parle tant du feu de l'acteur ; on se querelle (2) tant, si un acteur peut avoir trop de feu. Si ceux qui l'affirment, apportent comme preuve, qu'un acteur peut être très bien violent à l'endroit faux, ou du moins plus violent que les circonstances ne le demandent : (alors) ceux qui le nient ont raison de dire que dans un tel cas l'acteur ne montre pas trop de feu mais trop peu d'intelligence. En général cependant il s'agit (3) peut-être de ce que nous entendons sous le mot « feu. » Si des cris et des contorsions sont du feu, (alors) il est bien incontestable, que l'acteur peut aller là dedans trop loin ; si le feu cependant consiste dans la vitesse et la vivacité avec laquelle tous les points qui composent (font) l'acteur y apportent le leur, pour donner à son jeu l'apparence de la vérité : alors nous ne devrions pas désirer à voir poussée cette apparence de la vérité jusqu'à l'extrême illusion, s'il était possible, que l'acteur pût employer par trop de feu dans ce sens (cet esprit). Ça ne peut donc pas être non plus ce feu dont Shakespeare demande la modération, même dans le torrent, dans la tempête, dans le tourbillon de la passion : il faut qu'il parle seulement de cette violence-là de la voix et des

(1) Les passions.
(2) Ce verbe est aujourd'hui simple « streiten ».
(3) Voyez note page 8.

mouvements ; et la raison est facile à trouver, pourquoi aussi là où le poète n'a pas observé la moindre
modération, l'acteur pourtant doit se modérer dans
(sous) les deux rapports. Il y a peu de voix qui ne
deviendraient répugnantes, dans leur extrême effort ;
et des mouvements trop vites, trop turbulents seront
rarement beaux (nobles). Malgré ni nos yeux ni nos
oreilles doivent être offensés ; et seulement alors, si
l'on évite en exprimant les violentes passions tout ce
qui pourrait être désagréable à celles-ci ou à ceux-là,
elles (1) ont l'insinuant et la souplesse qu'un Hamlet
demande aussi encore là d'elles, quand elles font la
plus grande impression, et quand elles doivent lui
alarmer la conscience de criminels endurcis dans leur
repos.

L'art de l'acteur est ici placé (debout) juste au
milieu entre les arts plastiques et la poésie. Comme
peinture visible, il est vrai, il faut que la beauté soit
sa loi suprême ; mais comme peinture transitoire il n'a pas besoin de donner à ses poses toujours ce calme-là, qui rend les anciennes œuvres
d'art si imposantes. Il peut se [permettre] et
doit se permettre le sauvage d'un Tempesta,
l'effronterie d'un Bernini plus souvent ; (de temps en
temps) ; ceci a chez lui tout (2) l'expressif qui lui (3)
est particulier, sans avoir l'offensant qu'il reçoit dans
les arts plastiques par l'état permanent. Seulement il
ne faut pas, qu'il y (3) reste par trop longtemps ;
seulement il faut qu'il le (3) prépare petit à petit par
les gestes (mouvements) précédents, et qu'il le (3)

---

(1) Les voix. Écrivez : « diesen » et « jenen ».
(2) On dit aujourd'hui : « alles das » ou « all das ».
(3) Le sauvage et l'effronterie.

fonde de nouveau par les suivants dans le ton général du bienséant ; seulement il ne doit jamais lui donner toute cette force à laquelle le poète peut le pousser dans sa composition. Car il (1) est bien une poésie muette, mais [une poésie] qui veut se rendre directement compréhensible à nos yeux ; et chaque sens veut être flatté, s'il doit rendre (loyalement) non altérées les idées qu'on lui donne à [pour les] faire parvenir (porter) dans l'âme.

Il (pourrait être) se pourrait facilement, que nos acteurs ne (se trouvassent) pussent se trouver par trop bien portants en ce qui regarde l'applaudissement, dans la modération à laquelle l'art les oblige, aussi dans les violentes passions. — Mais [eu égard à] quel (2) applaudissement ? — La galerie en effet est un grand amateur du bruyant et du turbulent, et rarement elle négligera de répondre à des bons poumons (3) avec des mains bruyantes. Aussi le parterre allemand est encore assez de ce goût (partage), et il y a des acteurs qui savent tirer assez habilement avantage de ce goût. Le plus endormi fait un dernier effort, vers la fin de la scène, quand il doit sortir, élève tout à coup la voix, et surcharge l'action, sans réfléchir, si le sens de ses paroles demande aussi ce plus grand effort. (Pas rarement) souvent il (4) est même en contradiction avec la situation avec laquelle

---

(1) Toujours l'art.

(2) Aujourd'hui : « welchen ».

(3) « Eine gute Lunge zu erwidern » est grammaticalement juste, en dit cependant toujours le datif et on écrit « erwiedern » depuis si longtemps dé à, que je conseille de ne pas imiter Lessing.

(4) L'effort.

il (1) doit sortir ; mais qu'est-ce que cela lui (1) fait ?
Assez (suffit) qu'il a rappelé par là au parterre (2)
d'être attentif à lui, et de l'applaudir, s'il veut avoir
la bonté ; siffler devrait-il après lui ! Mais, hélas ! en
partie il n'est pas assez connaisseur, en partie [il a]
trop bon cœur, et [il] prend le désir, de vouloir lui
plaire, pour le fait.

VI. — Das unvorhergesehene (unver-muthete) Hinderniss von Destou-ches; Vom Komischen des Destou-ches.

La pièce du cinquième soir (de mardi, le vingt-huit
avril) était : l'*Obstacle imprévu* ou l'*Obstacle sans
Obstacle*, de Destouches.

Si nous compulsons les annales (3) du théâtre français, (alors) nous trouvons, que les pièces les plus
gaies de cet auteur ont justement eu le moindre
succès. Ni la [pièce] présente, ni le *Trésor caché*, ni

---

(1) L'acteur.
(2) Le parterre outre les loges, était à l'époque la place
du grand monde, qui occupait le parterre de la salle de
spectacle. Maintenant on divise la place devant la scène,
et derrière les musiciens, de la manière suivante : immédiatement derrière les musiciens quelques places nommées « Orchesterfauteuil » ou « Sperrsitz », après vient :
« das erste Parquette, et das zweite Parquette, et les
dernières places seulement, à peu près trois ou quatre
rangs, où il faut se tenir debout, ont gardé le nom de
parterre ; ce sont les « palchi » des Italiens.
(3) Pluriel latin.

le *Spectre avec le Tambour, (Tambour nocturne)* ,
ni le *Poétique, Gentilhomme de village*, s'y (1) sont
maintenues ; et n'ont été, même dans leur originalité
(nouveauté) représentées (2) que peu de fois. Il dépend
(tient) beaucoup du (au) ton dans lequel un poète
s'annonce, ou dans lequel il compose ses meilleures
œuvres. On suppose (accepte, adopte) tacitement,
comme s'il prenait par là un engagement de ne jamais
s'éloigner de ce ton ; et s'il le fait, on se croit autorisé
d'en être frappé. On cherche l'auteur dans l'auteur,
et [on] croit trouver quelque chose de plus mauvais,
dès qu'on ne trouve pas la même chose. Destouches
avait donné dans son *Philosophe marié*, dans son
Glorieux, dans son *Dissipateur*, des modèles d'un
comique plus fin, plus élevé, que l'on n'était
habitué de Molière, même dans ses plus sérieuses
pièces. Immédiatement les critiques qui aiment
tant à classer, proclamèrent ceci (firent ceci pour)
sa sphère caractéristique (distinctive), ce que
chez le poète n'était peut être rien qu'un choix
fortuit, ils le déclarèrent pour prédilection [princi-
cipale et disposition dominante ; ce qu'il n'avait
pas voulu une fois, deux fois, il ne le leur parut pas
pouvoir : et lorsqu'il le voulut maintenant, qu'est-ce
que ressemble plus aux critiques, sinon ce qu'ils
préféraient de ne pas lui rendre justice, avant qu'ils
changeassent leur jugement inconsidéré ? (3) Je ne
veux pas dire avec cela que le bas comique de Destouches soit (est) avec celui de Molière (Moliérien) de
la même qualité. Il est en effet de beaucoup plus
:.

---

(1) Le théâtre.
(2) Toujours « les pièces. »
(3) Voyez la préface.

raide ; la tête (l'esprit) spirituelle est plus à y apercevoir, que le peintre fidèle ; ses fous sont rarement de
ces fous commodes, comme ils viennent des mains de
la nature, mais pour la plupart (1) de l'èspèce
gauche, comme l'art les taille, et surcharge d'affectation, avec une manière de vivre manquée, de pédan-
terie ; (son esprit acquis à l'école) sa plaisanterie
banale, ses mazures sont donc plus froids que ridicules. Mais malgré cela (2), et seulement ceci voulais-
je dire, — ses pièces plaisantes ne sont pas encore de
si peu de valeur en du vrai comique, qu'un goût
mignardé les trouve ; elles ont des scènes parfois qui
nous font rire du fond du cœur, et qui seules lui (3)
pourraient assurer un rang important parmi les
poètes comiques.

VII. — SEMIRAMIS von Voltaire ; von den Gespenstern (im) bei Voltaire und bei (im) Shakespeare.

Cette tragédie fut représentée sur la scène française en mil sept cent quarante-huit, obtint du grand
succès, et fait, dans l'histoire de cette scène, à ainsi
dire époque. — Après que (le) monsieur de Voltaire
eut livré sa *Zaïre* et [son] *Alzire*, son *Brutus* et [son]
César, il fut fortifié dans l'opinion, que les poètes tragiques de sa nation dépassaient de beaucoup sous
beaucoup de rapports les anciens Grecs. De nous

(1) Voyez note page 2.
(2) « Ungeachtet » demande aujourd'hui le génitif.
(3) Destouches.

[autres] Français, dit-il, les Grecs auraient pu apprendre une exposition plus habile, et le grand art de lier les scènes (1) entre elles ainsi, que la scène (1) ne reste jamais vide et qu'aucune personne, ni sans raison vient (2) ni sort. De nous, dit-il, ils auraient pu apprendre, comme rivaux et rivales parlent ensemble dans des antithèses spirituelles ; comme le poëte doit éblouir et étonner avec une foule d'idées élevées et brillantes. De nous [autres] ils auraient pu apprendre ! — O naturellement que n'y a-t-il pas (que ne peut-on pas) à apprendre des Français ! Çà et là cependant un étranger qui a aussi lu un peu les anciens, demanderait humblement la permission de pouvoir être d'autre opinion. Il pourrait peut-être objecter que tous ces avantages (toutes ces préférences) des Français n'avaient précisément (3) pas une grande influence sur l'essentiel de la tragédie ; que c'étaient des beautés que la naïve grandeur des anciens a méprisées. Mais à quoi ça sert-il d'objecter quelque chose à M. de Voltaire ? Il parle, et on croit. Une seule chose regrettait-il pour son théâtre (sa scène) : (4) que ses (5) grands chefs-d'œuvre n'étaient pas exécutés avec le pompe duquel pourtant les Grecs avaient honoré les petits essais d'un art (qui se formait) seulement se formant. Le théâtre à Paris, une ancienne maison de bal, avec des ornements du

---

(1) Voyez mon *Iphigénie*, note, page 93.

(2) Voyez note, page 8.

(3) L'adverbe « eben » est spécialement aimé des Hambourgeois encore aujourd'hui.

(4) Je ne reviendrai maintenant plus sur les différentes interprétations de « scène ».

(5) Du théâtre.

plus mauvais goût, où dans un parterre (1) malpropre
le peuple [étant] debout se pousse et se bouscule,
l'offensait avec raison ; et surtout l'offensait l'habitude
barbare, de tolérer les spectateurs sur la scène, où
ils laissent aux acteurs à peine tant de place qu'est
nécessaire (qu'il faut) à leurs plus nécessaires mouvements. Il était convaincu, qu'uniquement cette circonstance avait fait perdre à la France (2) beaucoup,
qu'on aurait sans doute risqué (dans) ayant un théâtre
plus libre, plus commode pour des actions et plus
magnifique (3). Pour en donner une preuve, il fit sa
Sémiramis. Une reine qui rassemble les états de son
empire, pour leur annoncer ses épousailles ; un
spectre, qui sort (monte hors) de sa tombe, pour
empêcher un inceste, et pour se venger de son assassin ; cette tombe dans laquelle entre un fou, pour en
ressortir comme (en) criminel : tout cela était en
effet pour les Français quelque chose de tout nouveau. Cela fait tant de tapage (4) sur la scène, cela
demande tant de pompe et de transformation, qu'on
est seulement toujours accoutumé [à voir] dans un
opéra. Le poète croyait avoir donné le modèle pour
un genre tout particulier ; et bien qu'il ne l'eût pas
fait pour la scène française telle quelle était, mais

---

(1) Parterre, voyez note page 23.

(2) « Frankreich » est en allemand à l'accusatif.

(3) Je voudrais bien savoir comment l'honorable
M. Cottler a pu tirer des paroles que nous venons de
lire chez Lessing, la conclusion que l'on lit dans les dernières trois lignes de sa note 2; de telles conclusions
faussent le jugement que l'élève voudra se faire de
Lessing et de son caractère, et le rendront indigne de son
estime.

(4) On dit aussi « der Laerm ».

telle qu'il la désirait : il fut cependant jouer sur elle provisoirement aussi bien, qu'il (que cela) se laissait à peu près jouer. A la première représentation les spectateurs étaient encore assis (avec) sur le théâtre ; et j'aurais bien voulu voir apparaître un spectre à l'antique (à la mode antique patriarcal) dans un cercle aussi galant (élégant). Seulement dans (pour) les représentations suivantes il fut remédié à cette maladresse ; les acteurs se débarrassèrent leur scène ; et ce qui alors n'était qu'une exception, en faveur d'une pièce si extraordinaire, est devenu après ce temps l'organisation permanente. Mais principalement seulement pour la scène à Paris ; pour laquelle, comme il a été dit, *Sémiramis*, sous ce rapport, fait époque. Dans les provinces on reste encore souvent avec (à) l'ancienne mode, et on aime mieux [à renoncer] à toute illusion qu'au privilège de pouvoir marcher aux Zaïre et aux Mérope sur la traîne.

L'apparition d'un revenant était dans une tragédie française une si hardie innovation, et le poète qui l'osait, (la risquait) la justifie avec (par) des raisons si particulières, que cela vaut la peine (1) d'y séjourner un moment.

« On criait et on écrivait de tous les côtés, dit M. de Voltaire, qu'on ne croyait plus aux revenants, et que l'apparition des morts, dans les yeux d'une nation éclairée, ne pouvait être pas autrement que puérile. Comment ? réplique-t-il contre (à) cela ; toute l'antiquité (aurait) avait cru ces miracles et il ne serait pas permis de s'inspirer d'après l'antiquité ? Comment ? notre religion aurait (avait) consacré de telles dispositions (accidents) extraordi-

---

(1) On dit aussi « es lohnt die Muehe ».

naires de la providence, et il serait ridicule de les renouveler ? »

Ces exclamations, me paraît-il, sont plus rhétoriques (1) que profondes (solides). Avant toutes choses je désirerais de laisser la religion ici hors du jeu. Dans des choses (affaires) du goût et de la critique des raisons prises (d'elle) dans elle, sont fort bonnes pour réduire son adversaire au silence, mais non pas trop bien aptes à le convaincre. La religion, comme religion ne doit ici rien devoir décider ; seulement comme une espèce de tradition de l'antiquité son témoignage ne vaut pas plus et pas moins que d'autres témoignages de l'antiquité ne valent. Et par conséquent aussi ici aurions-nous seulement à faire avec l'antiquité.

Très-bien ; toute l'antiquité a cru aux revenants, Les poètes dramatiques de l'antiquité avait donc raison d'utiliser cette croyance ; si nous trouvons chez un d'eux représentés des morts revenant, il serait injuste de lui faire le procès après nos meilleures intelligences. Mais le poète moderne qui partage (partageant) (cette) notre meilleure intelligence a-t-il pour cela le même droit ? Assurément non. - Mais s'il place son histoire en arrière dans ce temps plus crédule ? Non plus alors. Car le poète dramatique n'est pas un historien ; il ne raconte pas que ce qu'on croyait autrefois est arrivé, mais il le fait arriver (se passer) encore une fois devant nos yeux ; et [il] le laisse arriver encore une fois non (seulement) pas à cause de la simple (2) vérité historique, mais dans une tout autre intention et [dans une] plus élevée ; la

---

(1) « Mehr rhetorisch als gründlich » est plus moderne.
(2) Voyez note page 14.

vérité historique n'est pas son but; mais seulement
le moyen pour son but; il veut nous tromper et nous
toucher par l'illusion. S'il est donc vrai, que maintenant nous ne croyons plus à des revenants; si cette
mécroyance (c.-à-d. le fait que nous ne croyons plus)
devait forcément empêcher l'illusion, si sans illusion
nous pouvons impossiblement sympathiser : alors le
poète dramatique agit maintenant contre lui-même,
s'il nous monte (garnit) malgré (1) cela de tels contes
incroyables; tout l'art qu'il y emploie est perdu.

Par conséquent? Par conséquent il n'est absolument
pas permis de mettre sur la scène des spectres et des
apparitions? Par conséquent la source du terrible et
du pathétique est tarie pour nous? Non; cette perte
serait trop grande pour la poésie; et n'a-t-elle pas des
exemples pour elle où le génie brave toute notre
philosophie, et [où il] sait rendre des choses qui ap-
paraissent à la froide raison très railleuses, très terribles à notre imagination? La conclusion doit donc
(tomber) être autrement; et la supposition sera seulement fausse. Nous ne croyons plus à des revenants?
Qui dit ça? Ou plutôt, que veut dire cela? Est-ce que
cela veut dire autant (que) : nous sommes enfin arrivés dans nos lumières (vues) à ce point, que nous pouvons en prouver l'impossibilité; de certaines vérités
irréfutables qui sont en opposition avec la croyance
aux revenants sont devenues si généralement connues,
sont aussi (même) à l'homme le plus ordinaire toujours
et constamment si présentes, que tout ce qui (combat
avec cela) s'oppose à cela doit lui nécessairement
paraître ridicule et absurde? Ça ne peut pas vouloir
dire ça. Nous croyons maintenant à pas de revenants,

_____

(1) « Ungeachtet » veut maintenant le génitif.

peut donc seulement vouloir dire tant : Dans cette affaire, sur (de) laquelle il se laisse dire presque autant pour que contre, qui n'est pas décidée, et [qui] ne peut pas être décidée, la manière de penser, actuellement dominante, a donné la prépondérance aux raisons contre ; quelques peu ont cette manière de penser, et beaucoup veulent paraître l'avoir ; ceux-ci font le bruit et donnent le ton, le plus grand tas (la plus grande masse) se tait et se tient indifférent(e), et pense tantôt comme ça , tantôt autrement , entend en plein jour avec plaisir se moquer des revenants, et en pleine nuit [il (elle) entend] en parler (raconter) avec effroi.

Mais [le fait] de ne pas croire aux revenants dans (sous) cette acceptation ne peut, et [ne] doit pas retenir le poète dramatique le moins du monde, d'en faire usage. La semence, de croire à eux , est dans nous tous, et dans ceux-là le plus souvent, pour lesquels il compose principalement. Il dépend (1) seulement de son art de pousser cette semence à la germination (de faire germer) ; seulement de certains coups de mains (d'adresse), pour donner aux raisons en faveur de leur réalité promptement (à la hâte) l'élévation [nécessaire]. S'il a ceux-ci dans son pouvoir, (alors) nous pouvons croire dans la vie ordinaire ce que nous voulons ; au théâtre nous devons croire, ce qu'il veut lui (2) (nous sommes obligés de).

Un tel (3) poète est Shakespeare, et Shakespeare

---

(1) Je ne parlerai plus de cette forme ancienne ou forte.

(2) J'ai répété le pronom pour marquer que le ton repose sur Er, qui pour la même raison est écrit en allemand avec une majuscule.

(3) « So ein = Solch ein = Ein solcher » ; au pluriel on dirait seulement « Solche ».

presque tout uniquement (uniquement et seul). Devant
son revenant dans *Hamlet*, les cheveux se dressent
qu'ils (peu importe s'ils) couvrent un cerveau (crâne)
[d'un] croyant ou [d'un] ne pas croyant. (Fidèle —
infidèle). M. de Voltaire ne faisait pas du tout bien,
de s'en rapporter à ce spectre ; cela (il) rend lui et
son revenant de Ninus — ridicule.

Le spectre de Shakespeare vient réellement de ce
monde-là ; ainsi nous paraît-il. Car il vient à l'heure
solennelle, dans la tranquillité frissonnante (1) (qui
fait frissonner) de la nuit, dans (avec) le plein accom-
pagnement de toutes ces lugubres mystérieuses, idées
accessoires, quand (au moment où) (2) et avec lesquelles nous sommes habitués, dès la nourrice, d'attendre et d'imaginer des revenants (3). Mais le revenant
de Voltaire n'est seulement pas bon [pour servir]
comme moine bourru (épouvantail), pour (en) effrayer
avec lui des enfants : c'est le simple (4) comédien déguisé
qui n'a rien, ne dit rien, ne fait rien, qui pourrait le
rendre vraisemblable, qu'il est (fût) ce pourquoi il se
fait passer ; toutes les circonstances plutôt sous lesquelles il apparaît dérangent l'illusion, et trahissent
la créature d'un poète froid qui voudrait bien nous

---

(1) Gœthe dans son *Iphigénie en Tauride* dit : « mit
schauderndem Gefuehl ».

(2) « Wenn » pour « wann ».

(3) C'est la mode en Allemagne, aujourd'hui un peu
moins, de raconter aux enfants des « Gespentergeschich-
ten », et c'est très souvent, là où il n'y a pas de nourrice dans la maison, la bonne d'enfants « das Kinder-
maedchen » qui s'en charge. C'est un mauvais système
qui rend les enfants peureux, même jusqu'à un âge assez
avancé.

(4) Je ne parlerai plus de cette orthographe.

tromper et effrayer, sans qu'il le sache, comment il
doit le commencer (s'y prendre). Qu'on réfléchisse
aussi seulement à cet unique [point] (cette seule
chose) : en plein jour, au milieu de l'assemblée des
états de l'Empire, annoncé par un coup de tonnerre,
sort le spectre voltairien (de Voltaire) de sa tombe.
Où Voltaire a-t-il jamais entendu, que des revenants
sont si hardis? Quelle vieille femme n'aurait pas pu lui
dire que les spectres craignent la lumière du soleil, et
n'aimaient pas du tout à fréquenter de grandes sociétés? (ne fréquentaient... avec plaisir). Mais Voltaire savait certainement aussi cela ; mais il était trop
craintif, trop délicat pour employer ces circonstances
ordinaires ; il voulait nous montrer un spectre, mais
cela devait être un spectre d'une plus noble espèce ;
et par cette plus noble espèce il gâtait tout. Le spectre
qui se permet des choses qui sont contre (contraires
à) toute tradition, contre toutes les bonnes mœurs
parmi les spectres, me paraît ne pas être un vrai
spectre ; et tout ce qui ne favorise pas ici l'illusion,
dérange l'illusion.

Si Voltaire avait fait quelque peu attention à la
pantomime (pris quelque vue), alors il aurait aussi
senti d'un autre côté la maladresse de laisser apparaître un spectre devant les yeux d'une grande foule.
Il faut que tous expriment à la fois, en le voyant, la
peur et l'épouvante ; il faut que tous l'expriment de
différente manière, si l'aspect ne doit pas avoir la
froide symétrie d'un ballet. Qu'on y dresse maintenant une fois un troupeau de stupides figurants (1) ;
et quand on les a dressés de la manière la plus
heureuse, qu'on réfléchisse, combien cette multiple

_____

(1) Aujourd'hui « dummer Statisten ».

3

expression du même aspect doit [forcément] diviser l'attention, et détourner des personnes principales. Si celles-ci doivent faire sur nous le véritable effet, alors il faut que nous puissions non-seulement pas les voir, mais il est aussi bon, si autrement nous ne voyons rien qu'elles. Chez Shakespeare est-ce le seul Hamlet avec qui le spectre s'engage ; dans la scène, où la mère y est, il est de la mère, ni vu ni entendu. Toute notre attention va donc sur lui (1), et plus de signes d'un esprit, bouleversé par l'épouvante et la terreur, nous découvrons en (chez) lui (1), plus nous sommes disposés de prendre l'apparition qui cause ce bouleversement en lui (1), pour justement ce, pour qu'il le prend lui (1). Le spectre agit sur nous, plus par lui (1), que par lui-même (soi-) (2). L'effet qu'il (2) fait (produit) sur lui (1), passe en nous, et l'effet est trop évident et trop fort, pour que nous dussions douter de la cause extraordinaire. Combien peu Voltaire a-t-il aussi compris ce procédé (d'art) ! Beaucoup s'effraient de son revenant ; mais pas beaucoup (bien) (3). Sémiramis s'écrie une fois : « Ciel ! je meurs ! » et les autres ne font pas plus de façon avec lui (2) que l'on ferait à peu près avec un ami, qu'on a cru bien loin, qui tout à coup rentre dans la chambre.

Je remarque encore une différence qui se trouve entre les spectres du poète anglais et français. Le spectre de Voltaire n'est rien [autre] qu'une machine poétique qui y est seulement à cause du nœud ; il nous intéresse pour (par) lui-même pas le moins du

---

(1) Hamlet.
(2) Le spectre.
(3) Jeu de mot « Viele-viel ». Le premier remplace un substantif, le second est adverbe égal a « sehr ».

monde. Le spectre de Shakespeare (1) au contraire est une personne réellement agissant, au sort duquel (2) nous prenons part ; il éveille la crainte (horreur), mais aussi la pitié.

Cette différence provenait, sans doute, de la différente manière des deux poètes de penser des spectres en général. Voltaire regarde l'apparition d'un défunt comme un miracle ; Shakespeare comme un événement tout naturel. Qui des deux pense plus philosophiquement, ne pourrait pas être une question ; mais Shakespeare pensait plus poétiquement.

VIII. — ZAIRE von Voltaire.

e seizième soir (mercredi (3), le treize mai) fut représentée *Zaïre* de M. de Voltaire.

« Aux amateurs de l'histoire savante, dit M. de Voltaire, il ne sera pas désagréable, à savoir, comme cette pièce [est] née. Plusieurs dames avaient reproché à l'auteur, qu'il n'y avait pas assez d'amour dans ses tragédies. Il leur répondit que, d'après son opinion, la tragédie n'est précisément pas non plus l'endroit le plus convenable pour l'amour ; [que] si cependant il leur fallait avoir quand même de toute force des héros amoureux, qu'il leur voulait en faire (alors), aussi bien qu'un autre. La pièce fut achevée

---

(1) Mettez : « Shakespeare's. »

(2) « Dessen » se rapporte à « das Gespenst » on aurait mieux aimé « deren » se rapportant à « Person ».

(3) « Mittwochs » et dans n° VI « Dienstags », rejettent aujourd'hui l'« s ».

en dix-huit jours, et trouva un grand succès. On l'appelle à Paris (1) une tragédie chrétienne, et elle a été souvent représentée au lieu de *Polyeucte* (1). »

Aux dames donc sommes-nous redevables de cette pièce, (nous devons donc...) et encore longtemps elle restera la pièce favorite des dames. Un jeune [et] ardent monarque, seulement soumis à l'amour ; un fier vainqueur, seulement vaincu par la beauté ; un sultan sans polygamie ; un sérail (2) changé dans le siège (la résidence) libre [et] accessible d'une maî-tresse (souveraine) absolue : une fille abandonnée, élevée au plus haut degré (échelon) de la fortune par rien [autre] que [par] ses beaux yeux ; un cœur que se disputent [la] tendresse et [la] religion, qui se divise entre son Dieu et son idole, qui voudait bien être pieux, pourvu qu'il [ne dût (s'il ne devait seulement pas) cesser d'aimer ; un jaloux qui reconnaît son tort et [qui] le venge sur lui (soi)-même ; si ces idées flatteuses ne subornent pas le beau sexe, par quoi donc se laisserait-il suborner ? (gagner) ?

L'amour lui-même a dicté à Voltaire la *Zaïre !* dit un critique assez gentiment (galamment). Plus juste-ment il aurait dit : la galanterie. Je ne connais qu'une tragédie à laquelle l'amour lui-même [a] aidé à tra-vailler (3) et c'est *Roméo et Juliette* de Shakespeare (4). C'est vrai, Voltaire fait exprimer à sa (par) Zaïre amoureuse ses sentiments très finement, très conve-

---

(1) Aujourd'hui mieux » in Paris ». = Polyeukt.

(2) « Seraglio » formé de l'italien « serraglio ».

(3) « Helfen » et six autres verbes, se construisent comme les verbes auxiliaires modificatifs. Voyez la gram-maire.

(4) Voyez la préface.

nablement : mais qu'est-ce que cette expression vis-à-
vis de ce vivant tableau-là de toutes ces plus petites
[et] plus secrètes intrigues par lesquelles l'amour se
glisse dans notre âme, de tous ces avantages imper-
ceptibles qu'il y gagne ; de tous ces procédés (d'art)
avec (par) lesquels il met chaque autre passion au-
dessous de lui, jusqu'à ce qu'il devient le seul tyran
de tous nos désirs et [de toutes nos détestations] ?
Voltaire comprend, si je puis dire ainsi, parfaitement
le style de chancellerie de l'amour ; c'est-à-dire ce
langage, ce ton du langage que l'amour emploie,
quand il veut s'exprimer avec le plus de précaution
et le plus précisément, quand il ne veut rien dire,
que ce qu'il peut justifier chez la prude sophiste et
chez le (près du) froid critique. Mais le meilleur secrétaire de chancellerie ne sait pas toujours le plus
des secrets du gouvernement ; ou [si] toutefois Voltaire
a [eu] dans la nature de l'amour la même profonde
intelligence que Shakespeare [a] eu, (alors) il n'a au
moins ici pas voulu la montrer, et le poème est resté
beaucoup au-dessous du poète.

De la jalousie [il] se laisse dire à peu près la même
chose : le jaloux Orosmane joue vis-à-vis du jaloux
Othello, une très pauvre figure. Et pourtant Othello
a été évidemment le modèle d'Orosmane. Cibber dit
que Voltaire s'est emparé du brandon qui [a] mis le
bûcher tragique de Shakespeare en flamme (1). [Moi]
j'aurais dit : d'un brandon de ce bûcher flamboyant ;
et de plus d'un qui fume plus, qu'il ne luit et chauffe.
Nous entendons parler dans Orosmane un jaloux, nous

(1) Cette orthographe est redevenue, depuis trois ans
à peu près en Allemagne, la moderne, bien qu'il y ait encore beaucoup qui écrivent « Gluth ».

le voyons commettre la prompte action d'un jaloux ;
mais de la jalousie elle-même nous n'apprenons ni
plus et ni moins, que nous ne sachions avant. Othello
au contraire est le manuel le plus complet sur cette
triste folie ; là nous pouvons apprendre tout ce qui la
concerne, la réveiller et l'éviter.

IX. — Vertheidigungsschrift des Characters des Hanswurstes.

Depuis que la Neuber (1), sous les auspices de sa
grandeur (de) M. le professeur Gottsched a banni
l'arlequin publiquement de son théâtre, toutes les
scènes allemandes (2) auxquelles il importait d'être
appelées régulières, ont paru adhérer à cette expul-
sion. Je dis paru ; car au fond elles avaient seulement
aboli la jaquette bigarée et le nom, mais [elles
avaient] gardé le fou. La Neuber (1) elle-même jouait
une foule de pièces dans lesquelles arlequin était le
personnage principal. Mais arlequin s'appelait chez
elle Jeannot, et était vêtu tout blanc, au lieu de
bariolé (3). En effet, un grand triomphe pour le bon
goût !

Aussi les *Fausses confidences* ont un arlequin qui,
dans la traduction allemande est devenu un Pierre.

(1) « Die Neuberin » pour « Frau Neuber » est fort
familier, et ce sans façon montre peut-être un peu le
dédain que Lessing montrait à Gottsched et son école.
(2) = deutschen.
(3) On rejette aujourd'hui le « t ».

La Neuber est morte, Gottsched aussi est mort : je penserais nous lui remettions la jaquette. — Sérieusement; s'il est à supporter sous un nom étranger pourquoi ne pas aussi sous le sien ? « Il est une créature étrangère ! » dit-on. Qu'est-ce que cela fait ? Je voudrais que tous les fous parmi nous fussent des étrangers (1)! « Il se porte, comme personne parmi nous ne se porte » : — Alors il n'a pas (seulement) longuement besoin de dire qui il est. « Il est absurde de voir le même individu tous les jours apparaître dans une autre pièce. » Il ne faut pas le regarder comme un individu, mais comme une espèce entière ; ce n'est pas arlequin qui paraît aujourd'hui en *Timon*, demain dans le *Faucon*, après demain dans les *Fausses confidences*, comme un véritable Jeannot dans toutes les rues ; mais ce sont des arlequins ; l'espèce souffre mille variétés ; celui dans *Timon* n'est pas celui dans le *Faucon* ; celui-là vécut en Grèce, celui-ci en France; seulement parce que leur caractère a les mêmes traits principaux, on leur a laissé le même nom. Pourquoi [nous autres] voulons-nous être plus délicats, dans nos plaisirs plus exigeants (3) et vis-à-vis de froids raisonnements plus indulgents que ne sont — je ne veux pas dire les Français et les Italiens — mais que n'étaient même les Romains et les Grecs ? Leur parasite était-il autre chose que l'arlequin ? N'avait-il pas aussi son costume spécial dans lequel il paraissait dans une pièce par dessus de l'autre ? (après l'autre ?) Les Grecs n'avaient-ils pas un drame spécial dans

---

(1) Ces paroles sont l'image vivante de Lessing.

(2) Mot latin ; pluriel « Individuen » et très rarement comme en latin.

(3) Aujourd'hui on dit « waehlerisch ».

lequel il fallait toujours enlacer des satires (1) [peu
importe si] ils allaient bien à l'histoire de la pièce
ou non ?

Arlequin a, il y a quelques années, défendu sa
cause devant le tribunal de la vraie critique avec autant d'humeur que de profondeur. Je recommande la
dissertation de M. Moeser du grotesque-comique à
tous mes lecteurs qui ne la connaissent pas encore ;
ceux qui la connaissent, de ceux là j'ai déjà le
suffrage. Il y est dit (on y dit) en passant d'un certain
écrivain, qu'il possède assez d'intelligence pour devenir un jour (2) le panégyriste de l'arlequin. Maintenant il l'est devenu ! pensera-t-on. Mais non ; (que
nenni) ; il l'a toujours été. Le reproche contre l'arlequin que M. Moeser lui met dans la bouche, il ne
peut pas se rappeler de l'avoir jamais fait, même
seulement pas de l'avoir pensé.

X. — Vergleichung zwischen dem franzoesichen und dem deutschen Publicum.

Le nom [de] Du Belloy ne peut être inconnu à personne qui, dans la littérature française plus moderne
n'est pas tout à fait un étranger. [le nom] De l'auteur
du *Siège de Calais* ! Si cette pièce ne le méritait pas,

---

(1) « Satyri » pluriel latin, du reste il vaut mieux
écrire un « i » au lieu d'un « y ».

(2) Aujourd'hui « dermaleinst ».

que les Français en faisaient un tel bruit (1), pourtant
ce bruit lui-même tourne à l'honneur des Français.
Il le montre comme un peuple qui est jaloux de sa
gloire ; sur lequel les grands faits de ses ancêtres n'ont
pas perdu l'impression ; qui, persuadé de la valeur
d'un poète et de l'influence du théâtre sur la vertu et
les mœurs, ne compte pas celui-là parmi ses membres
inutiles, pas celui-ci parmi les objets desquels ne
s'occupent que des désœuvrés actifs (affairés). Combien sommes-nous nous autres Allemands sous ce rapport encore en arrière des Français ! Pour le dire
franchement : nous sommes vis-à-vis d'eux encore
les vrais barbares ! plus barbares que nos ancêtres
les plus barbares pour lesquels (auxquels) un chan-
teur de chansons était un homme fort estimable, et
qui, avec toute leur indifférence pour les arts et les
sciences auraient certainement pris la question, si un
barde était le plus utile citoyen, ou quelqu'un qui
fait le commerce avec des peaux d'ours (2) et de l'ambre
jaune, pour la question d'un fou ! — Je peux regarder en Allemagne autour de moi, où je veux, cette
ville doit encore être bâtie de laquelle il se laisserait
attendre qu'elle aurait seulement la millième partie
de cette estime et de cette reconnaissance pour un
poète allemand, que Calais a eu pour Du Belloy.
Q'on le reconnaisse toujours comme vanité française :
combien avons-nous encore [de chemin à faire] avant
que nous soyons capables d'une telle vanité ! Quoi
d'étonnant aussi ? Nos savants eux-mêmes sont assez
petits, pour (d') affermir la nation dans le mépris de
tout ce qui ne remplit pas directement leur bourse.

---

(1) Ce mot est aussi employé au masculin. Voyez aussi
la note page 27. — (2) « = Baerenfellen »

Qu'on parle d'une œuvre du génie de laquelle on veut ; qu'on parle de l'encouragement des artistes ; qu'on exprime le désir, qu'une ville riche [et] florissante, par sa simple participation (1), aide à se relever la plus convenable récréation pour des hommes qui dans leurs affaires ont porté le fardeau et la chaleur du jour, et le plus utile passe-temps pour d'autres qui ne veulent pas du tout des affaires (cela sera donc au moins le théâtre?); — et qu'on voie et entende autour de soi. Grâce soit au ciel, s'écrie non-seulement pas l'usurier « Albinus, » que nos citoyens ont à faire des choses plus importantes !

.... Très bien !
Tu pourras soigner tes affaires !

De plus importantes? De plus lucratives; ceci je l'accorde ! Lucratif en effet n'est rien parmi nous, qui dans la moindre des choses est en relation avec les arts libéraux. Mais,

— Si l'avarice et le souci de l'épargne
ont une fois rempli ces âmes —

Cependant, je m'oublie. Comment tout cela appartient-il à *Zelmire*? (2) (fait-il partie de).

Du Belloy était un jeune homme, qui voulait ou devait étudier le droit. Ça aura été probablement plus « un devait. » Car l'amour pour le théâtre garda le dessus; il mit le Bartolus de côté et devint comédien. Il joua pendant quelque temps dans la troupe française à Brunsvick, composa plusieurs pièces, revint

---

(1) Aujourd'hui « Theilnahme ».
(2) Titre de la pièce de Du Belloy, à l'occasion de laquelle Lessing y prononce ces mots.

dans sa patrie, et devint rapidement par quelques
tragédies aussi heureux et célèbre, que la jurispru-
dence ne l'eût jamais pu faire, même s'il était devenu
un Beaumont. Malheur au jeune génie allemand qui
voudrait prendre ce chemin! Le mépris et la mendi-
cité seraient son sort le plus sûr !

XI. — Von den erfundenen Gegens-taenden und von den historischen Stoffen.

Aristote l'a décidé depuis longtemps, en combien
le poète tragique a à s'occuper de la vérité historique;
pas plus (loin) qu'elle n'est semblable à une fable
bien arrangée avec laquelle il peut unir ses desseins.
Il se sert d'une histoire non pas parce qu'elle s'est
passée, mais parce qu'elle est arrivée ainsi, qu'il la
pourrait difficilement mieux inventer pour son but
présent. S'il trouve cette aptitude par hasard dans un
cas vrai, alors le cas vrai lui est agréable ; (bienvenu)
mais de compulser pour cela auparavant longtemps
les livres d'histoire (1), ne vaut pas la peine. Et combien savent donc ce qui est arrivé? Si nous voulons
seulement conclure de la possibilité que quelque chose
peut arriver, de là parce que cela est arrivé : que
nous empêche-t-il de prendre une fable entièrement
inventée pour une histoire (2) réellement arrivée de
laquelle nous n'avons jamais entendu quelque chose ?
Qu'est-ce que le premier qui nous rend une histoire
digne de foi? N'est-ce pas sa vraisemblance inté-

(1) Mieux est « Geschichtsbuecher ».
(2) Il faut éviter maintenant tous ces mots étrangers.

rieure ? Et n'est-ce pas la même chose (égal), si cette
vraisemblance n'est affirmée par aucuns témoignages
et traditions du tout, ou par de tels qui ne sont encore
jamais parvenus à notre savoir ? On accepte sans raison
(il est accepté), que c'est entre autre une destination
du théâtre, de conserver la mémoire de grands
hommes ; pour cela existe l'histoire, mais non pas
le théâtre. Sur le théâtre nous ne devons pas apprendre ce que cet homme particulier ou celui-là (tel, tel)
a fait, mais ce que chaque homme d'un certain
caractère fera(1) sous certaines circonstances données.
Le but de la tragédie est beaucoup plus philosophi-
que, que le but de l'histoire ; et c'est la dégrader de
sa véritable dignité, quand on la rend (fait d'elle) un
simple panégyrique d'hommes célèbres, ou quand on
en abuse même pour nourrir l'orgueil national (fomen-
ter, entretenir).

REMARQUE. — Je conseille de lire après ceci quelques dissertations de Schiller, par exemple : *Ueber
das gegenwaertige deutsche Theater* (1782) ;

*Die Schaubuehne als eine moralische Anstalt
betrachtet* (1784) ;

Ueber das Pathetische (1793), c'est-à-dire la partie
restée de la dissertation qu'il avait écrite la même
année sous le titre *Vom Erhabenen*. Cette dissertation *Ueber das Erhabene* reparut remaniée (1801), et
comme Schiller lui-même donna la préférence à
celle-ci, on a cru bien faire de supprimer celle de
1793, sauf la partie *Ueber das Pathetische ;*

*Ueber den Grund des Vergnügens an tragischen
Gegenstaenden* (1792) ;

Ueber die tragische Kunst (1792), etc.

---

(1) Subjonctif du futur.

XII.—RODOGUNE von P. Corneille; Bericht Appians ; vom Titel des Stueckes.

Corneille avouait qu'il tirait (tire) la plus grande vanité de cette tragédie, qu'il la plaçait (place) bien au-dessus de son *Cinna* et de son *Cid*, que ses autres pièces avaient peu d'avantages (qui ne seraient) que l'on ne rencontrerait réunis dans celle-ci ; une matière heureuse (un sujet heureux), de tout nouvelles inventions, des vers puissants (forts), un raisonnement approfondi, de violentes passions, un d'acte en acte toujours croissant d'intérêt.

Il est juste que nous séjournions auprès du chef-d'œuvre de ce grand homme.

L'histoire sur laquelle il (1) est échaffaudé, raconte Appien d'Alexandrie vers la fin de son livre des guerres syriennes. « Démétrius, avec le surnom Nicanor, entreprit une campagne contre les Parthes, et vécut comme prisonnier de guerre quelque temps à la cour de leur roi Phraates, avec la sœur duquel il se maria. En attendant Diodotus qui avait servi aux rois précédents, s'empara du trône syrien, et y plaça un enfant, le fils d'Alexandre Nothus, sous le nom duquel il régna d'abord comme tuteur. Mais bientô il écarta du chemin le jeune roi, se plaça lui-même la couronne sur la tête, et se donna le nom de Tryphon. Lorsque Antiochus, le frère du roi captif, apprit son sort et les troubles de l'empire qui en résul-

_____

(1) Le chef-d'œuvre.

tèrent, à Rhodes où il séjourna, il revint en Syrie, vainquit avec beaucoup de peine Tryphon et le fit décapiter (exécuter). Après il tourna ses armes contre Phraates, et demande la délivrance de son frère. Phraates qui appréhendit (1) le pire, lâcha aussi réellement Démétrius ; mais néanmoins on en vint entre lui et Antiochus au combat dans lequel celui-ci (tira le plus court) eut le dessous et par désespoir se suicida. Démétrius, après qu'il était retourné dans son empire fut assassiné par son épouse Cléopâtre, par haine contre Rodogune ; bien que Cléopâtre elle-même, par dépit de cette alliance se fût mariée avec le même Antiochus, son frère. Elle avait de Démétrius deux fils dont elle tua l'aîné, du nom de Séleucus, qui, après la mort de son père, monta sur le trône, de ses propres mains, avec une flèche ; qu'il soit parce qu'elle redoutait qu'il pût venger la mort de son père sur elle, ou parce que autrement son caractère cruel l'y déterminait. Le plus jeune fils (2) s'appelait Antiochus, il succéda à son frère dans le gouvernement et força sa mère affreuse, qu'elle dût boire elle-même la coupe empoisonnée qu'elle lui avait destinée. »

Dans ce récit était de la matière pour plus d'une tragédie. Cela n'aurait coûté (3) à Corneille précisément pas beaucoup plus (tout autant) d'invention (imagination) d'en faire un Tryphon, un Antiochus, un Démétrius, un Séleucus, que cela lui coûtait d'en créer une Rodogune. Ce qui le séduit cependant prin-

---

(1) Beaucoup des verbes qui régissent le génitif se construisent maintenant avec l'accusatif.
(2) Faute d'impression, enlevez l'« e ».
(3) « kosten » et le datif vaut mieux que l'accusatif.

cipalement là dedans, était la femme mariée (l'épouse), outragée qui croit ne pouvoir venger assez cruellement les droits usurpés de son rang et de son lit. Celle-ci donc il la prit dehors (choisit) ; et il est incontestable qu'après cela sa pièce ne devrait pas s'appeler *Rodogune*, mais *Cléopâtre*. Il l'avouait lui-même , et seulement parce qu'il craignait que les spectateurs pussent confondre cette reine de Syrie avec cette célèbre dernière reine d'Égypte du même nom (1), il préférait de prendre le titre de la deuxième personne (plutôt), que de la première. « Je croyais, dit-il, pouvoir me servir d'autant plutôt de cette liberté, parce que j'avais remarqué que les anciens eux-mêmes ne l'[ont] pas cru nécessaire d'appeler une pièce précisément après son héros , mais [qu'ils] l'ont sans hésitation aussi bien appelée d'après le chœur, qui pourtant fait beaucoup moins partie de l'action (à... l'action), et [qui] est beaucoup plus épisodique que Rodogune ; ainsi par exemple Sophocle a appelé une de ses tragédies les *Trachiniennes* que du temps actuel on appellerait difficilement autrement que « l'*Hercule mourant* ». Cette remarque est par elle-même très juste ; les anciens croyaient le titre tout insignifiant ; ils ne croyaient pas le moins du monde qu'il dut indiquer le contenu ; [c'était] assez , si par là une pièce était (2) distinguée de l'autre, et pour cela (3) la plus petite condition est suffisante. Mais (malgré) portant je crois difficilement que Sophocle (eût) aurait voulu nommer *Déjanire* la pièce qu'il avait intitulée (intitulait) les *Trachiniennes*. Il n'hésitait pas à lui don-

---

(1) Pour « gleichen Namens ».
(2) Pour « wurde ».
(3) « = hierzu ».

ner un titre insignifiant, mais de lui donner un titre
séduisant, un titre qui tourne notre attention sur un
point faux, là dessus il pourrait sans doute avoir plus
réfléchi (il aurait sans doute plus hésité). La crainte
de Corneille allait en cela trop loin ; celui qui connaît
la Cléopâtre égyptienne, sait aussi que la Syrie n'est
pas [située] en Égypte, sait, que plusieurs rois et reines
ont porté le même nom ; mais celui qui ne connaît
pas celle-là, ne peut pas non plus la confondre avec
celle-ci. Au moins Corneille dans la pièce même n'aurait pas dû éviter si soigneusement le nom de Cléopâtre ; la clarté en a souffert dans le premier acte ; et
le traducteur allemand fit pour cela très-bien, qu'il
se mit (en se mettant) au-dessus de cette petite difficulté (scrupule). Aucun écrivain, le moins un poète,
doit supposer ses lecteurs ou auditeurs par trop (1) igno-
rants ; il peut aussi très bien quelquefois penser : ce
qu'ils ne savent pas, qu'ils le demandent ! (ils peuvent
le demander !)

XIII. — Von dem Plan der RODO-GUNE. (Entwurf zu).

Cléopâtre, dans l'histoire, assassine son époux, tue
l'un de ses fils et veut empoisonner (2) l'autre. Sans
doute un crime s'ensuivit de l'autre, et tous n'avait

(1) Par trop correspond à « so gar » (en deux mots); je
crois que la traduction entre parenthèse vaut mieux, de
même l'autre : (ils peuvent le demander).
(2) « Vergeben » à lui seul a déjà le sens d'empoisonner.

au fond qu'une et la même source. Au moins peut-on (se laisse-t-il) supposer avec vraisemblance (probabilité) que la (seule) jalousie uniquement fît d'une (rendît une) épouse furieuse, une (autant furieuse) mère également furieuse. Se voir mise à côté une deuxième épouse (1) partager avec celle-ci l'amour de son époux et la grandeur de son rang, [ceci] mena facilement un cœur sensible et fier à la résolution, de ne posséder pas du tout ce qu'il ne pouvait posséder seul. Démétrius ne doit pas vivre parce qu'il ne veut pas vivre uniquement pour Cléopâtre. L'époux coupable tombe ; mais en lui tombe aussi un père qui laisse des fils vengeurs. A ceux-ci la mère n'avait pas pensé dans l'ardeur de sa passion ou seulement pensé comme à ses fils [à elle], du dévouement desquels elle est assurée , ou dont le zèle filial au moins , s'il devait choisir entre parents, se déclarerait infailliblement pour la partie la première outragée. Elle ne le trouva cependant pas ainsi ; le fils devint roi et le roi vit dans (en) Cléopâtre non pas la mère, mais la (femme) régicide. Elle avait tout à redouter de lui : et dès ce moment lui tout d'elle. La jalousie bouillonnait encore dans son cœur ; l'époux infidèle restait encore dans ses fils ; elle commençait à haïr tout ce qui devait la faire souvenir de l'avoir aimé une fois ; la conservation personnelle donnait de la force à sa haine ; la mère était plus prête que le fils, la femme offenseur plus prête que l'offensé ; elle commit le deuxième meurtre , pour avoir (afin qu'elle eût) commis le premier impunément ; elle le commit

---

(1) « Einer zweiten » serait plus facilement à comprendre ; ici « sich » est datif, et en français on dirait : « la circonstance de se voir placée à côté d'une seconde épouse ».

4

sur son fils et se calma (tranquillisa) avec (par) l'imagination, qu'elle ne le commet que sur celui qui a décidé sa propre perte, que réellement elle ne tue pas,
qu'elle ne prévient que son assassinat [propre]. Le sort
du fils (plus âgé) aîné serait aussi devenu le sort du
plus jeune (cadet, puîné) ; mais celui-ci était plus vite
ou (était) plus heureux. Il force la mère à boire le
poison qu'elle lui a préparé ; un crime inhumain
venge l'autre : et il dépend seulement des circonstances de quel côté nous devons ressentir plus d'horreur ou plus de pitié.

Ce triple assassinat ne constituerait [donc] qu'une
[seule] action qui aurait (1) son commencement, son
milieu (2) et sa fin dans la même passion de la même
personne. Qu'est-ce qui lui manque donc encore à la
matière d'une tragédie? Pour le génie rien ne lui
manque, pour le bousilleur (3) (c'est-à-dire quelqu'un
qui ne connaît, ou ne fait rien comme il faut, à la perfection) [il lui manque] tout. Là il n'y a pas d'amour,
là il n'y a pas d'intrigue, pas de reconnaissance, pas
d'incident inattendu [et] miraculeux ; tout va (suit) sa
marche naturelle. Cette marche naturelle séduit le
génie, et elle rebute le bousilleur. Le génie peuvent
seulement occuper des événements qui sont fondés
les uns dans les autres, seulement des enchaînements

Nota. Les imparfaits « ging, hing, fing » et leurs composés, s'écrivent maintenant plus juste : « gieng,
hieng, fieng, et au lieu de « Eltern » écrivez « Aeltern »
Je ne parle et je ne parlerai pas des subjonctifs du discours indirect, chacun doit les connaître.

(1) L'imparfait du subjonctif pour le conditionnel, je
n'en parlerai plus.

(2) « Ihr Mittel = ihre Mitte ».

(3) Voyez la préface.

de causes et d'effets. Ramener ceux-ci à celles-là, pe-
ser (avec soin) celles-là contre ceux-ci, exclure partout le hasard, laisser se passer (arriver) tout ce qui
arrive (se passe) ainsi, qu'il n'[a] pas pu arriver (se
passer) autrement : ceci, ceci est son (1) affaire, quand
il travaille (opère) dans le domaine de l'histoire, pour
changer les trésors inutiles de la mémoire en nourri-
tures de l'esprit. La saillie cependant, comme [chose]
qui (ne va pas sur) ne vise pas [ce qui est] fondé l'un
sur l'autre, mais [qui vise] seulement (va sur) l'analogue ou ce qui n'est pas analogue (le pas analogue),
quand il se hasarde à des œuvres qui au génie seul
devraient rester épargnées (réservées), s'arrête à des
événements qui n'ont rien autre de commun ensemble,
que ce, qu'ils arrivent (se passent) en même temps.
Réunir ceux-ci (ensemble), enlacer et embrouiller
leurs fils (2) sans dessus sans dessous ainsi (de telle
manière), que nous perdons [à] chaque instant l'un
sous l'autre, [que] nous sommes précipités d'une surprise dans l'autre : voilà ce qu'elle peut, la saillie, et
uniquement cela. Du continuel croisement de tels
fils de tout différentes couleurs résulte alors une
contexture qui est dans l'art précisément ce que la
tisseranderie appelle changeant : une étoffe de laquelle on ne peut pas dire si elle est bleue ou rouge,
verte ou jaune ; qui est l'une et l'autre, qui paraît d'un
côté ainsi, de l'autre autrement; un jouet de la mode,
une parure trompeuse pour des enfants.

Qu'on juge maintenant, si le grand Corneille a
travaillé sa matière plus en génie (comme un) ou en
comme une) tête ingénieuse. On n'a besoin pour ce

---

(1) Du génie.
(2) « Faden » pour « Faeden ».

jugement de rien autre que de l'application d'une
thèse que personne ne met en doute : le génie aime
[la] simplicité, la saillie [la] complication (l'intrigue).

XIV. — Vom Character der Cleopatra.

Cléopâtre tue, dans l'histoire, son époux par jalousie. Par jalousie ? pensa Corneille : Ça serait ma foi
une femme tout commune ; non, il faut que ma
Cléopâtre soit une héroïne qui encore bien (eût) aurait
volontiers perdu son mari, mais nullement le trône ;
ce que son époux aime Rodogune, ne lui doit pas faire
tant de peine, que ce, que Rodogune doit être reine,
comme elle ; cela est (voilà qui est) beaucoup plus
élevé.

Tout juste (très bien) ; beaucoup plus élevé et
beaucoup plus contraire à la nature. Car d'abord (une
fois) la fierté en général est un vice plus contraire à
la nature, plus affecté (artificiel) que la jalousie.
Deuxièmement est la fierté d'une femme encore plus
contraire à la nature, que la fierté d'un homme. La
nature dota le sexe féminin pour l'amour non pas
pour des actes de violence (1) (des actes qui trouvent
leur suprême bonheur dans la violence) ; il doit faire
naître la tendresse, non pas la peur ; seulement ses

---

(1) Le mot « Gewaltseligkeit, est très rare, aujourd'hui
ou le remplace par « Gewaltthaetigkeit ».

charmes doivent le rendre puissant ; seulement par des caresses doit-il régner, et [il] ne doit pas vouloir gouverner plus, qu'il n'en peut jouir. Une femme à laquelle le gouvernement plaît seulement à cause du gouvernement, chez laquelle tous les penchants sont subordonnés à l'ambition (1), qui ne connaît aucune autre félicité que de commander, de tyranniser et de mettre son pied à des peuples entiers sur la nuque ; une telle femme peut bien avoir existé réellement une fois, aussi plus d'une fois, mais elle est malgré cela (2) une exception, et celui qui dépeint une exception, dépeint incontestablement le moins naturel. La Cléopâtre de Corneille, qui est une telle (3) femme qui, pour satisfaire à son ambition, à sa fierté outragée, se permet tous les crimes, qui (jette autour d'elle) ne débite rien que des maximes machiavéliques, est un monstre de (pour) son sexe, et Médée est vis-à-vis d'elle vertueuse et aimable. Car toutes ces (4) cruautés que commet Médée, elle les commet par jalousie. A une femme sensible (tendre) et jalouse je veux encore tout pardonner ; elle est ce qu'elle doit être, seulement trop violemment. Mais contre une femme qui commet des forfaits par froide fierté, par ambition réfléchie, tout le cœur se révolte ; et tout l'art du poète ne peut pas nous la rendre (faire) intéressante. Nous la regardons avec étonnement, comme nous regardons avec éton-

---

(1) » = dem Ehrgeize ».

(2) Aujourd'hui « dessenungeachtet », on trouve le datif aussi chez Schiller.

(3) Voyez note page 3.

(4) L'article après « alle » n'est pas trop correct, cependant on peut l'excuser en le prenant comme pronom corrélatif.

nement un monstre (1) ; et quand nous avons rassasié
notre curiosité, nous rendons grâce au ciel, que la
nature s'égare ainsi seulement tous les mille ans, et
nous nous fâchons du poète qui veut nous vendre de
tels monstres pour des hommes dont la connaissance
nous pourrait être fructueuse. Qu'on parcoure toute
l'histoire ; parmi cinquante femmes qui ont assassiné
et précipité du trône leurs maris, il y a à peine
une de laquelle on ne pourrait prouver, que seulement
l'amour outragé l'[a] déterminé à cette démarche. Par
simple envie de gouverner, par pure fierté de mener
[elle]-même le sceptre que menait son époux aimable,
difficilement une [seule] s'est aventurée aussi loin.
Beaucoup, après avoir attiré en femmes outragées, le
gouvernement à elles ont administré ce gouvernement
après avec toute la fierté virile, cela est vrai. Elles
avaient, auprès de leurs maris froids, moroses, per-
fides, trop appris tout ce que la soumission a de bles-
sant pour que plus tard leur indépendance, obtenue
avec l'extrême danger, ne leur eût dû être d'autant
plus estimable (précieuse). Mais certainement aucune
n'a pensé et ressenti chez elle ce que Corneille fait dire
à sa Cléopâtre d'elle-même ; les plus insensées bra-
vades du vice. Le plus grand scélérat sait s'excuser
devant lui-même, cherche à se persuader lui-même,
que le vice (crime) qu'il commet n'est pas un si grand
vice, ou que l'inévitable nécessité le force à le commettre. C'est contre toute nature qu'il se vante du
vice comme vice ; et ce (2) poète est extrêmement à
blâmer qui, par désir de dire quelque chose de bril-

---

(1) Mot latin.
(2) Je mets toujours le pronom démonstratif pour indiquer que le ton y repose.

lant et de fort, nous laisse ainsi méconnaître le cœur humain, comme si ces penchants fondamentaux pouvaient aller sur (viser) le mal, comme sur le mal, (c'est-à-dire faire le mal uniquement parce que ça fait plaisir au cœur).

De tels caractères mal dépeints, de telles affreuses tirades ne sont cependant chez aucun poète plus souvent que chez Corneille, et il se pourrait facilement aussi (pourrait être), qu'en partie son surnom le grand se base là-dessus. C'est vrai tout respire chez lui l'héroïsme. Mais aussi ce qui n'en devrait pas être capable, et réellement n'en est pas capable : le vice. On aurait dû l'appeler le terrible, le gigantesque, mais non pas le grand. Car rien n'est grand, qui n'est pas vrai.

Dans l'histoire Cléopâtre se venge seulement sur son époux ; sur Rodogune elle ne pouvait ou [elle] ne voulait pas se venger. Chez le poète cette vengeance-là est passée depuis longtemps ; l'assassinat de Démétrius est seulement raconté et toute l'action de la pièce va (se porte) sur Rodogune. Corneille ne veut pas laisser rester sa Cléopâtre à moitié chemin ; elle doit croire ne s'être encore pas du tout vengée, quand elle ne se venge pas aussi sur Rodogune. A une jalouse il est sans doute naturel qu'elle soit encore plus implacable contre sa rivale qu'envers (que contre) son mari infidèle. Mais (la) Cléopâtre de Corneille, comme il a été dit, est peu ou pas du tout jalouse ; elle est seulement ambitieuse, et la vengeance d'une ambitieuse ne devrait jamais être semblable à la vengeance d'une jalouse. Les deux passions sont trop différentes, pour que leurs effets pussent être les mêmes. L'ambition n'est jamais sans une (espèce de) certaine noblesse de sentiment, et la vengeance répugne trop (est trop adverse) à la générosité, pour que la vengeance de l'am-

bitieux dût être sans mesure et sans borne. Tant qu'il
(1) poursuit son but, elle (2) ne connaît pas de bornes;
mais à peine a-t-il (1) atteint celui-ci (3), à peine sa
passion est-elle satisfaite, qu'aussi sa vengeance commence à devenir plus froide et plus réfléchissante. Il
la (2) met en proportion non pas aussi bien d'après le
préjudice enduré, que plutôt après celui encore à redouter (appréhender). Celui qui ne peut plus lui
nuire, de celui il l'oublie aussi peut-être (bien), qu'il
lui a nui. Celui qu'il n'a pas à craindre, celui-là il le
méprise, et celui qu'il méprise, celui-là est [bien]
loin au-dessous de sa vengeance. La jalousie cependant est une sorte d'envie, et l'envie est un vice mesquin (bas) et vil qui ne connaît aucune autre satisfaction que l'anéantissement complet (la perte complète)
de son objet. Elle s'agite avec fureur dans une même
ardeur; rien ne peut la reconcilier; [et] comme
l'offense qui l'a éveillée, ne cesse jamais d'être
la même offense, et [comme] elle croit toujours, [tou-
jours] (4) plus longtemps qu'elle dure : sa soif de
vengeance aussi ne peut jamais s'éteindre, [vengeance]
qu'elle accomplira tard ou tôt toujours avec une égale
fureur. Justement ainsi (telle) est la vengeance de
Cléopâtre chez Corneille ; et le désaccord (la dissension) dans lequel (laquelle) se trouve par conséquent
cette vengeance avec son caractère ne peut pas être
autrement qu'extrêmement offensant. Ses fiers sentiments, son naturel (penchant) indomptable pour

---

(1) L'ambitieux ou l'ambition plutôt, j'ai traduit il
(l'ambitieux) pour qu'on puisse distinguer.
(2) La vengeance.
(3) Son but.
(4) « Je » explétif pour renforcer le comparatif.

l'honneur et l'indépendance, nous la font contempler comme une grande âme élevée qui mérite toute notre admiration. Mais sa rancune sournoise, sa malicieuse soif de vengeance (avidité) envers une personne de laquelle il n'y a plus rien à craindre pour elle, qu'elle a dans son pouvoir, à laquelle, avec la moindre lueur de générosité elle devrait pardonner; sa légèreté avec laquelle elle ne commet non seulement pas elle-même des crimes, avec laquelle elle exige aussi d'autrui les plus insensés [crimes], si grossièrement et si directement, nous la rendent par contre (de nouveau) si petite, que nous croyons ne pas pouvoir assez la mépriser. Finalement ce mépris doit nécessairement (consommer) faire disparaître cette admiration-là, et il ne reste dans (de) toute la Cléopâtre rien (de reste), qu'une femme vilaine [et] exécrable qui toujours bouillonne et est en délire et [qui] mérite la première place dans la maison des fous.

XV. — Von der Verwickelung des Stückes.

Mais non pas assez, que Cléopâtre se venge sur Rodogune ; le poète veut qu'elle le fasse (doive le faire) d'une manière tout à fait extraordinaire. Comment commence-t-il cela ? (s'y prend-il) ? Si Cléopâtre elle-même écarte Rodogune du chemin, alors l'affaire (chose) est beaucoup trop naturelle : car qu'est-ce qui est plus naturel que d'exécuter une ennemie ? Ne se pourrait-il pas, qu'en même temps fût exécutée en elle une amante (1) ? Et qu'elle fût exécutée par

_____

(1) « Liebhaberin » n'est plus employé aujourd'hui

son amant ? Pourquoi pas ? Inventons que Rodogune
n'a pas encore été tout a fait (1) mariée (unie) à (avec)
Démétrius ; inventons qu'après sa mort les deux fils
se sont épris de la fiancée du père ; inventons que
les deux fils sont jumeaux, que le trône appartient à
l'aîné, que cependant la mère l'a constamment tenu
caché lequel d'eux est l'aîné ; imaginons que finalement la mère s'est décidée à dévoiler ce secret, ou
plutôt à ne pas le découvrir, mais à déclarer par
contre celui pour l'aîné, et à le mettre par là sur le
trône, qui veut accepter une certaine condition ; imaginons que cette condition est la mort de Rodogune.
Maintenant nous aurions bien ce que nous voulions
avoir : les deux princes sont mortellement amoureux
de Rodogune ; celui des deux qui veut assassiner sa
bien aimée, celui-là doit régner.

Bon ; (bien) ; mais ne pourrions-nous pas embrouiller encore plus l'affaire ? Ne pourrions-nous pas
mettre les bons princes dans un embarras encore
plus grand ? Nous voulons essayer. Imaginons donc
encore (continuons donc à imaginer) que Rodogune
apprend le projet de Cléopâtre ; continuons à imaginer qu'elle aime à la vérité un des princes particulièrement, mais [qu'elle] ne le lui a pas avoué, [qu'elle]
ne l'a aussi avoué autrement à personne, ni [le] veut
avouer ; qu'elle est fermement décidée à choisir pour
son époux, parmi les princes, ni ce plus aimé, ni celui
à qui le trône pourrait tomber en déshérence, qu'elle

---

dans cette acceptation, on dit « Geliebte » ; et « Liebhaberin» est le titre officiel d'une actrice jouant des rôles de
jeunes filles naïves, à peu près notre ingénuité. « Liebha-
ber » a gardé les deux acceptations.

(1) C'est-à-dire seulement fiancée.

veut uniquement choisir celui qui se montrera à elle
le plus digne : Rodogune doit être voulu vengée ;
doit être voulu vengée sur la mère des princes ; Rodogune doit leur déclarer : celui de vous qui veut
m'avoir (me posséder), qu'il tue sa mère !

Bravo ! Voilà ce que j'appelle donc encore une
intrigue ! Ces princes sont bien tombés (arrivés) ! Ils
doivent avoir (auront) à faire, s'ils veulent se dé-
brouiller ! La mère leur dit : « Celui de vous qui veut
régner, qu'il tue sa bien-aimée ! » Et la bien-aimée
dit : « Celui qui veut m'avoir, qu'il tue sa mère ! » Il
va de soi-même qu'il faut que ça soient des princes
fort vertueux, qui s'aiment l'un l'autre du fond de
l'âme, qui ont beaucoup de respect pour le (ce) diable
(cette diablesse) de maman, et autant de tendresse
pour une furie de maîtresse qui fait les yeux doux.
Car si tous les deux ne sont pas très vertueux, alors
l'intrigue n'est pas aussi forte (méchante), comme il
paraît ; ou elle est trop forte, [ainsi] qu'il n'est absolument pas possible de la dénouer (dévider). L'un y
va et tue la princesse pour avoir le trône : avec cela
c'est fini. Ou l'autre y va et tue la mère, pour avoir la
princesse : avec cela c'est encore fini. Ou ils y vont
tous les deux et tuent la bien-aimée, et tous les deux
veulent avoir le trône : de cette manière ça ne peut
pas du tout finir. Ou ils tuent tous les deux la mère,
et veulent tous les deux avoir la fille : et de cette
manière ça ne peut encore pas finir. Mais s'ils sont
tous les deux bien vertueux, alors aucun ne veut tuer

NOTA. — Tout ce passage, surtout la fin, fourmille
d'expressions familières ; presque populaires. A Messieurs mes collègues de les révéler, s'ils le jugent à
propos.

ni l'une ni l'autre ; alors tous les deux sont (restent debout [bien] gentiment et tiennent la bouche ouverte, et ne savent pas ce qu'ils doivent faire ; et cela en est justement la beauté. Sans doute (à la vérité) la pièce recevra une tournure fort bizarre par cela, que les femmes y agissent pis que des hommes furieux, et les hommes plus lâchement (d'une manière plus efféminée), que les femmes les plus misérables : mais qu'est-ce que cela fait? Au contraire cela est un avantage de la pièce en plus ; car le contraire est si commun, si rebattu ! — (1).

Mais en sérieux : je ne sais pas, si ça coûte beaucoup de peine, de faire de pareilles inventions ; je ne l'ai jamais essayé, je ne l'essaierais aussi difficilement jamais. Mais ceci je [le] sais, qu'il devient à quelqu'un très difficile (pénible) à digérer de telles inventions.

XVI. — RODOGUNE beurtheilt von einem Huronen, von einem Italiaener (2), von Voltaire.

Déjà au siècle passé était une fois détenu un honnête Huron dans la bastille à Paris ; à celui le temps devint long, bien qu'il fût à Paris ; et d'ennui il étudia les poètes français ; à ce Huron (la) Rodogune ne voulut pas du tout plaire. Plus tard (après) vécut au commencement du siècle de maintenant, quelque part en Italie un pédant, celui-là avait la tête pleine

---

(1) Tout ça, c'est de l'ironie naturellement.
(2) L'orthographe moderne pour « Italiener ».

des tragédies des Grecs et de ses compatriotes du seizième siècle (1) et celui-là trouva aussi beaucoup à reprocher à (la) Rodogune. Enfin vint, il y a quelques années, aussi même un Français, autrement un fervent admirateur du nom de Corneille, (cornélien) (car, parce qu'il était riche et [parce qu'il] avait un très bon cœur, il se chargea d'une pauvre petite-fille abandonnée de ce grand poète ; fit l'élever sous ses yeux, lui apprit . à faire de jolis vers, recueillit des aumônes pour elle, écrivit pour sa dot un grand commentaire lucratif sur les œuvres de son grand-père, etc.), mais quand même il déclara (la) Rodogune (pour) un poème très absurde et voulut se mourir d'étonnement, comment [qu'] un si grand homme, comme le grand Corneille, a(it) pu écrire de telle chose absurde. — Chez un de ceux-ci le dramaturge est incontestablement allé à l'école, et après toute vraisemblance chez le dernier (c'est-à-dire Voltaire) ; car c'est donc communément un Français qui ouvre (2) aux étrangers les yeux sur les fautes d'un Français. Celui-ci bien certainement il le répète machinalement ; — ou si ce n'est pas celui-ci, au moins l'Italien, — sinon le Huron [qu'il répète en machine, sans comprendre]. Il faut bien qu'il l'ait [pris] d'un [de quelqu'un]. Car ce qu'un Allemand penserait lui-même, [qu'il] aurait de [par] lui-même la hardiesse, de douter de l'excellence d'un Français, qui peut s'imaginer cela ? (3)

---

(1) Génitif latin.
(2) Aujourd'hui simplement « oeffnet ».
(3) Ironie.

XVII.—Wichtigkeit der Charaktere. Moralische Nuetzlichkeit der dramatischen Poesie.

Je me suis plutôt déjà exprimé par là, que les caractères doivent être au poète beaucoup plus sacrés que les faits (1). Une fois, parce que, si ceux-là sont exactement observés, ceux-ci, en tant qu'ils sont une conséquence de ceux-là, ne peuvent d'eux-mêmes pas avoir lieu bien autrement ; que par contre le même fait se laisse découler de tout différents caractères. Deuxièmement, parce que l'instructif ne repose non pas dans (sur) les simples faits, mais sur (dans) la connaissance (le discernement), que ces caractères, sous ces conditions, ont l'habitude de produire de tels faits et sont [même] obligés de [les] produire. Seulement il (2) se devrait, dans le cas, qu'il choisit d'autres caractères, que les [caractères] historiques, ou bien même, [quand il choisit des caractères] qui sont diamétralement opposés à ceux-ci, [il devrait] aussi s'abstenir des noms historiques, et plutôt attribuer à des personnes tout à fait inconnues le fait connu, que d'imputer faussement à des personnes connues des caractères qui ne leur appartiennent (conviennent) pas. Cela augmente notre savoir (connaissance), ou paraît au moins l'augmenter, et est par là agréable. Ceci contredit à la connaissance que nous avons déjà, et est par là désagréable Les faits nous

---

(1) « Facta » et plus tard « Factis », déclinaison latine « Factum » veut dire en allemand « die Thatsache ».
(2) Le poète.

[les] regardons comme quelque chose de fortuit, comme quelque chose qui peut être commune à plusieurs personnes ; les caractères cependant [nous les regardons] comme quelque chose d'essentiel et de particulier. Avec ceux-là nous laissons en user le poète, comme il veut, tant qu'il ne les met seulement pas en contradiction avec les caractères ; ceux-ci cependant il peut bien les mettre en lumière ; mais [il ne peut] pas [les] changer ; le moindre changement nous paraît enlever l'individualité et supposer d'autres personnes, des personnes trompeuses qui usurpent des noms étrangers et qui se font passer pour quelque chose, qu'elles ne sont pas.

Mais malgré il me semble (1) toujours une faute beaucoup plus pardonnable, de ne pas donner à ses personnes les caractères que leur donne l'histoire, que de pécher (2) contre (manquer à) ces caractères eux-mêmes librement choisis, soit de la part de la vraisemblance intérieure ou de la part de l'enseignant (l'instructif) Car cette faute-là peut parfaitement exister avec le génie, mais non pas celle-ci. Au génie il est permis de ne pas savoir mille choses que chaque écolier (garçon d'école) sait ; non pas la provision acquise de sa mémoire, mais ce qu'il sait produire de lui-même, de son propre sentiment constitue sa richesse ; ce qu'il a entendu ou lu, il l'a ou de nouveau oublié, ou il ne veut pas le savoir davantage, qu'en tant que ça fait son affaire (est bon pour son) ; il pèche donc tantôt par sûreté, tantôt par fierté, tantôt avec, tantôt sans intention, si souvent, si grossièrement,

---

(1) « Duenken » et « daeuchen » se construisent avec l'accusatif ou avec le datif.

(2) Aujourd'hui « verstossen gegen ».

que nous autres braves (bonnes) gens nous ne pouvons pas assez nous en étonner ; nous sommes [debout] et sommes fort étonnés et joignons les mains (en frappant) et nous nous écrions : « Mais, comment un si grand homme n'a-t-il pas pu savoir ! — comment est-ce possible, qu'il ne lui vint pas dans l'esprit (se rappela pas)! — ne réfléchit-il donc pas?» Oh! taisons-nous bien ; nous croyons l'humilier, et nous nous rendons ridicules dans ses yeux ; tout ce que nous savons mieux que lui, prouve seulement que nous sommes allés plus assidûment à l'école (1) que lui ; et de cela hélas ! nous avions besoin, si nous ne voulions pas rester des imbéciles complets.

Car d'après l'idée que nous avons à nous faire du génie, nous sommes autorisés de demander, dans tous les caractères que le poète développe ou crée, conformité et intention, s'il demande de nous, d'être regardé dans (sous) le jour (la lumière) d'un génie.

Conformité. — Rien ne doit se contredire (il faut que rien ne se contredise) dans les caractères ; il faut qu'ils restent toujours uniformes, toujours semblables à eux-mêmes ; ils peuvent se manifester maintenant plus fortement, maintenant plus faiblement selon que les circonstances influent sur eux ; mais aucunes de ces circonstances ne doivent pouvoir être assez puissantes, pour les changer de noir en blanc. Un Turc (2) et despote doit, même s'il est amoureux (3) encore être Turc et despote. Au Turc qui ne connaît que l'amour sensuel ne doivent venir à l'esprit aucun de

---

(1) = in die Schule.

(2) Pour « Türke ».

(3) C'est évidemment une faute d'impression ; il faut lire « verliebt ».

ces raffinements, qu'une imagination européenne
rendue difficile y joint (doit... aucun).

Il y a assez d'hommes qui réunissent en eux des
contradictions encore plus pitoyables. Mais ceux-ci ne
peuvent aussi justement pour cela pas être des objets
de l'imitation poétique. Ils sont au-dessous d'elle, car
il leur manque l'instructif (à eux) ; à moins qu'on ne
rendît leurs contradictions elles-mêmes, le ridicule,
ou leurs suites malheureuses l'instructif (ne fît l'instructif de leurs, etc.). A un caractère cependant à qui
manque l'instructif, à celui manque.

L'intention. — Agir avec intention voilà ce qui
élève l'homme au-dessus des créatures inférieures ;
inventer avec intention, imiter avec intention, est ce
qui distingue le génie des petits artistes qui inventent
(composent) seulement pour composer, qui se con-
tentent du petit plaisir qui est (joint) attaché à
(l'usage) l'emploi de leurs moyens, qui font de ces
moyens toute leur intention et [qui] demandent,
qu'aussi nous, nous nous contentions du même petit
plaisir qui (sort) résulte de la contemplation de leur
(usage) emploi ingénieux mais sans dessein (1) (but). Il
est vrai, avec de telles fâcheuses imitations le génie
commence à apprendre ; ce sont ses exercices préliminaires ; aussi s'en sert-il dans des œuvres plus grandes comme remplissage, comme point de repos de
notre (pour notre) plus chaude sympathie (2) (compassion), mais au (avec le) plan et à l'exécution de ses
caractères principaux il attache (joint) des intentions
ultérieures et plus grandes ; l'intention de nous enseigner (apprendre) ce que nous avons à faire ou à

---

(1) Aussi « absichtslosen ». — (2) « = Theilnahme »

laisser ; l'intention de nous faire connaître les marques propres du bien et du mal, du convenable et du ridicule ; l'intention de nous montrer celui-là dans (sous) tous ses rapports et suites comme beau et comme heureux même dans le malheur, ceci par contre comme laid et malheureux même dans le bonheur ; l'intention d'occuper dans des appâts (représentations) où aucune émulation directe (immédiate), aucune intimidation directe (immédiate) n'a (n'ont lieu pour nous, au moins nos facultés de désir et de détestation, avec de tels objets, qui méritent de l'être, et de placer ces objets toujours dans leur vrai jour, afin qu'aucun faux jour ne nous séduise à détester ce que nous devrions désirer et à désirer ce que nous devrions détester (1).

XVIII. — MEROPE von Voltaire und von Maffei, Geschichte des Cresphontes und der MEROPE ; Irrthum des Paters Tournemine.

J'ai dit que la *Mérope* de Voltaire a été occasionnée par la *Mérope* de Maffei. Mais occasionné, dit peut-être trop peu : car celle-là est entièrement sortie de celle-ci ; fable et plan et mœurs appartiennent à Maffei ; Voltaire aurait écrit sans lui (2) point [de Mérope] ou au moins assurément une tout autre Mérope.

Donc pour bien juger la copie du Français, il faut

(1) Voyez la préface. — (2) « Maffeï ».

que nous connaissions d'abord (avant tout) l'original
de l'Italien ; et pour apprécier dûment le mérite poétique du dernier, il faut avant toutes choses jeter un
coup d'œil sur les faits historiques sur lesquels il a
basé sa fable.

Maffei lui-même résume ces faits (en peu de mots)
dans la dédicace de sa pièce de la manière suivante :
Que quelques temps après la prise de Troie, lorsque
les Héraclides, c'est-à-dire les descendants d'Hercule,
s'étaient de nouveau fixés (établis) dans le Péloponèse,
le territoire messénien est tombé en partage (échu)
par le sort à Cresphonte ; que l'épouse de ce Cresphonte s'est appelée Mérope ; que Cresphonte, parce
qu'il s'est montré au peuple par trop favorable, avait
été assassiné par les plus puissants de l'état, ensemble avec ses fils, excepté le plus jeune qui fut élevé
au dehors chez un parent de sa mère ; que ce dernier fils, du nom d'Epyte, lorsqu'il était devenu grand,
par l'aide des Arcadiens et des Doriens s'est emparé
de nouveau de l'empire paternel, et [qu'il] a vengé la
mort de son père sur ses assassins : ceci raconte
Pausanias. Que, après que Cresphonte avait été
assassiné avec ses deux fils, Polyphonte, qui aussi
était de la race des Héraclides, a usurpé le gouvernement ; que celui-ci a forcé (la) Mérope à devenir son
épouse ; que le troisième fils, que la mère avait fait
mettre en sûreté, a assassiné après le tyran et recon-
quis l'empire : ceci raconte Apollodore. Que Mérope
elle-même a voulu tuer, sans le savoir, le fils réfugié ;
que cependant elle en a encore été empêchée dans le
moment [même] par un vieux serviteur, qui lui dé-
couvre que celui qu'elle prend pour l'assassin de son
fils est son fils lui-même ; que le fils maintenant
reconnu a trouvé dans un sacrifice l'occasion d'exécuter Polyphonte : ceci raconte Hygin, chez qui

cependant Epyte porte le nom de Téléphonte » (1).

Il serait étonnant (à s'étonner), si une telle histoire qui a de si particuliers revers (changements de fortune) et [de si particulières] reconnaissances, n'avait pas été utilisée (2) par les anciens auteurs tragiques. Et pourquoi ne devrait-elle pas [avoir été utilisée] ? Aristote dans sa poétique fait mention d'un Cresphonte, dans lequel Mérope reconnaît son fils, juste où elle est sur le point de l'assassiner comme le meurtrier présumé de son fils ; et Plutarque dans sa deuxième dissertation du manger de la viande, vise sans doute à cette même pièce, quand il s'en rapporte à l'émotion, dans laquelle tombe le théâtre entier, au moment où Mérope lève la hache sur son fils, et [lorsqu'il s'en rapporte] à la crainte qui saisit chaque spectateur, que le coup ne se fera (fasse) avant que le vieux serviteur puisse y arriver (intervenir). Aristote mentionne (3) ce Cresphonte, il est vrai sans le nom de l'auteur ; mais comme nous trouvons cité chez Cicéron et plusieurs anciens un Cresphonte d'Euripide, il n'aura probablement pas voulu dire (citer) une autre [œuvre] que l'œuvre (celle) de ce poète.

Le père Tournemine dit dans sa lettre : « Aristote, ce sage législateur du théâtre, a mis (placé) la fable de Mérope dans la première classe des fables tragiques. Euripide l'avait traitée et Aristote raconte que chaque fois (aussi souvent) que Cresphonte d'Euripide avait été représenté sur le théâtre de la spirituelle Athènes, ce peuple si habitué à des chefs-d'œuvre tragiques, avait été tout particulièrement saisi, touché et charmé. »

---

(1) Le verbe auxiliaire a presque toujours été supprimé.
(2) Aujourd'hui « benutzt ».
(3) Aujourd'hui aussi bien avec l'accusatif.

— [Ce sont] de jolies phrases (1) mais pas beaucoup de vérité ! Le père Tournemine se trompe dans les deux points. Dans le dernier il a confondu Aristote avec Plutarque, et dans le premier [il n'a pas] bien compris Aristote. Cela (l'autre) est une bagatelle, mais de ceci il vaut la peine de dire quelques mots, parce que plusieurs ont compris Aristote aussi faussement.

XIX. — Meinung des Aristoteles ueber die Quellen der Furcht und des Mitleidens.

L'affaire est telle, comme suit. Aristote examine dans le quatorzième chapitre de sa poétique par quels événements précisément sont excitées (produites) la terreur (crainte) et la pitié. Tous les événements, dit-il, doivent se passer ou entre amis ou entre ennemis ou entre des personnes indifférentes. Si un ennemi tue son ennemi (alors) ni le projet ni l'exécution du fait (de l'action) (excite(nt) éveille(nt) autrement de plus quelque pitié (2), que la [pitié] générale qui est unie à la vue du douloureux et du pernicieux en général. Et ainsi il est aussi chez (pour) des personnes indifférentes (3). Par conséquent il faut que les événements tragiques arrivent (se passent) entre des amis ; il faut qu'un frère tue ou veuille tuer ou autrement d'une manière sensible maltraite ou veuille

(1) Pluriel latin.
(2) Aussi « Mitleiden ».
(3) Aussi « gleichgueltig ».

maltraiter le frère, un fils le père, une mère le fils, un fils la mère. Ceci cependant peut se faire avec ou sans savoir (connaissance) et préméditation : et comme l'action doit ou être exécutée ou ne pas être exécutée, il en résulte quatre classes d'événements, qui répondent plus ou moins aux intentions de la tragédie. La première : quand l'action [est] entreprise sciemment avec pleine (entière) connaissance de la personne contre laquelle elle doit être exécutée, mais [quand elle] n'est pas exécutée. La deuxième : quand elle est entreprise sciemment et réellement exécutée (mise en exécution). La troisième : quand l'action est entreprise insciemment, sans connaissance de l'objet, et [quand elle] est réellement exécutée, et [que] l'auteur apprend à connaître trop tard la personne à (contre) laquelle il l'a exécutée (1). La quatrième : quand l'action insciemment entreprise n'arrive pas à l'exécution, parce que les personnes [qui] y (2) [étaient] mêlées, se reconnaissent encore les unes les autres en temps utile (à propos). De ces quatre classes Aristote donne la préférence à la dernière ; et comme il en cite l'action de Mérope dans Cresphonte, comme exemple, Tournemine et d'autres ont interprété ceci ainsi, comme s'il déclarait par là la fable de cette tragédie en général (d')être de l'espèce la plus parfaite des fables tragiques (que la fable... est de...).

Cependant Aristote dit peu avant, qu'une bonne fable tragique ne devait pas se terminer heureusement, mais malheureusement. Comment ces deux [choses] peuvent-elles subsister l'une à côté de l'autre ? Elle (3) doit se terminer malheureusement, et mal-

---

(1) Manque le verbe auxiliaire.
(2) Aussi « darin ». — (3) La fable.

gré l'événement, qu'il préfère après cette classifica-
tion-là, à tous les autres événements tragiques, se
termine heureusement. Le grand critique ne se con-
tredit-il donc pas évidemment?

XX. — Verlegenheit der Ausleger des Aristoteles.

Victorius, dit Dacier, est le seul qui [ait] vu cette
difficulté; mais comme il n'[a] pas compris ce qu'A-
ristote [a] précisément voulu [dire], dans tout le quatorzième chapitre, il n'a pas non plus (aussi seulement pas) osé la (le) moindre tentative (essai), pour
la lever (trancher). Aristote, pense Dacier, ne parle
là pas du tout de la fable en général, mais il veut
seulement montrer de quelles différentes manières le
poète peut traiter des événements tragiques, sans y
changer l'essentiel que l'histoire en mentionne, et
laquelle de ces manières est la meilleure. Si par
exemple l'assassinat de Clytemnestre par Oreste devrait être le contenu de la pièce : alors il se montre,
d'après Aristote, un plan quadruple pour traiter cette
matière, savoir, ou comme un événement de la première, ou de la deuxième, ou de la troisième, ou de
la quatrième classe; il faut [donc] que le poète réfléchisse maintenant quel [plan] est ici le plus convenable et le meilleur. Traiter cet assassinat comme un
événement de la première classe, n'a pas lieu pour
cette raison, parce que d'après l'histoire il faut qu'il
arrive effectivement, et qu'il faut qu'il se fasse par
Oreste. [Il n'a pas lieu] après la deuxième [classe],
parce qu'il est trop affreux. D'après la quatrième
[classe, il n'a pas lieu] pour cette raison, parce que

Clytemnestre serait encore sauvée par là, qui cependant ne doit nullement être sauvée. Par conséquent il ne lui reste rien (de reste) que la troisième classe.

La troisième! mais Aristote donne pourtant à la quatrième la préférence ; et non seulement pas dans des cas spéciaux, en raison (1) des circonstances, mais en général. L'honorable Dacier le fait [plus] souvent ainsi : Aristote garde chez lui raison (gagne sa cause)ᵎ non pas parce qu'il a raison, mais parce qu'il est Aristote. Pendant qu'il croit (en croyant) couvrir d'un côté un côté faible de lui, il lui fait de l'autre un aussi mauvais. Si maintenant l'adversaire a la présence d'esprit de porter un coup au lieu de à celui-là, à celui-ci : alors c'est fait néamoins (malgré) de l'infaillibilité de son ancien (vieux), à laquelle il lui paraît importer au fond encore plus qu'à la vérité elle-même. S'il dépend tant de la conformité avec l'histoire, si le poète peut bien adoucir des choses généralement connues d'elle, mais jamais [les] changer entièrement : n'y aura-t il pas parmi celles-ci aussi de telles qui doivent être traitées absolument après le premier ou le deuxième plan (2) ? Le meurtre de Clytemnestre devrait réellement être représenté d'après le deuxième [plan] ; car (2) Oreste l'a accompli sciemment et intentionnellement ; le poète cependant peut choisir le troisième, parce que celui-ci est plus tragique, et ne contredit cependant pas directement l'histoire (est en contradiction avec). Bon, qu'il en soit ainsi : mais par exemple Médée qui tue ses enfants ! Quel plan le poète peut-il ici autrement pren-

---

(1) Aussi « Massgabe ».
(2) « Der Plan » fait au pluriel mieux « die Plaene ».
(3) Faute d'impression, lisez « denn ».

dre (suivre, adopter), que le second? Car il faut
qu'elle les tue ; l'un et l'autre (sont) est également
généralement connu par l'histoire. Quel ordre (de
rang) peut donc avoir lieu entre ces plans ? Celui
qui est dans un cas le plus parfait, ne rentre dans un
autre [cas] absolument pas en considération. Ou pour
mettre Dacier encore plus au pied du mur, que l'on
fasse l'application non pas sur [des événements] historiques, mais sur des événements seulement inven-
tés. Supposé, l'assassinat de Clytemnestre était de
cette dernière espèce, et il aurait été libre (permis)
au poëte, de le laisser consommer ou [de] ne pas
[le laisser] consommer avec ou sans entière connaissance. Quel plan aurait-il dû choisir alors, pour
en faire une tragédie autant que possible parfaite ?
Dacier dit lui-même, le quatrième; car s'il lui
préfère le troisième, cela se fairait seulement par
respect vis-à-vis de l'histoire. Donc le quatrième ?
Celui-là donc, qui se termine heureusement ?
Mais les meilleures tragédies, dit le même Aristote
qui donne à ce quatrième plan la préférence avant
tous, sont pourtant celles qui se terminent malheureusement ! Et voilà justement la contradiction que
Dacier voulut lever. L'a-t-il donc alors levée ? Il l'a
plutôt confirmée !

Je ne le suis pas non plus seul, à qui l'interprétation de Dacier ne donne pas de satisfaction. Elle a
aussi (autant) peu contenté notre traducteur allemand
de la poétique d'Aristote. Il expose ses raisons contre,
qui, à la vérité, ne contestent (combattent) pas précisément le subterfuge de Dacier, mais [qui] lui
paraissent (1) pourtant autrement assez importantes,

---

(1) Voyez note page 63.

pour abandonner plutôt entièrement son auteur, que de risquer (oser) un nouvel essai pour sauver quelque chose qui n'est pas à sauver. « J'abandonne, termine-t-il, à une intelligence plus profonde à lever ces difficultés ; [moi] je ne puis trouver aucune lumière pour son explication, et il me paraît probable que notre philosophe n'a pas approfondi (1) ce chapitre avec sa circonspection (prudence) habituelle. »

J'avoue que ceci ne me paraît pas très vraisemblable. Un Aristote ne se rend pas facilement coupable d'une contradiction évidente. Où je crois trouver une telle chez un tel (2) homme, je préfère plutôt de mettre la plus grande méfiance dans mon esprit que dans le sien. Je redouble mon attention, je parcours (je repasse) (3) le passage dix fois, et je ne crois pas plutôt qu'il se soit contredit, jusqu'à ce que je voie par tout l'enchaînement de son système comment et pourquoi il a [été] induit à cette contradiction. Si je ne trouve rien de ce qui l'y [a] pu engager, qui [a] dû lui rendre cette contradiction en quelque façon inévitable, alors je suis

---

(1) « Durchgedacht « n'est plus juste aujourd'hui. Le verbe « durchdenken » est inséparable il faudrait donc dire « durchdacht ». A la rigueur on pourrait défendre et excuser « durchgedacht » en lui attribuant le sens propre de la préposition « durch » et en pensant : il n'a pas bien pensé ce chapitre à travers les difficultés qui se présentaient devant lui; mais ce serait assez recherché.

(2) Voyez note, page 31.

(3) Le verbe « ueberlesen » est généralement inséparable, mais alors il a la signification de : lire superficiellement; ne pas avoir vu en lisant; ici dans notre cas il veut dire juste le contraire, c'est-à-dire lire ou repasser avec attention et dans ce cas on fera bien de le traiter en verbe séparable.

persuadé qu'elle n'est qu'apparente. Car autrement
elle aurait certainement frappé premièrement l'auteur
qui [a] dû si souvent méditer (1) sa matière, et non
pas moi lecteur plus inexercé, qui le prends dans ma
main pour mon instruction (pour m'enseigner). Je
m'arrête donc, je poursuis en arrière (remonte) le fil
de ses idées, je pèse (2) chaque mot, et je me dis
toujours: Aristote peut être dans l'erreur, et a été
souvent dans l'erreur ; mais qu'il doit soutenir (affirmer) ici quelque chose dont il affirme sur (à) la page
suivante justement le contraire, ceci Aristote ne [le]
peut. A la fin cela se trouve aussi.

XXI. — Aristoteles (erklaert) von Lessing erklaert. Von den Theilen der Tragoedie.

Mais sans autre forme de procès, voici l'explication
dont M. Curtius (3) désespère. — Je ne fais pour cela
pas de prétention à l'honneur d'une plus profonde
intelligence. Je veux me contenter de l'honneur d'une
plus grande modestie vis-à-vis d'un philosophe
comme Aristote.

Aristote ne recommande au poète tragique rien de
plus que la bonne composition de la fable : et rien il
ne lui a cherché à faciliter par de plus diverses et de
plus fines remarques, que justement celle-ci (4). Car

----

(1) Verbe inséparable, accent sur le verbe.
(2) Mot pris du latin.
(3) Le traducteur allemand de la page 73.
(4) « Die Abfassung.

c'est la fable qui rend le poète (fait du poète) avant tout poète (le poète) : des mœurs, des sentiments et de l'expression réussiront à dix [poètes], contre un [seul] qui est dans celle-là (1) irréprochable et parfait. Mais il définit la fable par l'imitation d'une action, πράξεως, et une action est [pour] lui un enchaînement d'événements, σύνθεσις πραγμάτων. L'action est le tout (l'entier), les événements sont les parties de cette totalité, et ainsi (de même) que la bonté (bonne qualité) d'une chaque totalité, repose sur la bonté (bonne qualité) de ses parties séparées, et de leur union, ainsi est aussi l'action tragique plus ou moins parfaite, selon que les événements, dont elle se compose, chacun pour lui et tous ensemble, répondent plus ou moins aux intentions de la tragédie. Or Aristote place tous les événements qui peuvent avoir lieu dans l'action tragique sous trois points cardinaux : [sous le point cardinal] du revers de fortune, περιπέτειας [sous les points cardinaux] de la reconnaissance , ἀναγνω-ρισμοῦ et de la douleur (souffrance), πάθους. Ce qu'il comprend sous les deux premiers [points], les mots [le] démontrent suffisamment ; sous le troisième [point] cependant il assemble tout ce que de pernicieux et de douloureux peut arriver aux personnes agissant : la mort, des blessures, des tortures, etc. Ceux-là, le revers de fortune et la reconnaissance, sont ce, par quoi la fable compliquée, μῦθος πεπλεγ-μένος se distingue de la [fable] simple, ἁπλῷ ; ils ne sont donc pas des traits (parties) essentiels (2) de la fable ; ils rendent l'action seulement plus variée, et

---

(1) « Die Fabel ».
(2) Aujourd'hui « wesentlichen ».

par là plus belle et plus intéressante ; mais une action peut aussi avoir sans eux sa parfaite unité et rondeur et grandeur. Sans le troisième [point cardinal] au contraire, absolument aucune action tragique se laisse imaginer ; des espèces de la douleur, πάθη, chaque tragédie doit en avoir, que la fable en soit simple ou compliquée ; car elles vont directement vers le but de la tragédie, vers l'excitation de la terreur (crainte) et de la pitié (1) ; tandis que non pas chaque revers de fortune, non pas chaque reconnaissance, mais seulement de certaines espèces d'elle atteignent ce but, aident à l'atteindre dans un plus haut degré, [tandis que] d'autres cependant lui sont plus désavantageuses qu'avantageuses. Or pendant qu'Aristote contemple de ce point de vue les différentes parties de l'action tragique, amenées sous trois points cardinaux, chacun en particulier et [pendant qu'il] examine lequel est le meilleur revers de fortune, laquelle la meilleure reconnaissance, lequel le meilleur traitement de la douleur : (alors) il se trouve eu égard au premier que ce revers de fortune est le meilleur, c'est-à-dire le plus capable d'éveiller et de favoriser la terreur (crainte) et pitié, qui se fait du meilleur dans le pire; et eu égard aux derniers, que ce traitement de la douleur est le meilleur dans la même acceptation (d'éveiller et de favoriser....) quand les personnes parmi lesquelles la douleur est imminente, ne se connaissent pas les unes les autres, mais [quand elles] se reconnaissent (apprennent à se connaître) les unes les autres, juste dans le moment où cette douleur doit arriver à la réalité, de manière qu'elle n'a par là pas lieu.

(1) On dit : « das Mitleid » et « das Mitleiden ».

Et ceci doit se contredire? Je ne comprends pas où l'on doit avoir ses idées, si l'on trouve ici la moindre contradiction. Le philosophe parle de différentes parties : pourquoi faut-il donc, que ce qu'il soutient de cette partie, faille aussi (valoir de celle-là) concerner celle-là? La plus possible perfection de l'une est-elle donc nécessairement aussi la perfection de l'autre? Ou la perfection d'une partie est-elle aussi la perfection du tout (de la totalité)? Si le revers de fortune, et ce qu'Aristote comprend sous le mot « douleur » sont deux choses différentes, comme elles le sont, pourquoi ne se doit-il pas laisser dire d'elles quelque chose de tout à fait différent? Ou est-il impossible qu'un tout (une totalité) puisse avoir des parties de qualités opposées? Où Aristote dit-il que la meilleure tragédie n'est rien que la représentation d'un changement du bonheur en malheur? Ou, où dit-il que la meilleure tragédie ne doit se terminer en rien, qu'en la reconnaissance de celui, sur lequel [a] dû être commis un fait cruel, contraire à la nature? (une action)? Il ne dit ni l'un ni l'autre de la tragédie en général, mais chacun d'une partie particulière d'elle, qui [peut] être plus ou moins proche de la fin, qui [peut avoir] sur l'autre plus ou moins d'influence et [qui] aussi (peut-être) bien ne peut en (de l'influence) avoir pas du tout. Le revers de fortune peut avoir lieu au milieu de la pièce, et bien qu'il dure jusqu'à la fin, il ne constitue donc pas lui-même la fin; tel est, par exemple, le revers de fortune dans *Œdipe*, qui se manifeste déjà vers la fin du quatrième acte, auquel il s'ajoute cependant encore de différentes douleurs ($\pi\acute{\alpha}\vartheta\eta$), avec lesquelles la pièce se termine réellement. De même la douleur peut devoir arriver au milieu de la pièce à l'exécution et être contreminée dans le même moment par la reconnaissance, ainsi que par cette reconnaissance la pièce n'est rien de moins que terminée ; comme dans la seconde *Iphigénie* d'Euripide, où Oreste est aussi déjà reconnu par sa sœur, qui est sur le point de l'immoler. Et combien parfaitement bien ce tragique revers de fortune-là se laisse unir au plus tragique traitement de la douleur dans une et la même fable, on peut [le] démontrer à Mérope elle-même. Elle a le dernier ; mais qu'est-ce que cela empêche qu'elle ne pût pas aussi avoir le premier ; c'est-à-dire si Mérope après avoir reconnu son fils sous le poignard, accélérait, par son empressement, de le protéger maintenant aussi contre Polyphonte, ou sa propre perte, ou celle de ce fils bien-aimé ? Pourquoi cette pièce ne pourrait-elle pas se terminer aussi par (avec) la mort (perte) de la mère que [par la mort] du tyran ? Pourquoi ne pourrait-il pas être permis à un poète, pour pousser notre pitié pour une mère si tendre au plus haut degré, de la laisser devenir malheureuse par sa tendresse elle-même ? Ou pourquoi ne lui devrait-il pas être permis de laisser succomber néanmoins sous les poursuites du tyran, le fils qu'il a arraché à la pieuse (1) vengeance de sa mère ? Une telle Mérope dans les deux cas ne réunirait-elle pas réellement les deux qualités de la meilleure tragédie que l'on trouve chez le critique si contradictoires ?

Je vois bien ce qui a pu donner occasion à ce malentendu. On n'a pas pu s'imaginer un revers de fortune du meilleur dans le pire sans douleur, et la douleur empêchée par la reconnaissance sans revers de fortune. Néanmoins l'un et l'autre peut très bien

---

(1) Goethe, *Iphigénie en Tauride vers 782 :* » die fromme Blutgier ».

être sans l'autre ; sans mentionner qu'il n'est pas non plus nécessaire que l'un et l'autre (arrivent) arrive justement à la même personne, et si cela arrive à la même personne, que justement l'un et l'autre ne doi(ven)t pas arriver en même temps, mais [que] l'un peut suivre l'autre, [que] l'un peut être occasionné par l'autre. Sans réfléchir là-dessus, on a seulement pensé à de tels cas et fables dans lesquels les deux parties ou se confondent, ou [dans lesquels] l'une exclue forcément l'autre. Qu'il y en a de tels [cas et fables] est incontestable Mais pour cela le critique est-il à blâmer (doit-on blâmer pour cela le critique) qui rédige ses règles dans la généralité la plus possible, sans se soucier des cas dans lesquels ses règles générales entrent en collision, et dans lesquels une perfection doit être sacrifiée à l'autre ? Une telle collision le met-elle en contradiction avec lui-même ? Il dit : cette partie de la fable, si elle doit avoir sa perfection, doit être de cette nature : celle-là d'une autre, et une troisième [partie] encore d'une autre [nature.] Mais où a-t-il dit que chaque fable doit avoir nécessairement toutes ces parties ? Assez pour lui, qu'il y a des fables qui peuvent les avoir toutes. Si votre fable n'est pas du nombre de ces heureuses ; si elle vous permet seulement le meilleur revers de fortune ou seulement le meilleur traitement de la douleur : alors examinez chez lequel des deux vous vous trouveriez généralement le mieux et choisissez. Voilà tout ! (ceci est tout) !

XXII. — Unbestimmtheit der Fabel der Merope bei den Alten.

Avec *Mérope*, comme j'ai montré, c'était d'une double manière possible ; mais si cela est réellement arrivé ou [si cela n'est] pas arrivé, [cela] ne se laisse pas (conclure) déduire (1) des peu de fragments qui nous restent de *Cresphonte*. Ils ne contiennent rien que des sentences (morales) et des sentiments moraux cités à l'occasion par des écrivains postérieurs et ne jettent pas la moindre lumière sur l'arrangement de la pièce. De l'unique [fragment], chez Polybius, qui est une invocation à la déesse de la paix, il paraît ressortir que du temps dans lequel l'action est tombée, la tranquillité n'a pas encore été rétablie dans les états messéniens ; et de quelques autres [fragments] on devrait presque conclure que l'assassinat de Cresphonte et de ses deux fils (plus) aînés (2), a

---

(1) Cette note, à la page 67 de notre édition, est-elle une traduction des paroles de Lessing, ou seulement une affirmation?

(2) « Aelter » comp. de « alt » veut dire en français « aîné », donc « der Aeltere » « l'aîné » sous-entendu : de l'autre ; le superlatif « der Aelteste » est en français « l'aîné » sous-entendu : de plus de deux. La même chose est à dire de « juenger » comparatif de « jung » en français « plus jeune », « moins âgé », et de « der juengste », superlatif de « jung », le plus jeune, le dernier. Les adjectifs « cadet » et « puîné » s'emploient aussi bien pour le comparatif « der juengere » que pour le superlatif « der juengste », de même le substantif le « cadet », sans considérer le nombre des enfants.

6

fait ou une partie de l'action elle-même, ou pourtant
seulement de peu a précédé, ce que, l'un et l'autre,
ne (se rime) s'accorde pas bien ensemble avec la reconnaissance du plus jeune fils qui ne vint que plusieurs années après pour venger son père et ses
frères. La plus grande difficulté cependant me fait
(cause) le titre lui-même. Si cette reconnaissance, si
cette vengeance du plus jeune fils [a] été le contenu
principal : comment la pièce pouvait-elle s'appeler
Cresphonte? Cresphonte était le nom du père ; le fils
cependant s'appelait après les uns Epyte et après les
autres Téléphonte ; peut-être que celui-là était le vrai
[nom] et celui-ci le nom supposé (adopté) qu'il portait
à l'étranger (1), pour rester sans être connu et à
l'abri des poursuites de Polyphonte. Il faut que le
père soit mort depuis longtemps, quand le fils s'em-
pare de nouveau de l'empire paternel. A-t-on jamais
entendu qu'une tragédie [a] été appelée après une
personne qui ne s'y trouve pas du tout? (2) Corneille
et Dacier ont su promptement se mettre au-dessus de
cette difficulté, en supposant (puisqu'ils ont supposé),
que le fils de même s'est appelé Cresphonte ; mais
avec quelle vraisemblance? par quelle raison?

XXIII. — Von der von Merope ange-
nommenen Fabel nach Hyginus.

Si cela a cependant son exactitude avec une décou-
verte de laquelle Maffeï se flattait : alors nous pou-

---

(1) « Die Fremde = (pays) étranger. Voyez *Iphigénie*
de Goethe, acte I, vers 26. — (2) Voyez la préface.

vous savoir (connaître) le plan de *Cresphonte* assez
exactement. C'est à-dire qu' (1)il crut l'avoir trouvé
chez Hygin dans la cent quatre-vingt-quatrième fable.
Car il ne prend les fables d'Hygin généralement pour
la plus grande partie pour rien [autre] que pour les
(arguments) sommaires d'anciennes tragédies, de
quelle opinion aussi déjà avant lui a été Reinésius, et
il recommande par conséquent aux poètes plus modernes, de chercher plutôt dans ce puits tombé en
ruine après de vieilles fables tragiques, que de se
composer de nouvelles. Le conseil n'est pas mauvais
et à suivre. Aussi maint l'a observé, avant que Maffeï
l'ait encore donné, ou sans savoir, qu'il l'avait donné.
M. Weiss a cherché la matière pour son *Thyeste* dans
cette mine ; et il attend là encore mainte (sur) un œil
intelligent. Seulement ça ne pourrait être non pas la
plus grande, mais peut-être justement la plus petite
partie de toutes qui, dans cette intention, est à
mettre (2) à profit de l'œuvre d'Hygin (il se pourrait
que ça ne fût pas.....) Elle (1) n'a aussi pour cela
pas du tout besoin d'être composée des arguments des
anciennes tragédies ; elle (1) peut avoir coulé indirec-
tement ou directement des mêmes sources, auxquelles
les poètes tragiques (écrivains de tragédies) eux-mêmes
avaient recours. Oui, Hygin, ou celui qui autrement
a fait la compilation, paraît lui-même avoir regardé

---

(1) L'œuvre « das Werk ».

(2) Ce « nutzen » est devenu aujourd'hui généralement « benutzen » ou « benuetzen ». Le verbe simple
« nutzen » ou nützen » se construit avec « haben », par
exemple : cela est bon, utile à, cela a été bon à, = « das
nützt, das hat zu etwas genützt ». Servir quelqu'un, profiter, rendre service à quelqu'un, = « einem nützen ».

les tragédies comme de corrompus ruisseaux détour-
nés, puisqu'il sépare expressément à de différents endroits (passages), ce qui n'avait rien d'autre pour soi
que l'authenticité d'un poète tragique, de la tradition
ancienne plus authentique (1). Ainsi il raconte par
exemple la fable d'Ino et la fable d'Antiopa d'abord
après celle-ci et puis dans un chapitre spécial,
après la composition d'Euripide.

Avec cela je ne veux cependant pas dire que, parce
qu'au-dessus de la cent quatre-vingt-quatrième fable le
nom d'Euripide ne se trouve pas (n'est pas), elle ne
peut pas aussi (non plus) être tirée du *Cresphonte* de
celui-ci. Plutôt, avoué-je, qu'elle a en effet la marche
et l'intrigue d'une tragédie, ainsi que, si elle n'(en) a
pas été une, elle pourrait cependant facilement [en]
devenir une, et sans doute une dont le plan viendrait
beaucoup plus près à (s'approcherait de beaucoup plus
près de) l'ancienne simplicité que toutes les *Mérope*
plus modernes (2). Qu'on juge soi-même : Le récit
d'Hygin que ci-dessus (plus haut) j'ai seulement cité
abrégé, est après toutes ses situations [le] suivant :

Cresphonte était roi de Messène et avait avec son
épouse Mérope trois fils, lorsque Polyphonte excita
une révolte contre lui, dans laquelle il perdit lui
avec ses deux fils aînés (3) la vie. Polyphonte
s'empara là-dessus de l'empire et de la main de Mérope, qui pendant (4) la révolte avait trouvé l'occasion,
de faire mener en sûreté son troisième fils, du nom

(1) L'orthographe « aecht » est bien juste, on écrit
cependant aujourd'hui généralement « echt ».
(2) « = neueren » — (3) Voyez note page 81.
(4) « Waehrend » demande aujourd'hui toujours le
génitif.

de Téléphonte, chez un hôte (recevant un étranger en ami) en Etolie. Plus que Téléphonte grandit, plus inquiet devint Polyphonte. Il ne pouvait s'attendre à rien de bon de lui, et [il] promit donc à celui une grande récompense qui le tuerait (l'écarterait du chemin). Ceci Téléphonte l'apprit; et comme il se sentit maintenant capable d'entreprendre sa vengeance, il partit secrètement d'Étolie, alla en Messène, vint chez le tyran, dit, qu'il avait tué Téléphonte, et demanda la récompense promise par lui pour cela. Polyphonte l'accueillit et ordonna de la traiter en hôte aussi longtemps dans son palais, jusqu'à ce qu'il puisse l'interroger davantage. Téléphonte fut donc mené dans la salle (des hôtes), où il s'endormit de fatigue. En attendant vint le vieux serviteur que, jusqu'à présent, la mère et le fils avaient employé à leurs messages réciproques, en pleurant chez Mérope, et annonce à elle que Téléphonte est parti d'Étolie, sans qu'on sache (où il avait passé) ce qu'il était devenu. Aussitôt Mérope, à laquelle il n'est pas resté inconnu ce (qui n'ignorait pas ce) dont l'étranger arrivé se vanta, se précipite avec une hache vers la chambre (des hôtes), et [elle] l'aurait infailliblement tué pendant le sommeil, si le vieux qui l'y avait suivie, n'avait pas reconnu encore à temps juste le fils, et [s'il n'avait] pas empêché la mère [de commettre] le crime. Maintenant tous les deux firent cause commune, et Mérope fit semblant vis-à-vis de son époux d'être tranquille et réconciliée (se montra). Polyphonte (se) croyait (1) accordés (2) tous ses désirs (et) voulut montrer

---

(1) « Dünken », voyez la note page 63.
(2) Cette construction n'est plus à observer, il faut dire: « alle seine Wuensche gewaehrt »

aux dieux par un sacrifice solennel sa reconnaissance. Mais lorsqu'ils étaient tous réunis autour de l'autel, Téléphonte porta le coup avec lequel il feignit de vou‧ loir (tuer) abattre la victime, sur le roi ; le tyran tomba et Téléphonte rentra en possession de son empire paternel.

XXIV. — Veraenderungen, welche von Maffeï in die Fabel der Merope eingefuehrt worden sind.

Aussi (avaient) déjà au seizième siècle deux poètes italiens, Jean Bapt. Liviera et Pomponio Torelli, avaient-ils pris la matière pour leurs tragédies, *Cresphonte* et *Mérope*, dans cette fable d'Hygin, et avaient par conséquent, comme Maffeï dit, marché sur les traces d'Euripide sans le savoir. Mais malgré cette conviction Maffeï lui-même voulait faire de (rendre) son œuvre si peu une simple (pure) divination sur Euripide, et [il voulait si peu] faire renaître de nouveau dans sa *Mérope* le *Cresponte* perdu, qu'il s'écarta plutôt avec soin (à dessin) de plusieurs traits principaux de ce plan présumé d'Euripide, et [qu']il chercha seulement à (exploiter) profiter (1) dans toute son étendue (de) la seule situation, qui principalement l'avait touché là-dedans.

C'est-à-dire, la mère qui aimait son fils si ardemment, qu'elle voulut se venger sur son meurtrier

---

(1) Ici le verbe simple « nutzen » a la signification de : « tirer avantage, mettre à profit » ; on la rencontre, c'est vrai, mais plus rarement.

(le meurtrier de lui) de sa propre main, l'amena
(lui inspira) à l'idée (l'idée) de dépeindre la
tendresse maternelle en général, et d'animer, avec
exclusion de tout autre amour, par cette seule passion
pure et vertueuse, toute sa pièce. (Tout) ce qui ne
convenait (1) donc pas entièrement à cette intention,
fut changé ; ce qui devait principalement toucher
(atteindre) les circonstances du second mariage de
Mérope, et [les circonstances] de l'éducation au-dehors
du fils. Il ne fallait pas, que Mérope fût l'épouse de
Polyphonte ; car il paraissait au poète être en contradiction avec (répugner à) la délicatesse de conscience
d'une si pieuse mère, de s'être abandonnée aux (em-
brassements) caresses d'un second mari, dans lequel (2) elle connaissait (savait) le meurtrier de son
premier, et dont la propre conservation le demandait
de se débarrasser (délivrer) absolument de tous ceux
qui pouvaient avoir de plus proches droits (prétentions) au trône. Il ne fallait pas que le fils fût élevé
chez un hôte distingué de sa maison paternelle, en
toute sûreté et commodité, dans la pleine connaissance de sa position et de sa destination ; car l'amour
maternel se refroidit naturellement quand il n'est pas
excité et tourmenté par les idées continuelles du mal,
des toujours nouveaux dangers dans lesquels son objet absent peut tomber. Il ne devait pas venir dans
l'intention expresse de se venger sur le tyran ; il ne
faut pas qu'il soit pris par Mérope pour l'assassin de
son fils, parce qu'il se fait passer pour cela, mais

---

(1) Aujourd'hui on emploie plutôt : « entsprechen ».
(2) Faute d'impression, la conjonction « indem » n'a
rien à chercher ici, il faut écrire en deux mots : « in
dem », le pronom relatif.

parce qu'un certain rapport (certaine communication)
de hasards attire ce soupçon sur lui ; car s'il connaît
sa mère, alors son embarras est fini (c'est fait de) à la
première explication orale, et son affliction touchante,
son désespoir affectueux n'[a]ont pas [un] jeu assez
libre.

Et conformément à ces changements on peut se
représenter à peu près le plan de Maffeï. Polyphonte
règne déjà quinze ans et pourtant il ne se sent sur le
trône pas encore assez affermi. Car le peuple est encore
toujours attaché à la maison de son roi précédent et
compte sur la dernière branche sauvée d'elle (sa).
Pour tranquilliser les mécontents, il lui vient dans
l'esprit de s'unir à Mérope. Il lui offre sa main, sous
le prétexte d'un amour réel. Mais Mérope l'éconduit
avec ce prétexte trop sensiblement ; et maintenant il
cherche à obtenir par des menaces et [par] la force,
[ce] à quoi sa dissimulation ne l'[a] pas pu aider à
l'obtenir. Justement il la presse le plus rudement,
qu'est mené (lorsqu'on mène) un jeune homme devant lui, qu'on a pris sur la grande route pendant un
assassinat (sur, en flagrant délit d'un). Egisthe, ainsi
s'appelait le jeune homme, n'avait rien fait que défendu sa propre vie contre un brigand ; son air (aspect)
annonce (trahit) tant de noblesse et d'innocence, ses
paroles tant de vérité, que Mérope, qui encore outre
cela remarque un certain pli de sa bouche que son
époux avait commun avec lui, est engagée (poussée)
à prier (1) le roi pour lui, (à intercéder en sa faveur
auprès du roi), et le roi lui fait grâce (le gracie). Mais

---

(1) Cette locution est trop familière, on dit mieux :
« bei einem für Jemand bitten », intercéder auprès de
quelqu'un en faveur de quelqu'un.

aussitôt après Mérope s'aperçoit de l'absence de son plus jeune fils, qu'elle avait confié à un vieux serviteur, du nom de Polydore, aussitôt après la mort de son époux, avec l'ordre de l'élever comme [en] son propre enfant. Il avait quitté secrètement le vieux qu'il prenait pour son père, pour voir le monde; mais il n'est nulle part à retrouver. Le cœur d'une mère pressent (1) toujours le pire; sur la grande route quelqu'un a été assassiné; comment, si cela avait été son fils? [C'est] ainsi qu'[elle] pense et [elle] est affermie dans son inquiet pressentiment par plusieurs (de différentes) circonstances, par l'empressement du roi, de faire grâce à l'assassin, principalement cependant par une bague qu'on a trouvé chez (sur) Egisthe, et de laquelle on lui (il lui est) dit qu'Egisthe l'a prise au tué. C'est la bague à cacheter (ceci est) de son époux, qu'elle avait donnée (avec) à Polydore pour la remettre à son fils, quand il [serait] devenu grand, et quand il serait temps de lui dévoiler (découvrir) son rang. Aussitôt elle fait attacher le jeune homme, pour lequel elle avait auparavant prié elle-même, à une colonne, et [elle] veut lui percer le cœur de sa propre main. Le jeune homme se rappelle dans ce moment de ses parents; il lui échappe le nom « Messène »; il se rappelle de la défense de son père, d'éviter soigneusement cet endroit; Mérope demande là-dessus explication : en ce moment survient le roi et le jeune homme est délivré. Si près que Mérope était de la reconnaissance de son erreur, aussi profondément elle y retombe de nouveau, lorsqu'elle voit de quelle manière ironique le roi triom-

---

(1) On dit en allemand : « ich ahne » et « mir ahnt ».

phe de son désespoir. Maintenant Egisthe est infailliblement le meurtrier de son fils et rien ne doit le
protéger (préserver) de sa vengeance. Elle apprend, à
la nuit tombante, qu'il est dans l'antichambre, où il
s'est endormi, et [elle] vient avec une hache, pour
lui fendre la tête ; et déjà a-t-elle levé la hache pour
le coup, lorsque Polydore, qui peu avant s'était glissé
(furtivement) dans la même antichambre, et [qui]
avait reconnu Egisthe dormant, lui (1) tombe dans les
bras. Egisthe se réveille et s'enfuit, et Polydore révèle
à Mérope son propre fils dans l'assassin présumé de
son fils. Elle veut (après lui) le suivre, et [elle] l'aurait
facilement révélé (découvert) par sa tendresse impé-
tueuse au tyran, si le vieux ne l'avait pas retenue aussi
de ceci. De bon matin doit être consommé(e) (avoir
lieu) (la cérémonie de) son mariage avec le roi; elle
est forcée (il faut qu'elle se présente devant) à l'autel,
mais elle veut plutôt mourir, que donner son consen-
tement. En attendant Polydore a aussi appris à
Egisthe à se connaître; Egisthe court dans le temple,
se presse à travers le peuple (la foule), et — le reste
comme chez Hygin.

---

(1) Il y a ici dans mon texte allemand une faute que je
ne comprends pas, car je puis à peine admettre que ça
soit une faute d'impression. Je parle du petit mot « sie »,
page 74, ligne 4 d'en haut, le premier mot dans cette
ligne. Il faut mettre naturellement « ihr », car ce n'est
pas Mérope qui tombe,—on serait tenté de croire qu'elle
s'est évanouie, — mais c'est bien Polydore qui se jette
sur elle, la saisit par les bras, pour empêcher le coup
mortel, qui devait s'abattre sur la tête de son fils. Donc,
bien vite : « als *ihr* Polydore .... in die Arme faellt ».

XXV. — Urtheil Voltaire's ueber Maffei. Von der Spoetterei (Persiflage) Voltaire's.

Plus mal que ça semblait au commencement de ce siècle avec le théâtre italien en général, d'autant plus grand(es) étai(en)t l'approbation et l'acclamation, avec lesquelles *Mérope* de Maffeï fut accueillie.

Retirez-vous, écrivains romains, retirez-vous (écrivains) grecs, je ne sais (connais) rien de plus grand qui soit (naît) venu au monde qu'*Oedipe:*

S'écria Leonardo Adami, qui seulement encore en avait vu les premiers deux actes à Rome. A Venise fut joué en 1714 pendant tout le carnaval (1) presqu'aucune autre pièce que *Mérope ;* le monde entier voulut voir la nouvelle tragédie et [la] revoir, et même les scènes d'opéra se trouvèrent là-dessus (pour cela) abandonnées. Elle fut dans un an quatre fois imprimée, et en seize ans (de 1714-1730) en ont été faites plus de trente éditions, en et en dehors de l'Italie, à Vienne, à Paris, à Londres. Elle fut traduite en français, en anglais, en allemand, et on projeta de la faire imprimer avec toutes ces traductions à la fois (en même temps). En français elle était déjà deux fois traduite, lorsque M. de Voltaire voulut encore une fois se jeter là-dessus, pour la mettre aussi réellement sur la scène française. Cependant il trouva bientôt que cela ne pouvait se faire par une traduction proprement dite, [chose] dont il

_____

(1) Aujourd'hui : « der Carnaval » ou « Carneval ».

donne (indique) en détail les raisons dans la lettre au marquis, qu'il prépose en suite à sa propre *Mérope*.

« Le ton, dit-il, est dans la *Mérope* italienne beaucoup trop naïf et bourgeois, et le goût du parterre français beaucoup trop fin, beaucoup trop dorloté, pour que la pure nature simple puisse lui plaire. Il ne voulait voir la nature pas autrement que sous certains traits de l'art, et ces traits devraient être à Paris tout autrement qu'à Vérone. » Toute la lettre est rédigée avec la plus grande politesse ; Maffeï n'a manqué nulle part ; toutes ses négligences et [tous ses] défauts sont mis sur le compte de son goût national ; ce sont bien encore même des beautés, mais hélas ! seulement des beautés pour l'Italie. Assurément on ne peut pas critiquer plus poliment ! Mais cette maudite politesse ! Aussi à (pour) un Français elle devient assez (bien) tôt un fardeau (une charge) si sa vanité en souffre (avec cela) le moins du monde. La politesse fait que nous paraissons aimables, mais non pas grands, et le Français veut paraître aussi grand qu'aimable.

Que suit donc à la polie (galante) dédicace de M. de Voltaire ? Une lettre d'un certain de la Lindelle, qui dit au bon Maffeï autant de grossièretés, que Voltaire lui avait dit de complaisant. Le style de ce de la Lindelle est assez le style voltairien ; c'est dommage qu'une si bonne plume n'ait pas écrit plus, et soit restée d'ailleurs si inconnue. Mais que Lindelle soit Voltaire ou qu'il soit réellement Lindelle : celui qui veut voir une tête de Janus française, qui par-devant sourit de (à) la manière la plus insinuante, et qui par derrière fait les plus malicieuses grimaces, qu'il lise les deux lettres d'un seul coup. [Moi] je ne voudrais avoir écrit aucune, mais pour le moins toutes les deux, (encore moins). Par politesse Voltaire reste en deçà de la vérité et par envie de détraction Lindelle en franchit les limites jusqu'au-delà. Celui-là aurait dû être plus franc et celui-ci plus juste, si on ne devait pas tomber dans (sur) le soupçon, que le même écrivain (auteur) ait voulu gagner ici pour lui sous un nom étranger, ce qu'il s'est laissé manquer de respect là-bas sous son propre [nom].

Que Voltaire en tienne toujours bon compte au marquis tant qu'il veut, qu'il est un des premiers parmi les Italiens qui ait eu le courage et la force d'écrire une tragédie sans galanterie (intrigue galante), dans laquelle toute l'intrigue repose sur l'amour d'une mère, et [dans laquelle] le plus affectueux intérêt provient de la plus pure vertu. Qu'il le plaigne, tant qu'il lui plaît, que la délicatesse de sa nation ne veut pas lui permettre de faire usage des plus faciles et [des] plus naturels moyens que les circonstances offrent à l'intrigue, [de faire usage] des paroles vraies et naturelles (non étudiées) que la chose elle-même met dans la bouche. Le parterre parisien a incontestablement bien tort, si, depuis la bague royale, de laquelle Boileau se moque dans ses satires, il ne veut absolument pas plus entendre [parler] sur le théâtre d'aucune bague ; s'il force ses poètes par conséquent à avoir recours (prendre leur) plutôt à chaque autre [moyen], même (aussi) au plus inconvenant moyen de la reconnaissance, qu'à une bague, à (avec) laquelle pourtant le monde entier de tout temps a attaché une espèce de reconnaissance, une espèce d'assurance (de certitude) de la personne. Il (1) a bien

---

(1) Toujours : « das Publicum, das Pariser Parterre ».

tort, s'il ne veut pas qu'un jeune homme qui se
croit le fils de parents ordinaires, et qui erre çà et là
tout seul dans le pays après des aventures, après qu'il
ait commis un meurtre, ne doit malgré (1) cela pas
être pris pour un brigand, parce qu'il prévoit, qu'il
doit devenir le héros de la pièce; [il a tort] s'il est
offensé qu'on ne veut pas croire un tel homme capable de posséder une bague précieuse, (puisque pourtant) bien qu'il n'y ait (a) aucun enseigne dans l'armée
du roi qui ne possède de belles nippes (schoene
Putzsachen). Le parterre parisien, dis-je, a tort dans
ces [cas] et dans des cas semblables, mais pourquoi
faut-il que Voltaire aussi dans d'autres cas, où il (2)
n'a assurément pas tort, veuille plutôt paraître donner tort à lui (2) qu'à Maffeï. Si la politesse française
vis-à-vis des étrangers consiste en ce qu'on leur
donne raison aussi dans de tels points, où ils devraient avoir honte d'avoir raison, alors je ne sais pas
ce qui peut être plus offensant et pour un homme
libre (3) plus inconvenant que cette politesse française. Le bavardage que Maffeï met dans la bouche de
(à) son vieux Polydore, de gais mariages (noces gaies),
de magnifiques couronnements auxquels il a assisté
avant celui-ci, et [qu'il lui met] dans la bouche à un
moment (temps) où l'intérêt est monté au plus
haut degré et où l'imagination des spectateurs est
occupée avec de tout autres choses : ce nestorique,
mais nestorique à l'endroit faux, ne peut être excusé
par aucune différence du goût parmi de différentes

(1) Voyey note, page 25.
(2) Le parterre.
(3) Aujourd'hui on préférerait : « fuer einen freien
Menschen ».

nations civilisées ; ici le goût doit être partout le même, et l'Italien n'a pas son propre goût, mais il n'a point de goût, s'il n'y baille pas aussi bien et en devient fâché, que le Français. Vous avez, dit Voltaire au marquis, pu traduire et placer dans votre tragédie cette belle et touchante comparaison-là de Virgile :

Telle que Philomèle se lamentant dans l'ombre d'un peuplier, pleure ses enfants perdus...

Si [moi] je me voulais permettre une telle (1) liberté (si je prendrais), on me renverrait (reléguerait) avec ça dans l'épopée. Car vous ne croyez pas combien (à quel point) est sévère le maître à qui nous devons chercher à plaire : je veux dire notre public. Celui-ci demande que dans une tragédie doit partout parler le héros et nulle part le poète, et [il] pense, que dans des événements critiques, dans des conseils (assemblées du conseil), dans une passion violente, dans un danger pressant, aucun roi, aucun ministre n'a l'habitude de faire des comparaisons poétiques. « Mais ce public demande-t-il donc quelque chose d'injuste ? Ne pense-t-il pas ce qui est la vérité ? Chaque public ne devrait-il pas demander justement cela ? (la même chose) ? croire la même chose ? Un public qui juge autrement ne mérite pas ce nom : et faut-il que Voltaire veuille faire (rendre le) du public italien entier un tel public, parce qu'il n'a pas assez de franchise, pour (de) dire directement au poète qu'il a été ici et à plusieurs endroits abondant, et qu'il passe sa propre tête à travers la tapisserie ? Aussi sans considérer (3) que des comparaisons détaillées en général

---

(1) Voyez note, page 31. Je n'en parlerai plus.

(2) « Unerwogen » a ici le sens de « ohne zu erwaegen ».

peuvent difficilement trouver une place convenable
dans la tragédie, il aurait dû remarquer (1), que ce
[passage] de Virgile-là [a] été extrêmement abusé (mal
employé). Chez Virgile il (cela) augmente la pitié et pour
cela il est précisément propre ; chez Maffeï cependant
il est (c'est dans la bouche de celui qui triomphe du
malheur dont il (cela) doit être l'image, et il (cela)
devrait après le sentiment de Polyphonte exciter plus
d'ironie que de pitié. Même (aussi) encore des fautes
plus importantes et ayant sur le tout une encore plus
grande influence, Voltaire ne craint pas de [les] mettre
à la charge plutôt au goût des Italiens en général
qu'à un seul poète dans (parmi) (2) eux, et [il] se
croit du plus fin savoir vivre, s'il console Maffeï avec
ce, que toute sa nation ne le comprend pas mieux que
lui ; que ses fautes étaient les fautes de sa nation ;
que cependant des fautes de toute une nation n'étaient
précisément pas des fautes, parce qu'il ne dépend pas
justement bien de ce qui est bon ou mauvais, en et
par soi-même, mais de ce que la nation veut laisser
valoir (avoir cours) pour cela. Comment aurais-je pu
l'oser, continue-t-il avec une profonde révérence (3),
mais aussi en même temps avec un claquement (3) des
doigts dans sa poche (c'est-à-dire en se moquant par
derrière, tandis qu'il fit sa révérence par devant), vis-
à-vis du marquis, de laisser parler de simples personnes secondaires si souvent ensemble comme vous
l'avez fait [vous] ? Elles servent chez vous à préparer
les scènes intéressantes entre les personnes principales ; ce sont les accès d'un beau palais ; mais notre

---

(1) « Anmerken » plus souvent « bemerken».
(2) « Aus ihnen » est plus marquant que « von ihnen ».
(3) Ces deux termes sont très familiers,

public impatient veut se trouver à la fois dans ce palais. Il faut donc déjà (bien) que nous nous (conformions) réglions sur le goût d'un peuple qui s'est lassé (1) de voir des chefs-d'œuvre, et qui par conséquent est extrêmement difficile ». Que veut dire cela autrement que : « Monsieur le marquis, votre pièce a beaucoup, [mais] beaucoup de scènes froides, ennuyeuses [et] inutiles. Mais qu'il soit loin de moi (Dieu m'en garde), que je dusse vous en faire (vous en fisse) un reproche ! Au ciel ne plaise ! je suis un Français ! je sais vivre, je ne frotterai à personne (2) quelque chose de désagréable sous le nez. Sans doute avez-vous fait ces scènes froides, ennuyeuses, [et] inutiles avec préméditation, avec tout le soin : parce qu'elles sont justement telles, que (comme) votre nation en a besoin. Je désirerais, que je pusse, moi aussi, m'en réchapper (tirer) à si bon marché ; mais, hélas ! ma nation est si (tellement) avancée, tellement avancée, qu'il faut que je sois [moi] encore beaucoup plus avancé, pour contenter ma nation. Je ne veux pas pour cela précisément me figurer beaucoup plus que vous ; mais comme pourtant ma nation, qui dépasse (domine) tant votre nation. — Plus loin je ne dois pas bien continuer ma paraphase (interprétation maligne) car autrement,

Se termine dans un poisson une femme belle d'en haut ;

De la politesse devient persiflage (Spoettelei, Lustigmacherei, j'emploie ce terme français, parce que nous autres Allemands, nous ne savons rien de la chose) et du persiflage devient de l'orgueil stupide.

---

(1) Voir jusqu'à être rassasié, même quelquefois dégoûté. — (2) Aujourd'hui « Niemanden ».

XXVI. — Maffei (beurtheilt) von Lessing beurtheilt.

Il n'est pas à nier, qu'une bonne partie des fautes que Voltaire paraît excuser comme qualités distinctives du goût italien seulement pour cela à son prédécesseur, pour les mettre à la charge (à) de la nation italienne en général, que, dis-je, ces [fautes] et encore plusieurs et encore de plus grandes se trouvent dans la Mérope de Maffei. Maffei eut dans sa jeunesse beaucoup d'inclinaison pour la poésie, il fit avec beaucoup de facilité des vers dans tous les styles différents des plus célèbres poètes de son pays ; mais cette inclinaison et cette facilité prouvent pour le génie proprement dit qui est demandé pour la tragédie, peu ou rien. Après il s'adonna à l'histoire, à la critique et aux antiquités ; et je doute, si ces études soient la vraie nourriture pour le génie tragique. Il était enfoui sous des Pères de l'Église et des diplomates et écrivit contre les prêtres et Basnage (1), lorsqu'il prit sur une occasion de société sa *Mérope* devant (2) la main et [qu'il] la mit à fin en moins de deux mois. Si cet homme, sous de telles occupations, en si peu de temps, avait fait un chef-d'œuvre, alors il faudrait qu'il eût été la tête la plus extraordinaire ; (l'esprit le-) ; ou une tragédie en général est une chose fort peu importante. Cependant ce qu'un savant

---

(1) Je lis dans mon Lessing, « Diplomen » pour « Diplomaten » ce qui me paraît plus exact. — Basnage, c'est Jacques Basnage de Beauval, ministre protestant (1653-1723. — (2) Aujourd'hui : « in die Hand ».

de bon goût classique, qui regarde de telle chose
plutôt comme une récréation que comme un travail
qui serait digne de lui, peut faire , cela il le fit aussi
lui. Sa disposition est plus recherchée et façonnée
qu'heureuse ; ses caractères sont plutôt dépeints après
les analyses du moraliste, ou après des modèles con-
nus dans des livres, qu'après la vie ; son expression
indique plus de fantaisie que de sentiment ; le litté-
rateur et le vérificateur se laisse(nt) sentir (s'apercce-
voir) partout, mais seulement rarement le génie et le
poète.

XXVII. — Das Stueck Voltaire's aus dem Gesichtspunkt der Einheit des Ortes [betrachtet].

Surtout est Voltaire un maître à se rendre les liens
de l'art aussi faciles, aussi larges, qu'il garde toute la
liberté, de se mouvoir comme il veut ; et pourtant se
meut-il souvent si lourdement et [si] péniblement, et
fait-il de si inquiètes contorsions , qu'on devrait
croire, chaque membre de lui est forgé à un bloc
(soliveau) spécial. Il me coûte (1) de la violence [à
moi-même] de contempler une œuvre de génie de ce
point de vue ; mais comme il est encore tant la mode
chez la classe vulgaire de critiques, de ne la (2) regarder presque d'aucun autre [point de vue] ; comme
c'est celui (ce point de vue) duquel les admirateurs
du théâtre français élèvent (poussent) les plus grands

---

(1) « Kosten » se construit avec le datif et aussi avec
l'accusatif. — (2) L'œuvre « das Werk ».

cris, alors je veux donc d'abord regarder plus exactement, avant que je mêle aussi ma voix à leurs cris.

La scène est à Messène, dans le palais de Mérope.
Ceci n'est tout de suite au commencement pas la rigoureuse unité de lieu, qu'après les principes et les
exemples des anciens, un Hedelin croyait pouvoir demander. Il faut que la scène ne soit pas tout un palais, mais seulement une partie du palais, comme
l'œil est capable de l'embrasser d'un et du même endroit (pour observer). Si elle est un palais entier ou
une ville entière, ou toute une province cela constitue
au fond la même absurdité. Cependant déjà Corneille
donna à cette loi, de laquelle il ne se trouve du reste
aucun ordre exprès chez les anciens, une (la) plus
(loin) large extension, et voulut, qu'une seule ville
fût suffisante à l'unité de lieu. S'il voulait justifier ses
meilleures pièces de ce côté, il fallait bien qu'il fût
si condescendant. Mais ce qui était permis à Corneille, cela doit être accepté par Voltaire (1). (A cela
aussi Voltaire doit se soumettre). Je ne dis donc rien
(contre), que réellement la scène doit être imaginée
tantôt dans la chambre de la reine, tantôt dans cette
[salle]-ci, ou dans cette salle-là, tantôt dans le vesti-
bule (l'avant-cour), tantôt de ce [point de vue], tantôt
d'un autre point de vue. Seulement il aurait dû employer dans ces changements aussi la prudence que

---

(1) Je conseillerai d'écrire » Recht » plutôt avec une
minuscule, donc : » recht » ; car ce mot ne veut pas dire
ici la même chose que le substantif « das Recht », il faut
plutôt le traduire par une paraphrase, comme je l'ai
essayé, pour rendre le sens qui y est caché, et qui est le
même que celui dans l'aphorisme assez connu: « was dem
einen recht ist, ist dem andern billig ». Le vocable français : « la loi » est encore trop fort.

Corneille y recommanda : il ne faut pas qu'ils soient
établis dans le même acte, le moins dans (juste) la
même scène. Le lieu qui est au commencement de
l'acte, doit subsister pendant tout cet acte; et le
changer encore dans (justement) la même scène, ou
aussi seulement l'élargir ou [le] restreindre, est la
plus grande absurdité du monde. — Que le troisième
acte de *Mérope* se passe (joue, ait lieu) sur une place
libre, sous un péristile ou dans une salle, dans l'enfoncement de laquelle est à voir (on voit) le monument sépulcral de Cresphonte, près duquel la reine
veut exécuter Egisthe de sa propre main; que peut-
on s'imaginer de plus pitoyable, que ce qu'au milieu
de la quatrième scène, Euricles qui emmène Egisthe,
doit fermer cet enfoncement derrière lui? Comment
le ferme-t-il? Une toile (un rideau) se baisse-t-elle
(il) derrière lui? Si jamais à un rideau s'appliqua ce
que Hedelin dit de tels rideaux en général, alors c'est
à celui-ci [que cela s'applique]; surtout si on consi-
dère en même temps la raison, pourquoi Egisthe doit
être si subitement emmené, [pourquoi] [il] doit être
si momentanément enlevé à (hors de) la vue par cette
machinerie dont je veux parler après. — Justement
un même (tel) rideau est levé dans le cinquième acte.
Les premières six scènes jouent (se passent) dans une
salle du palais, et avec la septième [scène] nous recevons tout à coup la vue libre dans le temple, pour
pouvoir voir un corps mort dans un habit sanglant.
Par quel miracle (1)? Et cet aspect était-il bien
digne (2) de ce miracle? (méritait-il bien ce)? On
dira les portes de ce temple s'ouvrent (3) tout à coup,

---

(1) Sous-entendu : « obtenons-nous la vue, etc. ».
(2) « Werth » se construit aussi avec l'accusatif.
(3) « Oeffnen » est plus simple.

Mérope sort tout à coup avec impétuosité avec tout
le peuple, et par là obtenons-nous la vue (en lui) dans
le temple. Je comprends ; ce temple était la chapelle
du château de sa majesté royale douairière, qui tou-
chait justement à la salle, et qui (avait) était en communication avec elle, pour que la très haute pût en
tout temps d'un pied sec (1) parvenir au lieu de sa
dévotion (2). Seulement nous ne la devrions seulement
ment pas voir sortir par ce chemin (3), mais aussi [la
voir] entrer [par ce chemin] ; au moins Egisthe, qui à
la fin de la quatrième scène a à courir, et qui doit
bien prendre le chemin le plus court, si, huit lignes
après, il doit déjà avoir accompli son fait (exploit).

XXVIII. — Das Stueck Voltaire's vom Gesichtspunkt der Einheit der Zeit aus [betrachtet].

Pas moins commodément M. de Voltaire le s'est-il
fait avec l'unité de temps. Qu'on se représente une
fois tout ce qu'il laisse arriver dans sa *Mérope*,
[comme] arrivé dans un [seul] jour ; et qu'on dise
combien d'absurdités on doit s'imaginer avec ça.
Qu'on prenne toujours un plein jour naturel ; qu'on
lui donne toujours les trente heures à lesquelles
Corneille veut permettre à l'allonger (étendre). Il est
vrai, je ne vois en effet point d'empêchements phy-

---

(1) Mieux aujourd'hui : « trocknen Fusses ».
(2) C'est dit ironiquement.
(3) L'accusatif est aussi juste.

siques (1) pourquoi tous ces événements n'auraient
pas pu se passer (arriver) dans cet espace de temps ;
mais [je vois] d'autant plus de moraux. Il n'est en
effet pas impossible qu'on [puisse] dans le temps de
douze heures rechercher une femme (2) [en mariage],
et [qu'on] puisse être marié avec elle, surtout quand
on peut la traîner de force devant le prêtre. Mais si
cela se passe, ne demande-t-on pas à savoir justifiée
une si violente accélération par les plus solides et les
plus pressantes raisons ? Si cependant [il] ne se
trouve pas aussi (non plus) une ombre de telles
raisons, par quoi (nous doit) donc devenir vraisemblable pour nous ce qui est seulement possible d'une manière physique ? L'État veut s'élire
un roi ; Polyphonte et Egisthe absent peuvent
seuls y entrer en considération ; pour déjouer les
prétentions (droits) d'Egisthe, Polyphonte veut épouser sa (la) mère (de lui) ; juste le même jour, où
l'élection doit avoir lieu, il lui fait la proposition
(demande) ; elle le renvoie (éconduit) ; l'élection a lieu
et se termine en sa faveur ; Polyphonte est donc roi,
et on devrait croire, Egisthe peut maintenant paraître, quand il veut, le roi nouvellement élu peut
d'abord patienter avec lui. Rien de moins, il insiste
sur le mariage, et insiste là-dessus, qu'il doit encore
être consommé le même jour ; justement le jour dans
lequel (auquel) il a offert à Mérope pour la première
fois sa main ; juste le jour (3) où le peuple l'a pro-
clamé roi. Un si vieux soldat et un si ardent épou-

---

(1) « = physikalischen ».

(2) Voyez note page 17.

(3) Aussi bien, peut-être mieux aujourd'hui est : « an
eben dem Tage », ou « an demselben Tage ».

seur ! (1) Mais sa recherche en mariage n'est rien
que de la politique. Tant pis, de maltraiter ainsi,
celle qu'il veut impliquer dans son intérêt ! Mérope
lui avait refusé sa main, lorsqu'il n'était pas encore
roi, lorsqu'elle devait croire, que sa main le devait
principalement aider à monter sur le trône ; mais
maintenant il est roi, et il l'est devenu sans se fonder
sur le titre de son époux ; qu'il répète sa demande,
et peut-être elle cède maintenant plus tôt ; (davantage) ; (2) qu'il lui laisse [le] temps, d'oublier (pour)
la distance qui se trouvait autrefois entre eux, de
s'habituer, à le regarder comme son égal, et peut-
être est seulement peu de temps pour cela nécessaire, (n'y faut-il que ..). S'il ne peut pas la gagner,
à quoi ça lui sert-il de la forcer ? Est-ce qu'il restera
inconnu à ses partisans, qu'elle a [été] forcée ? Ne
croiront-ils pas aussi pour cela le devoir haïr ? Ne
se regarderont-ils pas obligés à se joindre aussi pour
cela à Egisthe, aussitôt qu'il se montre, et à poursuivre dans sa cause (aussi) en même temps la cause de
sa mère ? [C'est] vainement, que le sort met au tyran,
qui pendant quinze ans (3) entiers est d'ailleurs allé
si prudemment (4) en besogne, maintenant cet Egisthe lui-même dans les mains, et [qu'il] lui offre par
là un moyen, de posséder le trône sans toutes pré.

(1) Locution allemande.
(2) Construction assez rare, presque très rare, c'est le
comparatif de « nachgeben » et un provincialisme qui
n'est plus à imiter.
(3) Cette construction est représentée aujourd'hui par
la préposition « waehrend » et le génitif, ou par la construction : « ganze fuenfzehn Jahre lang ».
(4) « Bedaechtlich = Bedaechtig.

tentions qui est beaucoup plus court, beaucoup plus
infaillible, que l'union avec sa mère : (il doit et) il faut
qu'il soit épousé à toutes forces, et encore aujour-
d'hui, et encore ce soir ; le nouveau roi veut coucher
chez la vieille reine encore cette nuit, ou ça ne va
pas bien. Peut-on s'imaginer quelque chose de plus
comique ? Dans la représentation veux-je dire ; car
qu'il puisse venir (1) dans l'esprit à un (d'un) homme
qui a seulement une lueur d'esprit (un brin de bon
sens) d'agir ainsi réellement ainsi (en réalité), [cela] se
réfute de (par) soi-même. A quoi ça sert-il donc au
poète, que les actions particulières d'un chaque acte,
n'emploieraient (pour leur réel avoir lieu) pour le
cas où elles se passeraient réellement à peu près pas
beaucoup plus de temps, que [celui] qui va (est
employé) pour la représentation de cet acte, et qu'il
s'en faut beaucoup, que ce temps, avec celui qui doit
être compté pour les entr'actes, demande une révolution entière du soleil ; a-t-il pour cela observé l'unité
de temps ? Les paroles de cette règle a-t-il remplies
(réalisées), mais non par leur esprit. Car ce qu'il fait
faire dans un jour, peut, il est vrai, être fait dans un
jour, mais pas un homme raisonnable ne le fera dans
un jour. Il ne suffit pas (n'est pas assez) de l'unité
physique du temps ; il faut qu'il y vienne aussi l'unité
morale, dont la violation est sensible à tous et à
chacun, tandis que (au lieu) que la violation de la
première, bien qu'elle renferme (2) le plus souvent
une impossibilité, n'est pourtant pas toujours aussi
généralement choquante, parce que cette impossibilité
peut rester inconnue à beaucoup [de personnes]. Si

---

(1) « Einkommen = einfallen ».
(2) « Involviren » pris du latin.

par exemple dans une pièce on voyage d'un lieu dans l'autre, et [si] ceci (ce voyage) (1) seul demande plus d'un jour entier, alors la faute est seulement sensible à (pour) ceux qui savent (connaissent) la distance de l'un de ces lieux (de ce un lieu) de l'autre. Maintenant cependant tous les hommes ne savent (connaissent) pas les distances géographiques ; mais tous les hommes peuvent le sentir (remarquer) à eux-mêmes, pour quelles actions on devrait (se) prendre un jour, et pour quelles plusieurs [jours]. Ce poëte donc qui (2) ne sait (comprend) pas observer l'unité physique de temps autrement que par la violation de [l'unité] morale, et [qui] ne se fait aucun scrupule de sacrifier celle ci à celle-là, celui-là se connaît très mal en son avantage, et sacrifie le plus essentiel à l'accidentel. — Maffeï prend donc au moins encore une nuit en aide ; et le mariage que Polyphonte notifie (annonce) à Mérope aujourd'hui, n'est exécuté que le matin suivant (lendemain). Aussi ce n'est pas chez lui le jour que Polyphonte monte sur le trône ; les événements se pressent (3) donc (par conséquent) moins ; ils se hâtent, mais ils ne se hâtent pas trop. (Le) Polyphonte de Voltaire est un éphémère d'un

---

(1) Ici il y a une faute. Il faut écrire : « und dieses », ou il faut ajouter le mot « Reise », et lire par conséquent: « und diese Reise ».

(2) Cette construction est peut-être bonne en latin, mais en allemand il faut dire maintenant : « derjenige Dichter also, welcher... » et on supprime le pronom « der » dans « der versteht sich.. ».

(3) Le verbe allemand « pressen » est en français presser, catir (le drap) ; ici cependant il a la signification du verbe français « presser » = avoir hâte, être urgent, en allemand « eilen, draengen, Eile haben, Dringend sein ».

roi, qui déjà pour cela mérite de ne pas régner le deuxième jour, parce qu'il commence le premier son affaire par trop niaisement et sottement.

XXIX. — Von der Verbindung der Scenen in dem Stueck Voltaire's.

Maffeï, dit Lindelle, ne lit souvent (1) pas les scènes, et le théâtre reste vide; faute, que l'on ne pardonne pas au jour d'aujourd'hui (à présent) même aux moindres poètes. « La liaison des scènes, dit Corneille, est un grand ornement (2) d'un poème, et rien ne peut nous assurer mieux de la continuité de l'action, que la continuité de la représentation. Elle est cependant pourtant seulement un ornement (2) et [elle] n'est pas une règle; car les anciens ne se sont pas toujours soumis à elle, etc. » Comment? la tragédie chez les Français depuis leur grand Corneille est-elle devenue de tant plus parfaite, que ce que celui-ci prenait seulement pour un ornement (2) qui manquait (manquant) est maintenant une faute impardonnable ? Où les Français, depuis lui, ont-il appris à méconnaître encore plus l'essentiel de la tragédie, qu'ils attachent à des choses une si grande valeur, qui au fond n'en ont point? Jusqu'à ce que cette question (nous) est décidée pour nous, que Corneille soit toujours au moins aussi digne de foi que Lindelle; est-ce que, après celui-là, n'est donc justement pas encore une

---

(1) « Oefters » familier pour « oft ».
(2) On dit : » die Zierde » et » die Zier ».

faute décidée (incontestable) chez Maffeï, que cela se
compense contre (avec) [la faute] moins litigieuse de
Voltaire, d'après laquelle il laisse le théâtre souvent (1) plus longtemps plein (occupé) qu'il ne le
devrait rester. Si par exemple dans le premier acte
Polyphonte vient (2) chez la reine, et [si] la reine sort
avec la troisième scène, avec (de) quel (3) droit Polyphonte peut-il demeurer dans la chambre de la reine?
Cette chambre est-elle le lieu, où il devrait s'exprimer si librement vis-à-vis de son confident ? Le
besoin du poète se trahit dans la quatrième scène par
trop intelligiblement, dans laquelle nous apprenons,
il est vrai, des choses que nous devons nécessairement savoir, seulement que nous les apprenons dans
un lieu, où nous ne l'aurions jamais attendu.

Maffeï n'allègue l'entrée (en scène) et la sortie de
ces personnes souvent pas du tout : — et Voltaire
l'allègue aussi souvent faussement, ce qui (4) est bien
encore pis. Il ne suffit (n'est pas assez) pas, qu'une
personne dise, pourquoi elle vient (2), il faut aussi
qu'on voie par l'enchaînement, qu'elle a dû venir
pour cela. Il ne suffit pas, qu'elle dise, pourquoi elle
sort, il faut aussi qu'on voie dans la suite (le suivant),
qu'elle est réellement sortie pour cela. Car autrement
est-ce, que le poète lui met à cause de cela (5) dans
la bouche, un simple prétexte et non pas une cause

---

(1) Voyez note page 107.

(2) Cette forme nous prouve qu'on conjugait déjà du
temps de Lessing le verbe « kommen » au présent après
la conjugaison faible ou moderne.

(3) « Mit welchen Recht » vaut mieux.

(4) « Welches = was.

(5) « Desfalls = fuer diesen Fall = desshalb.

(raison). Si par exemple Euricles sort dans la troisième scène du deuxième acte, pour, comme il dit,
convoquer les amis de la reine ; alors il faudrait qu'on
entendît aussi (plus tard) après quelque chose de ces
amis et de (cette) leur réunion. Mais comme nous
n'en recevons rien à entendre, (alors) son prétexte
est un « je demande la permission de sortir » d'écolier,
avec le premier mensonge venu qui vient (au garçon)
à l'esprit du garçon. Il ne sort pas, pour faire ce
qu'il dit, mais pour pouvoir revenir, quelques lignes
après, avec une nouvelle que le poète ne savait pas
laisser annoncer par un autre (faire annoncer par
aucun autre). Encore plus maladroitement Voltaire
va-t-il en besogne avec la fin d'actes entiers. A la fin
du troisième [acte] Polyphonte dit à Mérope, que
l'autel l'attend (1), que tout est déjà prêt à leur union
solennelle ; et ainsi il sort avec un « Kommen Sie
Madame. » Madame cependant ne le suit pas, mais
[elle] (va) rentre avec une exclamation dans une autre
coulisse, sur quoi Polyphonte commence le quatrième
acte de nouveau, et [sur quoi il] n'exprime peut-être
pas son dépit (mécontentement) que la reine ne l'a
pas suivi dans le temple (car il se trompait, ça ne
presse pas avec le mariage), mais [où] il parle de
nouveau avec son Erox de choses (2), desquelles il
n'aurait pas dû parler ici, desquelles il aurait dû
jaser avec lui à la maison dans son appartement.
Maintenant termine aussi le quatrième acte, et termine parfaitement comme le troisième. Polyphonte

---

(1) L'accusatif est aujourd'hui presque seul employé en
prose.

(2) On voit immédiatement après « ueber » ce qui est
mieux à présent.

mande la reine encore une fois (de nouveau) dans le temple, Mérope elle-même crie :

Lasst uns alle nach dem Tempel eilen, wo mich meine
[Schmach erwartet.

et aux prêtres des sacrifices (sacrificateurs) qui doivent venir l'y chercher, elle dit :

Ihr kommt um zum Altar das Opfer fortzuzieh'n (1).

Par conséquent ils seront donc assurément au commencement du cinquième acte dans le temple, pourvu (2) qu'ils ne soient déjà entièrement de retour ? Aucun des deux ; (bonne chose veut avoir du temps) pour bien faire les choses il faut du temps (3); Polyphonte a encore oublié quelque chose et revient (4) encore une fois, et renvoie aussi la reine encore une fois. [C'est] parfait ! Entre le troisième et le quatrième et entre le quatrième et le cinquième acte ne se fait par conséquent pas, non-seulement pas ce qui devait se faire, mais il ne se fait aussi,

---

(1) J'ai rendu l'alexandrin français par un alexandrin en allemand. On en fait aussi en allemand de temps en temps, par exemple Schiller : *La Fiancée de Messine*, presqu'à la fin :

Das Recht des Herrchers ueb' ich aus zum letztenmal.

et Theodor Koerner :

Triumph sie willigt ein will Herz und Hand mir geben.

(*Der schwarze Domino*, le premier vers si je ne me trompe pas).

(2) » Wo », familier, pour « wenn ».

(3) Proverbe allemand.

(4) Voyez note page 108.

absolument (1), rien du tout, et le troisième et le quatrième acte terminent seulement, pour que le quatrième et le cinquième puissent commencer de nouveau.

XXX. — Die Franzosen und die Vorschriften des Aristoteles.

[C'est] un autre de (une autre chose est) s'accommoder avec les règles, [c'est] un autre de les observer réellement. Cela font les Français ; ceci paraissent seulement avoir compris les anciens.

L'unité de l'action était la première loi dramatique des anciens ; l'unité de temps et l'unité de lieu (2) étaient pour ainsi dire seulement des conséquences de celle-là, qu'ils auraient difficilement observées plus rigoureusement, que celle-là (3) ne l'auraient nécessairement demandé, si (la liaison) l'enchaînement du chœur n'y était pas survenu(e). C'est-à-dire, comme leurs actions devaient avoir une foule de peuple (4) (une grande foule) pour témoin, et [comme] cette foule restait toujours la même qui ne pouvait ni s'éloigner plus loin de ses demeures, ni s'absenter plus

---

(1) Adverbe familier, s'écrit aujourd'hui en un mot : « platterdings ».

(2) Oreste n'a rien à chercher ici, c'est évidemment une faute d'impression, mettez par conséquent » Ortes »·

(3) C'est-à-dire l'unité de l'action.

(4) Le collectif « Menge » a ici le sens de « beaucoup de », par exemple : « eine Menge Menschen, eine Menge Soldaten ».

longtemps d'elles, qu'ordinairement (1) on a coutume
de le faire à cause de la simple curiosité : (pour satisfaire) : (alors) ils ne pouvaient presque pas autrement,
que de limiter le lieu à une et la même place indivi-
duelle (spéciale), et le temps à un et le même jour,
et à cette limitation ils se soumirent donc aussi de bonne
foi; mais avec une souplesse, avec une intelligence,
que sur neuf fois ils gagnèrent sept fois, beaucoup plus
qu'ils ne perdirent. Car ils se laissèrent être cette
contrainte (gêne) une occasion (raison, cause), pour
simplifier l'action elle-même tellement, pour séparer
tout le superflu d'elle si soigneusement, que, amenée
à ses éléments essentiels, elle ne devient rien qu'un
idéal de cette action, qui se développa justement sous
(dans) cette forme le plus heureusement, qui demandait la moindre addition de circonstances de temps
et de lieu.

Les Français par contre, qui ne trouvaient point de
goût à la vraie unité d'action, qui étaient déjà gâtés
par les intrigues déréglées des pièces espagnoles,
avant qu'ils apprissent à connaître la simplicité grecque, ne regardèrent pas les unités de temps et de lieu
comme des conséquences de cette unité-là, mais
comme des besoins par eux indispensables pour (à) la
représentation d'une action, qu'ils devaient aussi adap-
ter à leurs actions plus riches et plus compliquées,
(dans) avec la même rigueur, que l'emploi du chœur
pourrait seulement toujours exiger (réclamer) auquel
ils avaient cependant entièrement renoncé. Mais
comme ils trouvèrent, combien difficile, voir même

---

(1) « Gewoehnlichermassen » est égal à « gewoehn-
lich, gewoehnlicherweise » en français : habituellement,
à l'ordinaire.

combien impossible cela est souvent (1), (alors) ils firent avec les règles tyranniques auxquelles ils n'avaient pas assez de courage pour [leur] dénoncer leur entière obéissance, un accommodement. Au lieu d'un seul lieu, ils introduisirent un lieu indéterminé, sous lequel on peut s'imaginer tantôt celui-ci, tantôt celui-là ; (assez si) pourvu que ces lieux ensemble ne fussent seulement pas par trop éloignés les uns des autres, et [pourvu qu']aucun n'eût besoin d'un orne- ment spécial, mais [pourvu que] le même ornement puisse appartenir à peu près à l'un aussi bien qu'à l'autre. Au lieu de l'unité de jour, ils substituèrent l'unité de durée ; et un certain temps pendant (dans) lequel on n'entendait [parler] d'aucun lever et [d'au- cun] coucher du soleil, pendant lequel personne n'allait (au lit) se coucher, au moins n'allait se cou- cher pas plus souvent qu'une fois, qu'il s'y passât néanmoins autrement (encore autant et de (tant) dif- férent) encore cent fois plus qu'il ne s'y passa, ils (le laissèrent valoir) l'admirent pour un jour.

Personne ne les aurait blâmés pour cela ; car incon- testablement se laissent faire aussi encore ainsi (de cette manière) d'excellentes pièces ; et le proverbe dit : perce la planche, où elle est la plus mince. — Mais je dois laisser percer mon voisin seulement aussi là (en cet endroit). Il ne faut pas que je lui montre toujours seulement le bord (l'endroit) le plus épais, la partie la plus noueuse de la planche et [que je] crie : Perce- moi là ! là j'ai l'habitude de percer ! — Cependant les critiques français crient tous ainsi ; surtout s'ils viennent [à parler] des pièces dramatiques des Anglais. Quels embarras ne font-ils pas de la (cette)

(1) Voyez note page 107.

8

régularité, qu'ils se sont (eux) si infiniment allégée (facilitée)! Mais j'ai du dégoût, (pour de) m'arrêter plus longtemps (chez) dans ces éléments.

Que, je le veux bien, les Mérope de Voltaire et de Maffeï durent huit jours, et qu'elles jouent en sept endroits en Grèce! Mais qu'elles aient aussi seulement ces (les) beautés qui me font oublier ces pédanteries!

XXXI. — Vom Charakter des Polyphont.

La plus rigoureuse régularité ne peut pas contrebalancer (l'emporter sur) la plus petite faute dans les caractères. Combien absurdement Polyphonte parle et agit souvent (1) chez Maffeï [cela] n'a pas échappé à Lindelle. Il a raison de se moquer des détestables maximes que Maffeï met dans la bouche (à) de son tyran. Écarter du chemin les plus nobles et les meilleurs de l'État, plonger le peuple dans toutes les débauches qui peuvent l'énerver et le rendre efféminé; laisser impunis les plus grands crimes, sous l'apparence de pitié et de miséricorde (clémence), etc., s'il y a un tyran, qui prend ce chemin insensé pour gouverner, s'en vantera-t-il aussi? Ainsi on dépeint les tyrans dans un exercice d'école (thème); mais ainsi pas encore un n'a parlé de lui-même. — Il est vrai tellement par trop froidement et follement Voltaire ne laisse pas déclamer son Polyphonte; mais parfois il

---

(1) Voyez la note page 107. Je n'en parlerai plus.

lui fait pourtant aussi dire des choses, que certainement aucun homme de cette espèce ne fait sortir de sa bouche (pousse par-dessus la langue). Par exemple :

Der Goetter Langmuth laesst manchmal auf uns
Langsamen Schritts die Rache niedersteigen (1).

Un Polyphonte devrait bien faire cette réflexion ; mais il ne la fait jamais. Encore moins la fera-t-il dans le moment où il s'encourage à des nouveaux crimes :

Wohlan, noch diese That!. . . . . (2).

Combien à la légère et en fou [qu']il a agi vis-à-vis de Mérope, je l'ai déjà mentionné (touché). Sa conduite vis-à-vis d'Egisthe ressemble encore moins à un homme autant rusé que décidé, comme le poète nous le dépeint dès le commencement. Egisthe n'aurait justement pas dû apparaître au sacrifice. Que doit-il [faire] là ? Lui jurer obéissance ? Sous (dans) les yeux du peuple ? Sous les cris de sa mère désespérante ? N'y arrivera-t-il pas infaillement ce qu'il appréhendait auparavant lui-même ? Il a à s'attendre pour sa personne à tout d'Egisthe ; Egisthe redemande seulement son épée, pour décider toute la querelle entre eux d'un coup ; et ce téméraire Égisthe il [le] laisse venir si près de lui à l'autel où la première chose venue qui lui tombe dans (sous) la main, peut devenir une épée ? Polyphonte de Maffeï est exempt de ces absurdités ; car celui-ci ne connaît pas Egisthe, et le prend pour son ami. Pourquoi Egisthe n'aurait-il donc pas pu s'approcher de lui à l'autel ?

(1) Vers jambiques allemands.
(2) Demi alexandrin allemand.

Personne ne fit attention à ses mouvements ; le coup était fait, et il [était] déjà prêt pour le second, avant qu'il pût encore venir à l'esprit (à) d'un homme (de quiconque), de venger le premier.

XXXII. — Vom Charakter der Merope.

« Mérope, dit Lindelle, quand elle apprend chez Maffeï, que son fils est assassiné, veut arracher au meurtrier le cœur du corps, et le déchirer avec (de) ses dents. Cela s'appelle, s'exprimer comme une cannibale, et non pas comme une mère affligée ; le convenable doit être partout observé. » Tout juste ; mais bien que la Mérope française soit plus délicate, pour qu'elle dût mordre ainsi dans un cœur cru sans sel et sans sain-doux (1) : il me paraît (2) pourtant qu'elle [est] au fond aussi bien cannibale, que l'italienne.

Et comment ça ? — S'il est incontestable, qu'il faut juger l'homme plus après ses actions, qu'après ses paroles ; [s'il est incontestable] qu'une prompte parole, poussée dans l'ardeur de la passion, prouve pour son caractère morale peu , [qu']une froide action réfléchie [prouve] cependant tout : alors j'aurais bien raison [moi]. Mérope qui , dans l'incertitude dans laquelle elle est du sort de son fils , s'abandonne au plus inquiet [3] chagrin , qui appréhende toujours le

---

(1) Locution populaire = sans être préparé , et par là = en cannibale.

(2) Voyez la note page 63.

(3) L'adjectif prend l'adoucissement; « banger » est cependant mieux que « baenger ».

plus terrible, et [qui] dans l'imagination, combien malheureux son fils absent est peut-être, étend sa pitié sur tous les malheureux : est le bel idéal d'une mère. Mérope, qui, dans le (au) moment où elle apprend la perte de l'objet de sa tendresse, s'affaisse étourdie par sa douleur, et [qui] tout à coup, aussitôt qu'elle entend [que] le meurtrier [est] dans son pouvoir, rebondit (se lève de nouveau en sursaut), et [qui] s'agite avec fureur, et [qui] s'emporte, et [qui] menace de prendre (d'exécuter) sur lui la plus sanglante, la plus terrible vengeance, et [qui la] prendrait réellement, s'il se trouvait justement sous ses mains : est absolument le même idéal seulement dans (à) l'état (1) d'une action violente, dans lequel il gagne en expression et en force, ce qu'il a perdu en beauté et en émotion. Mais Mérope, qui se prend pour cette vengeance du temps, [qui] prend pour cela des mesures convenables, qui ordonne pour cela des cérémonies solennelles et [qui] veut elle-même être le bourreau, [qui] ne [veut] pas tuer, mais [qui veut] torturer, [qui] ne [veut] pas punir, mais [qui veut] repaître ses yeux (regards) à (de) la punition : est-ce aussi encore une mère ? Sans doute oui ; mais une mère, comme nous nous l'imaginons parmi les [femmes] cannibales ; une mère, comme (l'est) chaque ourse en est une. — Que cette action de Mérope plaise à qui [elle] voudra [veut] ; qu'il ne me le dise seulement pas, qu'elle lui plait, si je ne le dois pas autant mépriser que détester.

Peut-être M. de Voltaire pourrait-il aussi de ceci faire une faute de matière ; peut-être pourrait-il dire, il faut pourtant bien que Mérope veuille tuer Egisthe

_____

(1) Stand = Zustand.

de sa propre main , où tout le « Theatereffect » qu'A-
ristote vante tant , qui a tant charmé autrefois les
Athéniens sensibles, n'a pas lieu (cesse). Mais M. de
Voltaire se tromperait encore (de nouveau) et prendrait de nouveau les écarts arbitraires de Maffeï pour
le sujet lui-même. Le sujet (la matière) demande sans
doute, que Mérope veuille tuer Égisthe de sa propre
main , mais il ne demande pas, qu'il faille qu'elle le
fasse avec toute réflexion. Et ainsi elle ne paraît non
plus l'avoir fait chez Euripide, si toutefois nous pouvons accepter la fable d'Hygin pour l'extrait de sa
pièce. Le vieux vient et dit à la reine en pleurant, que
son fils (s'est perdu à lui) s'est échappé ; justement
elle avait entendu, qu'un étranger est arrivé, qui se
vante de l'avoir tué, et que cet étranger dort tranquillement sous son toit ; elle saisit le premier venu (1),
qui lui tombe sous (dans) les mains (la chose la première
venue), court pleine de rage vers la chambre du dormant, le vieux après elle, et la reconnaissance a lieu
dans le (au) moment où le crime devait avoir lieu
(s'accomplir). Ceci était très simple et naturel , très
touchant et humain ! Les Athéniens tremblèrent pour
Egisthe, sans avoir besoin (pouvoir) détester Mérope.
Ils tremblèrent pour Mérope elle-même (même) qui
la précipitation (l'étourderie) de la meilleure nature,
courut danger de devenir l'assassin de son propre fils.
Mais Maffeï et Voltaire me font seulement trembler pour
Egisthe ; car (sur) de leur Mérope je suis tellement
fâché (indigné), que je pourrais presque voir avec
plaisir [si] elle frappait le coup. Puisse-t-elle donc
l'avoir ! (2) Si elle peut se prendre le temps pour

---

(1) Aujourd'hui toujours : « Das erste Beste ».
(2) Ces mots sont difficiles à rendre en français, ils

la vengeance, alors elle aurait aussi dû se prendre le temps pour l'examen. Pourquoi est-elle une telle brute sanguinaire ? Il a tué son fils : bon ; qu'elle fasse dans la première ardeur ce qu'elle voudra (veut), je lui pardonne, elle est homme (femme) et mère ; aussi veux-je volontiers avec elle me lamenter et me désespérer, si elle devrait trouver (trouverait) combien elle a à maudire sa (son) première, (premier) prompte-(prompt) ardeur, (emportement). Mais, Madame, vouloir égorger un jeune homme qui peu avant vous intéressa tant, chez lequel vous reconnûtes tant de signes de franchise et d'innocence, parce qu'on trouve une vieille armure chez lui, que seulement votre fils devrait porter, comme le meurtrier de votre fils [vouloir l'égorger] près du monument sépulcral de son père de [votre] propre main, prendre le corps de garde et les prêtres pour cela en aide ! — Oh fi madame ! Il faudrait que je me trompasse beaucoup, ou vous auriez été sifflée à Athènes.

Que l'inconvenance avec laquelle Polyphonte demande après quinze ans la Mérope surannée comme épouse, est tout aussi peu (pas davantage) une faute de matière, je l'ai déjà remarqué. Car après la fable d'Hygin, Polyphonte avait épousé Mérope immédiatement après l'assassinat de Cresphonte (1) ; et il est très croyable, que même Euripide ait ainsi accepté

impliquent ici un malicieux désir, content du mal d'autrui. Leur pendant est la locution menaçante : « Warte du sollst es haben ! » Attends, tu l'auras, c'est-à-dire, je réglerai ton compte, — dès que l'occasion se présentera.

(1) Les noms propres s'ils prennent l'article restent invariables, il faut donc enlever l's du génitif de ces trois noms propres.

cette circonstance. Pourquoi ne devrait-il pas non plus
[l'accepter] ? Juste les mêmes raisons avec lesquelles
Euricles chez Voltaire veut persuader Mérope, maintenant après quinze ans, de donner sa main au tyran,
auraient pu la déterminer à cela aussi avant quinze
ans. C'était beaucoup (dans) de la manière de penser
des vieilles femmes grecques, qu'elles vainquirent
(surmontèrent) leur horreur vis-à-vis (envers) les assassins de leurs maris, et [qu']elles les acceptèrent
comme leurs seconds époux, quand elles voyaient
qu'il pouvait en résulter aux (pour les) enfants de
leur premier mariage un avantage. Je me rappelle
d'avoir lu autrefois quelque chose de semblable dans
le roman grec de Chariton, que d'Orville [a] édité.
Je crois, le passage mériterait d'être cité ; mais je
n'ai pas le livre sous (à) la main. Il suffit, que ce que
Voltaire lui-même met dans la bouche (à) d'Euricles
eût été suffisant, pour justifier la conduite de sa Mérope, s'il l'avait introduite comme l'épouse de Polyphonte. Les scènes froides d'un amour politique
seraient tombées (devenues inutiles) par là ; et je vois
plus d'un chemin, comment l'intérêt par cette circonstance même aurait pu devenir encore beaucoup
plus vif, et les situations encore beaucoup plus intri-
gantes.

XXXIII. — Vom Charakter des Aegisth.

Mais Voltaire voulait absolument rester sur le chemin que Maffeï lui avait frayé, et comme il ne lui venait
même pas du tout à l'esprit, qu'il (puisse) pût exister
(en avoir) un meilleur, que ce meilleur (soit) fût [jus-

tement] le même (celui), qui déjà jadis [avait] été fréquenté, (alors) il se contenta d'écarter (enlever) de (sur) celui-là quelques grès de l'ornière sur (à cause desquels) lesquels il pense, que son prédécesseur aurait presque versé (1). Aurait-il bien, d'ailleurs (autrement) aussi gardé (conservé) ceci de lui, qu'Égisthe [est] venu inconnu avec lui-(soi)même, par hasard, à Messène, et [qu'il] y doit être soupçonné (2) par de petits indices équivoques qu'il est le meurtrier de lui-même ? Chez Euripide, Égisthe se connaissait parfaitement, vint dans l'intention expresse de se venger, à Messène, et se fit passer lui-même pour le meurtrier d'Égisthe (3) ; seulement qu'il (4) ne se découvrit pas à sa mère, soit par prudence ou par méfiance, ou par une autre raison quelconque (5) de laquelle le poète ne le lui aura assurément pas laissé manquer. A la vérité j'ai prêté ci-dessus (plus haut) à Maffeï quelques raisons pour tous les changements qu'il a faits avec le plan d'Euripide de mon propre. Mais je suis bien loin, de faire passer ces raisons pour importantes, et les changements pour assez heureux. Plutôt je soutiens, que chaque pas, qu'il a osé faire en dehors des traces du Grec, [est] devenu un faux pas. (La chose

---

(1) Le verbe « schmeissen » est populaire.

(2) « In den Verdacht kommen » = être soupçonné ; « auf den Verdacht kommen » = soupçonner quelqu'un ; « im Verdacht haben » = soupçonner quelqu'un ; « im Verdacht stehen » = être soupçonné.

(3) Voyez la note page 119.

(4) Construction elliptique pour : « Zu bemerken ist nur dass..... » il y a seulement à remarquer qu'il .....

(5) Construction familière, il faudrait « oder aus sonst irgend einer andern Ursache », ou « irgend welcher Ursache ».

que) ce qu'Égisthe ne se connaît pas, qu'il vient par
hasard à Messène, et qu'il est pris par combinaison
(un assemblage) de hasards (événements) (comme
Maffeï l'exprime) pour le meurtrier d'Égisthe, ne
donne seulement pas à toute l'histoire une tournure
(apparence) très confuse, ambiguë et romanesque,
mais affaiblit aussi l'intérêt singulièrement. Chez Euripide le spectateur le savait d'Égisthe lui-même, que
c'est Égisthe, (qu'il est) et plus sûrement il le sut que
Mérope vient pour assassiner son propre fils, plus la
terreur (1) (crainte) devait nécessairement être grande
(d'autant plus grande) qui le saisit là-dessus, d'autant plus torturant la pitié, qu'il vit d'avance, en cas
que Mérope ne fût pas empêchée à propos (en temps
utile) à l'exécution. Chez Maffeï et Voltaire par contre
nous le présumons seulement que le prétendu meurtrier du fils pourrait bien être le fils lui-même, et
notre plus grande terreur (1) (crainte) est épargnée
pour le seul moment dans lequel elle cesse d'être de
la terreur (1) (crainte). Le pire avec ça est encore
ceci, que les raisons qui nous font présumer dans le
jeune étranger le fils de Mérope, sont juste les mêmes
raisons par lesquelles Mérope elle-même le devrait
présumer ; et que nous ne le connaissons, surtout
chez Voltaire (2), pas dans le moindre rapport davantage (plus proche) et plus sûrement qu'elle peut le
connaître elle-même. Nous ajoutons donc à ces raisons
ou autant de foi, que leur [en] ajoute Mérope, ou
nous leur [en] ajoutons plus. Si nous leur [en] ajoutons autant, (alors) nous prenons le jeune homme
avec elle pour un imposteur, et le sort qu'elle lui [a]

---

(1) Ce mot est aujourd'hui masculin.
(2) Datif familier, il faut « Voltaire ».

réservé (dans sa pensée) ne peut pas bien nous toucher. Si nous leur ajoutons plus de foi, (alors) nous
blâmons Mérope (1), qu'elle n'y fait pas plus d'attention, et [qu'|elle se laisse entraîner par des raisons
beaucoup plus superficielles. L'un et l'autre cependant
ne valent (vaut) rien, ne sont (n'est) propres (propre)
à rien.

XXXIV. — Von den Theatereffecten (Theaterstreichen). Meinung Diderots.

Il est vrai, notre surprise est plus grande, si nous
ne l'apprenons pas plutôt avec [une] entière certitude, qu'Égisthe est [réellement] Égisthe, que ne l'apprend Mérope elle-même. Mais (quel) le misérable
plaisir [le plaisir] d'une surprise ! Et le poète qu'a-t-il
besoin de nous surprendre ? (Pourquoi). Il surprend
ses personnages, tant qu'il veut ; nous [autres] nous
saurons déjà en prendre notre part, quand même que
nous aurions (bien que nous ayons) vu d'avance cent
fois plus longtemps ce qui doit les frapper tout inopinément. Oui (même) notre intérêt sera d'autant plus
vif et [d'autant] plus fort, plus longtemps et plus sûrement nous l'avons vu d'avance.

Je veux laisser parler sur ce point le meilleur critique français pour moi. « Dans les pièces compliquées, dit Diderot, l'intérêt est plus l'effet du plan,
que des paroles ; dans les pièces simples par contre

---

(1) = Mérope.

c'est plus l'effet des paroles que du plan. Mais à quoi
faut-il que l'intérêt se rapporte ? Aux personnages ?
Ou aux spectateurs ? Les spectateurs ne sont rien que
des témoins, desquels on ne sait rien. Donc ce sont
les personnages qu'il faut avoir devant les yeux (considérer). Incontestablement ! Qu'on laisse ceux-ci
nouer le nœud, sans qu'ils le sachent ; pour ceux-ci
tout soit impénétrable ; qu'on pousse ceux-ci, sans
qu'ils s'en aperçoivent de plus en plus près de la solu)
tion. Pourvu que ceux-ci (si ceux-ci seulement sont,
soient en mouvement (émotion), alors nous [autres]
spectateurs nous céderons bien aussi aux mêmes émotions, [nous serons] bien aussi obligés de les ressentir.
— Bien loin de là, que je devrais croire avec la plupart qui ont écrit de (sur) l'art dramatique poétique
qu'on doit cacher le développement devant (au) le spectateur. Je croirais plutôt que cela ne devrait pas dé-
passer mes forces, si je me proposais à faire une
œuvre, où le développement serait trahi tout de suite
dans la première scène, et [où] de cette circonstance
même résulterait le plus vif (fort) intérêt. — Pour le spectateur il faut que tout soit clair. Il est le confident de
chaque personnage ; il sait tout ce qui se passe, tout
ce qui s'est passé ; et il y a cent moments, où on ne
peut rien faire de mieux, que de lui dire (ce qu'on lui
dise) directement d'avance, ce qui doit encore se passer. — Oh ! vous fabricants de règles générales, combien peu comprenez-vous l'art, et combien peu possé-
dez-vous du génie qui a produit les modèles sur
lesquels vous les fondez, et qui peut les enfreindre,
tant (si souvent) qu'il lui plaît ! — Que mes idées paraissent aussi paradoxales qu'elles veulent : autant je
sais sûrement, que pour une occasion, où il est utile,
à cacher au spectateur un événement important aussi
longtemps jusqu'à ce qu'il arrive, il y en a toujours

dix et plusieurs, où l'intérêt demande justement le contraire. — Le poète réalise par son secret une courte surprise ; et dans quelle inquiétude continuelle aurait-il pu nous plonger, s'il nous n'en avait pas fait un secret ? — Celui qui est atteint et terrassé dans un moment, celui-là je le peux aussi seulement plaindre un moment. Mais comment est-ce alors avec moi, si j'attends le coup, si je vois que l'orage se concentre au-dessus de ma tête ou [celle] d'un autre, et qu'il y reste longtemps ? — Quant à moi que les personnages tous ne se connaissent pas ensemble ; pourvu que le spectateur les connaisse tous. — Oui, je voudrais presque soutenir, que le sujet dans (chez) lequel les discrétions sont nécessaires, est un sujet ingrat ; que le plan dans lequel on prend son recours à elles, n'est pas aussi bon, que celui dans lequel on aurait pu les épargner (s'en dispenser) (1). Ils ne donneront jamais occasion à quelque chose de fort. Toujours serons-nous obligés à nous occuper de (avec des) préparatifs (préparations) qui sont ou par trop obscurs ou par trop clairs. Tout le poème deviendra une suite de petits procédés d'art, par lesquels on ne peut produire rien de plus qu'une courte surprise. Si au contraire tout ce qui concerne les personnages est connu, alors je vois dans cette supposition la source des plus violentes émotions. — Pourquoi certains monologues (2) ont-ils un si grand effet ? Par cette raison, parce qu'ils me confient les secrets projets d'un personnage et [parce que] cette intimité me remplit à l'instant (3) de crainte ou d'espoir. — Si la situation des person-

---

(1) Verbe très rare = « eruebrigen = ersparen ».

(2) « Monologe » vaut mieux.

(3) « Den Augenblick » familier pour « augenblicklich ».

nages est inconnue, alors le spectateur ne peut pas
s'intéresser (pour) à l'action plus fortement que les
personnages. L'intérêt cependant se doublera pour le
spectateur, s'il a assez de lumière et [s'il] le ressent
que l'action et les paroles seraient tout à fait autrement, si les personnages se connaissaient. Alors seulement je le pourrai à peine attendre, ce qu'ils devien-
dront, si je peux comparer ce qu'ils font réellement
avec ce qu'ils font ou [qu'ils] veulent faire. »

Ceci appliqué à Égisthe, il est clair, pour lequel
des deux plans (1) Diderot se déclarerait : si [il se dé-
clarerait] pour l'ancien d'Euripide, où les spectateurs
tout de suite, dès le commencement (2) connaissent
Égisthe aussi bien, qu'il [se connaît] lui-même ; ou
pour le plus moderne de Maffeï que Voltaire a accepté
si en aveugle, où Égisthe est pour lui et pour (aux)
les spectateurs un énigme, et [où il (3)] rend par là
toute la pièce « une suite de petits procédés d'art »,
qui ne produisent rien de plus qu'une courte surprise.

Diderot n'a non plus tout à fait tort de faire passer ses
idées sur la superfluité et la bagatelle de toutes les attentes incertaines et [de toutes les] surprises subites, qui
se rapportent au spectateur, pour autant nouvelles que
fondées. Elles sont nouvelles eu égard à leur abstraction (séparation), mais très vieilles eu égard aux modèles, desquels elles [ont] été abstraites. Elles sont
nouvelles en considération que ses prédécesseurs [ont]
seulement toujours insisté sur le contraire ; mais parmi
ces prédécesseurs n'appartiennent ni Aristote ni Ho-

---

(1) Voyez la note page 72.
(2) « = von Anfang an.
(3) Voltaire.

race, auxquels absolument rien n'a échappé qui pour
rait affermir leurs interprètes (commentateurs) et
[leurs] successeurs dans leur prédilection pour ce
contraire, dont ils n'avaient vu (1) le bon effet ni chez
la plupart, ni chez les meilleures pièces des anciens.

XXXV. — Von den Prologen des Euripides.

Parmi ceux-ci était surtout Euripide tellement sûr
de son affaire, qu'il montra presque toujours aux
spectateurs d'avance le but vers lequel il voulut les
mener. Oui, je serais [même] très enclin à accepter
de ce point de vue la défense de ses prologues (2) qui
déplaisent tant aux critiques plus modernes. « Non
pas assez, dit Hedelin, qu'il laisse le plus souvent
directement raconter tout ce qui [s'est] passé avant
l'action de la pièce, par un de ses personnages principaux aux spectateurs, pour leur rendre de cette manière la suite intelligible ; il prend aussi bien souvent
un dieu pour cela, duquel nous devons supposer, qu'il
sait tout et par lequel il nous fait savoir non seulement pas ce qui est arrivé, mais aussi tout ce qui doit
encore arriver. Nous apprenons donc tout de suite
au commencement le développement et toute la catastrophe, et [nous] voyons chaque événement imprévu
déjà de loin venir. Ceci cependant est une faute très
sensible qui est totalement contraire à l'incertitude et

---

(1) « absehen = comprendre en voyant.
(2) Voyez la note page 125.

à l'attente qui sur le théâtre constamment doivent
régner, et [qui] anéantit tous les agréments de la
pièce, qui reposent presque uniquement et seulement
sur la nouveauté et la surprise ». Non : le plus tragique de tous les poètes tragiques ne pensa pas si
dédaigneusement de son art ; il savait qu'il était capable d'une perfection beaucoup plus élevée, et que
le divertissement d'une curiosité puérile est le moindre
à quoi il fait des prétentions. Il laissa donc savoir à
ses auditeurs sans hésitation de l'action imminente
(prochaine) tout autant que seulement toujours un dieu
en pouvait savoir, et [il] se promit l'émotion qu'il voulait
produire non pas aussi bien de ce qui devait arriver
que de la manière, comment il devait arriver.
Par conséquent il faudrait qu'il ne fût ici réellement
(précisément) rien de plus choquant aux critiques,
que seulement ceci, qu'il n'a pas cherché à nous (1)
insinuer la connaissance nécessaire du passé, et du
futur par un procédé d'art plus fin (adroit) [et] qu'il
[s'est] servi pour cela d'un être supérieur, qui bien
encore avec cela ne prend aucune part à l'action, et
qu'il [a] se laisser adresser cet être supérieur directement aux spectateurs, par quoi le genre dramatique
est mêlé au [genre] narratif. Mais s'ils bornaient ensuite leur blâme seulement à cela, que serait alors
leur blâme ? L'utile et le nécessaire (2) ne nous sont-ils
jamais agréables (que) s'ils nous sont procurés (3)

---

(1) Il faut écrire « uns ».
(2) Construction confuse et peu correcte, il faut pour
« niemals » : 1° « nur », et supprimer dans ce cas « als » ;
ou il faut 2° intercaler après « niemals, anders » ; ou il
faut 3° « niemals willkommen, wenn es uns anders als... »
(3) Terme presque populaire.

furtivement ? N'y a t-il pas des choses, surtout dans l'avenir, qu'absolument personne autre ne peut savoir qu'un dieu ? Et si l'intérêt repose sur de telles choses, n'est-il pas mieux, que nous les apprenions par l'intervention d'un dieu d'avance, que pas du tout ? Que veut-on enfin avec le mélange des genres en général? Qu'on les sépare dans les livres d'instruction aussi exactement l'un de l'autre que possible ; mais si un génie à cause d'intentions supérieures laisse se réunir plusieurs d'eux dans un et le même ouvrage, qu'on oublie (alors) le livre d'instruction et qu'on examine seulement, s'il a atteint ces intentions supérieures (1). Qu'est-ce que cela me regarde, si une telle pièce d'Euripide n'est ni totalement narration, ni totalement drame ? Nommez-la toujours un hermaphrodite, il suffit que cet hermaphrodite m'amuse plus, m'édifie plus, que les plus légales productions de vos Racines corrects ou comment ils s'appellent autrement. Parce que le mulet n'est ni cheval ni âne, est-il pour cela moins un des plus utiles animaux qui portent des fardeaux ?

En un mot, [là] où les (blâmeurs) critiques d'Euripide ne croient voir rien que le poète, qui se faisait par impuissance ou par commodité ou par les deux raisons, son travail aussi facile que possible ; où ils croient trouver l'art dramatique dans son berceau : là, je crois [moi] le voir dans sa perfection et j'admire en celui-là (2) le maître qui au fond est aussi régulier, qu'ils (3) demandent qu'il le soit (de lui de l'être), et [qui] seulement par là paraît l'être moins, parce qu'il(2) [a] voulu attribuer à ces pièces une beauté de plus de laquelle ils (3) n'ont point d'idée.

---

(1) Pour «hoeheren«.—(2) Euripide.—(3) Les critiques.

Car il est clair que toutes les pièces dont les prologues (1) leur font tant de déplaisir, sont aussi sans
ces prologues (1), parfaitement entières et parfaitement compréhensibles. Rayez, par exemple, devant
Jon le prologue de Mercure (2), devant Hécube le prologue de Polydore (2); laissez commencer celui-là (3)
immédiatement avec la dévotion du matin de Jon, et
celle-ci (4) avec les plaintes d'Hécube : toutes les
deux (5) sont-elles pour cela le moins du monde
tronquées ? D'où vous apercevriez-vous de l'absence
de ce que vous avez rayé, s'il n'y était pas du tout ?
Tout ne garde-t-il pas la même marche, la même
cohésion (suite) ? Avouez même, que les pièces,
après votre manière de penser, seraient d'autant plus
belles, si nous ne savions pas par les prologues, que
Jon, que Créüse veut laisser empoisonner, est le fils
de cette Créüse, que Créüse que Jon veut entraîner
de l'autel à une mort infâme, est la mère de ce Jon ;
si nous ne savions pas, que juste le même jour, où
Hécube doit donner sa fille en sacrifice, la vieille
malheureuse femme doit aussi apprendre la mort de
son dernier, unique fils. Car tout cela produirait (6)
les plus parfaites surprises, et ces surprises seraient
encore avec cela assez préparées, sans que vous
pussiez dire, qu'elles sortaient tout à coup semblables
à un éclair du plus clair nuage ; [sans que vous pussiez
dire] qu'elles ne s'ensuivaient pas, mais qu'elles nais-
saient (7) [subitement]; sans que vous puissiez dire
qu'on ne veut pas vous dévoiler quelque chose tout à la

(1) Voyez la note page 125. — (2) Voyez la note page 119.
— (3) Jon. — (4) Hécube. — (5) Sous-entendu «pièces».
—(6) Il manque dans notre texte le verbe « hervorbrin-
gen » que j'ai ajouté. — (7) = « entstaenden ».

fois, mais [qu'on veut] vous faire accroire (1) quelque
chose. Et malgré vous disputez encore avec le poète ?
Malgré vous lui reprochez encore du manque d'art? Par-
donnez-lui donc toujours une faute qui est à réparer
(avec) d'un seul trait de plume. Une pousse trop pleine
de sève (voluptueuse) le jardinier la coupe en silence
sans injurier l'arbre sain, qui l'a poussée. Mais, si
vous voulez admettre un moment, — il est vrai (2),
cela veut dire admettre beaucoup, — qu'Euripide
puisse avoir eu peut-être autant d'intelligence, autant
de goût, que vous, et cela vous étonne [maintenant]
d'autant plus, comment il [a] pu commettre avec cette
grande intelligence, avec ce goût délicat malgré une
faute si grossière, alors approchez de moi et regardez
ce que vous appelez [une] faute, de mon point de
vue. Euripide le vit aussi bien que nous, que, par
exemple, son Jon peut exister sans le prologue; qu'il
est sans lui une pièce qui entretient l'incertitude et
l'attente du spectateur jusqu'à la fin; mais justement
cette incertitude et attente lui importait peu. Car si le
spectateur l'apprenait seulement dans (au) cinquième
acte, que Jon est le fils de Creüse : alors il n'est pour
lui (3) pas (le) son fils, mais un étranger, un ennemi, qu'elle veut dans le troisième acte écarter du
chemin; alors ce n'est pour lui (3) pas la mère de
Jon, sur laquelle Jon veut se venger dans le quatrième
acte, mais seulement la femme assassin. D'où devraient
cependant alors venir la terreur (crainte) et la pitié?
La simple conjecture, qui se serait (qu'on aurait)
peut-être laissée tirer (déduire) (pu tirer) de circonstances s'accordant, que Jon et Creüse pourraient bien

---

(1) = « vormachen ». — (2) C'est de l'ironie. — (3). Le
spectateur.

se concerner (s'appartenir) ensemble de plus près qu'ils ne pensent, n'aurait pas été suffisante pour cela. Il fallait que la conjecture devînt une certitude, et si l'auditeur pouvait seulement recevoir cette certitude de dehors, s'il n'était pas possible, qu'il pût la devoir à une des personnes agissant même : n'était-il pas toujours mieux, que le poète la lui apprit de la seule manière possible, que pas du tout? Dites de cette manière ce que vous voulez: il suffit qu'elle lui [ait] aidé à atteindre son but; sa tragédie est par-là ce qu'une tragédie doit être; et si vous êtes encore indignés qu'il a placé la forme après la nature, alors (1) que votre critique savante vous pourvoie de (avec) rien, que de pièces, où la nature est sacrifiée à la forme, et vous êtes récompensés ! Que Creüse de White-head vous plaise toujours, où aucun dieu ne vous prédit quelque chose, où vous apprenez tout par un vieux confident loquace, qu'une rusée bohémienne interroge, qu'elle vous plaise toujours mieux que le Jon d'Euripide, et je ne vous envierai jamais !

Si Aristote appelle Euripide le plus tragique de tous les poètes tragiques, alors il ne vit seulement pas là-dessus que la plupart de ses pièces ont une catastrophe malheureuse ; bien que je sache que beaucoup comprennent ainsi le Stagirite (2). Car le (ce) tour d'adresse serait, ma foi, peut-être bientôt appris de lui ; et le bousilleur (3) qui laisserait brave-

---

(1) Notre texte est inexact, le verbe « versorge » ne donne pas de sens, il faudrait au moins le changer en « versorgt ». Lessing a écrit comme ma traduction le dit « so versorge *euch*.... und *ihr* seid belohnt ».

(2) Aristote, parce qu'il est né à Stagire.

(3) Voyez la préface.

ment (bien) égorger et assassiner, et [qui] ne [laisse-
rait] venir de la scène aucun de ses personnages sain
ou vivant, pourrait se croire aussi tragique qu'Euripide. Aristote avait incontestablement plusieurs qualités en vue, en conséquence desquelles il lui attri-
buait ce caractère ; et, sans doute (1), que la [qua-
lité] tout à l'heure mentionnée y appartenait aussi,
c'est-à-dire [celle], moyennant laquelle il montrait
longtemps avant aux spectateurs tout le malheur qui
devait surprendre ses personnages, pour prévenir
(gagner) aussi (même) alors déjà les spectateurs de
(par) pitié pour les personnes, si ces personnes elles-
mêmes se croyaient encore bien éloignées de mériter
(de) la pitié. — Socrate fut le professeur et l'ami
d'Euripide ; et (combien) plus d'un pourrait être de
l'opinion, que le poète n'a rien de plus à devoir (2)
à cette amitié du philosophe, que la richesse de
belles sentences, qu'il sème si abondamment (3) dans
ses pièces. Je pense qu'il lui devait (2) beaucoup plus;
il aurait pu être sans elle (4) tout aussi sentencieux ;
mais peut-être ne serait-il, sans elle (4), pas devenu
aussi tragique. De belles sentences et [de belles mo-
rales] sont en général justement ce que nous entendons d'un philosophe comme Socrate, le plus rarement ; sa vie est la seule morale qu'il prêche. Mais
connaître l'homme et nous-mêmes ; être attentif à
nos sentiments ; examiner et aimer en tous les
chemins les plus unis et les plus courts de la nature;
juger chaque chose après son intention : voilà ce que
nous apprenons dans son commerce ; voilà (ceci est)

---

(1) Intercalez : « es ist » c'est-à-dire « und es ist ohne
Zweifel». — (2) = être redevable à quelqu'un de quelque
chose. — (3) = à profusion. — (4) L'amitié.

ce qu'Euripide apprit de Socrate, et ce qui le rendit (fit) le premier dans son art. Heureux le (ce) poète, qui a un tel ami, -- et [qui] tous les jours, toutes les heures peut le consulter !

Aussi Voltaire paraît l'avoir ressenti, qu'il serait bon, s'il nous fît connaître le fils de Mérope tout de suite au commencement ; s'il pût nous laisser exposer de suite avec la conviction, que l'aimable malheureux jeune homme, que Mérope prend d'abord sous sa protection, et qu'elle veut bientôt après exécuter comme le meurtrier de son Egisthe (1), est le même Egisthe. Mais le jeune homme ne se connaît pas lui-même ; aussi autrement il n'y a personne, qui le connaisse mieux et par lequel nous pussions (apprendre à) le connaître. Que fait cependant le poète ? Comment s'y prend-il (2) afin que nous le sachions pour sûr, Mérope lève le poignard contre (sur) son propre fils, encore avant que le vieux Narbas le lui crie ? --- Oh ceci il le commence ingénieusement (3) ! D'un tel coup d'adresse pouvait seulement se souvenir un Voltaire ! -- Il fait mettre, dès que le jeune homme inconnu paraît en scène, sur le premier qu'il dit, avec de grands beaux caractères lisibles l'entier plein nom Egisthe ; et ainsi de suite sur chacune de ses paroles suivantes. Maintenant nous le savons : Mérope a, dans ce qui précède, nommé son fils déjà plus d'une (4) fois de ce nom, et si elle ne l'avait même pas fait, nous pourrions pourtant seulement regarder la table des personnages, imprimée en tête ; là ça se trouve en long et en large ! A dire vrai, c'est un peu ridicule, si le personnage,

---

(1) Voyez la note page 119. — (2) = le commence-t-il ! — (3) Ironie. — (4) « Mehr als » est plus juste.

sur les paroles duquel nous avons maintenant déjà
lu dix fois le nom Egisthe, répond à la question :

... Narbas ist Dir bekannt ?
So kam zum wenigsten der Nam' Egisth zu Dir ?
Welches war Dein Gewerb', welches Dein Stand, Dein
[Vater ?]

(répond) :

Mein Vater ist ein Greis von Elend ueberhaeuft ;
Sein kam' ist Polyclet : indess Egisthen, Narbas,
Von denen Ihr mir sprecht, die hab' ich nie gekannt (1).

A dire vrai il est fort singulier, que nous n'entendons non plus de cet Egisthe qui ne s'appelle pas
Egisthe un autre nom ; que, comme il répond à la
reine, que son père s'appelle Policlète, il n'ajoute
non plus, qu'il s'appelle [lui] tel et tel. Car il faut
pourtant qu'il ait un nom, et celui-ci M. de Voltaire
l'aurait pourtant bien déjà aussi pu trouver, puisqu'il
a tant trouvé (inventé) ! Des lecteurs qui ne connaissent (comprennent) pas bien comme il faut l'affaire (2)
d'une tragédie, peuvent facilement se troubler là-dessus (se tromper à cause de cela). Ils lisent, qu'on
amène ici (qu'ici est amené) un jeune homme qui a
commis sur la grande route un meurtre ; ce jeune
homme, voient-ils, s'appelle Egisthe, mais [lui] il dit,

---

(1) Alexandrins allemands.
(2) J'ai traduit « Rummel » par « affaire » comme on
voit, il faut cependant observer que ce mot « Rummel »
est populaire, et pourrait peut-être se rendre en français par « tremblement », bataclan, c'est-à-dire on dirait
. . l'affaire d'une tragédie avec tout son tremblement....

il ne s'appelle pas ainsi, et pourtant [il] ne dit non plus, comment il s'appelle : ô, avec ce gaillard, concluent-ils, ce n'est pas juste ; c'est un rusé voleur de grands chemins, tout jeune qu'il soit, tout innocent qu'il feigne d'être. Des lecteurs inexpérimentés sont, dis-je, en danger de penser ainsi, et pourtant je crois en tout sérieux, qu'il est mieux pour les lecteurs expérimentés d'apprendre aussi ainsi (1), tout de suite au commencement, qui est le jeune homme inconnu, que pas du tout. Seulement qu'on ne me dise pas que cette manière, de les en instruire (informer) est le moins du monde plus artificielle (ingénieuse) et plus adroite, qu'un prologue dans le goût d'Euripide !

XXXVI. — Ein gluecklicher Gedanke Voltaire's.

Un seul changement, que Voltaire a fait dans le plan de Maffeï, mérite le nom d'une amélioration. Savoir celui-ci, par lequel il supprime la tentative réitérée de Mérope, de se venger sur le meurtrier présumé de son fils, et [par lequel] il laisse en échange arriver la reconnaissance du côté d'Egisthe, en présence de Polyphonte. Ici je reconnais le poëte, et surtout est la deuxième scène du quatrième acte absolument parfaite. Je désirerais seulement, que la reconnaissance en général, qui a l'air de devoir avoir

---

(1) « Auch so » c'est-à-dire malgré. Il veut dire : les lecteurs inexpérimentés penseront ainsi, les lecteurs expérimentés ne le feront pas, mais aussi ainsi il est mieux qu'ils apprennent, etc.

lieu des deux côtés dans la quatrième scène du troisième acte, eût pu être divisée avec plus (1) d'art. Car
ce qu'Egisthe est emmené tout à coup (2) par Euricles
et [que] l'enfoncement se ferme derrière lui, est un
moyen fort violent. Il n'est pas d'un cheveu mieux
(c'est exactement la même chose), que la fuite préci-
pitée, par (avec) laquelle Egisthe se sauve chez Maffeï,
et de laquelle Voltaire laisse tant se moquer son Lindelle. Ou plutôt, cette fuite est de beaucoup plus
naturelle ; si le poète [avait] seulement après mis
une fois ensemble le fils et la mère et [s'il] ne nous
avait (3) pas tout à fait retenu les premières touchan-
tes explosions de leurs sentiments réciproques vis-à-
vis l'un de l'autre. Peut-être Voltaire n'aurait-il du
reste pas du tout partagé la reconnaissance, s'il
n'avait pas été obligé à allonger sa matière, pour en
remplir cinq actes. Il se lamente plus d'une fois de
diese lange Laufbahn von fuenf Acten, die ausserordent-
lich schwer ohne Nebenhandlungen auszufuellen ist.
-- Et maintenant pour cette fois-ci assez de Mérope !

XXXVII. — Die Frauenschule von Molière.

« *L'École des Femmes*, dit Molière, était une
pièce d'une toute nouvelle espèce, dans laquelle, à
dire vrai, tout n'est que narration, mais pourtant de

---

(1) « Mehr ».
(2 « Auf ein mal » est mieux.
(3) = s'il ne nous avait seulement pas.

la narration si artificielle, que tout paraît être action. »

Si le nouveau consiste en ceci, alors il est très bien,
qu'on [ait] laissé s'éteindre la nouvelle espèce. Plus
ou moins artificielle, narration reste toujours narration,
et nous voulons voir sur le théâtre de véritables actions.
-- Mais est-il donc aussi vrai que tout y est raconté ?
que tout paraît seulement être de l'action ? Voltaire
n'aurait pas dû ressusciter (1) de nouveau cette
vieille objection ; ou au lieu de la tourner (l'inter-
vertir) dans un éloge apparent, il aurait au moins
dû ajouter la réponse que Molière lui-même donna
là-dessus, et qui est fort juste. Savoir, les narrations
sont dans cette pièce, suivant (la) sa composition
intérieure, de la véritable action ; elles sont tout ce
qui est nécessaire à une action comique ; et c'est une
simple (de la simple) chicane de mots (logomachie),
de leur disputer ici ce nom. Car il dépend en effet
beaucoup moins des événements qui sont racontés,
que de l'effet que ces événements font sur le vieux
trompé, quand il les apprend [C'est] le ridicule de
ce vieux [que] Molière voulut principalement dépeindre ; [c'est] donc lui que nous devons principalement
voir, comme il fait des gestes (se prend) dans l'acci-
dent qui lui arrive ; et ceci nous ne l'aurions pas vu
aussi bien, si le poète avait laissé arriver ce qu'il fait
raconter devant nos yeux, et [s'il] avait laissé en
échange raconter, ce qu'il laisse se passer. Le dépit
que ressent Arnolphe ; la contrainte qu'il se fait,
pour cacher ce dépit ; le ton railleur (sardonique)
qu'il prend, quand il croit avoir maintenant obvié aux
(prévenu les) progrès ultérieurs de Horace ; l'étonne-

---

(1) Expression populaire.

ment, la rage secrète dans laquelle nous le voyons, quand il apprend que Horace poursuit malgré (1) son but heureusement : ceci sont des actions, et des actions beaucoup plus comiques, que tout ce qui se passe en dehors de la scène. Même dans la narration d'Agnès, de sa connaissance faite (qu'elle a faite) avec Horace, il y a plus d'action, que nous ne trou-verions, si nous voyions réellement faire cette connaissance sur la scène.

Donc, au lieu de dire de l'*École des Femmes*, que tout là-dedans (y) paraît de l'action, bien que tout ne soit que narration, croyais-je pouvoir dire avec plus (2) de droit, que tout y est de l'action, bien que tout paraisse seulement être de la narration.

XXXVIII. — Von den Ohrfeigen auf dem Theater.

Beaucoup plus heureusement a-t-il fait rentrer Banks le soufflet dans sa pièce. — Mais un soufflet dans une tragédie ! Comme [c'est] anglais, comme [c'est] inconvenant ! — Avant que mes lecteurs plus délicats s'en moquent, je les prie, de se souvenir du soufflet dans *le Cid*. La remarque que M. de Voltaire a faite là-dessus, est en diverses considérations remarquable (curieuse). « Au jour d'aujourd'hui, dit-il, on ne le pourrait pas oser, à laisser donner à un héros un soufflet. Les acteurs eux-mêmes ne savent pas comment ils doivent s'y prendre ; ils font seulement

(1) aujourd'hui : «dessenungeachtet.

(2) Voyez la note page 137.

semblant comme s'ils donnaient un soufflet (en donnaient). Non seulement pas dans la comédie une telle
chose n'est plus permise ; et ceci est le seul exemple
qu'on en ait sur la scéne tragique.Il est croyable,qu'on
intitulât entre autre aussi pour cela *le Cid* une tragi-
comédie ; et à l'époque presque toutes les pièces de
Scudéri ou de Boisrobert étaient des tragi-comédies.
On avait été en France longtemps de l'opinion, que le
tragique continuel, sans tout mélange avec des traits
communs, ne se laissât absolument pas supporter. Le
vocable (mot), tragi-comédie, lui-même, est très vieux ;
Plaute l'emploie pour en désigner son *Amphitryon*,
parce que l'aventure de Sosias est à dire vrai comique,
mais qu'Amphitryon lui-même est en tout sérieux
affligé. » — Que M. de Voltaire n'écrit-il pas tout !
Comme il aime toujours à vouloir montrer un peu
d'érudition, et combien il se perd souvent avec
cela !

Il n'est pas vrai, que le soufflet dans *le Cid* soit le
seul sur la scène tragique. Voltaire n'a ou pas connu
Essex de Banks, ou [il a] supposé, que la scène tragique de sa nation seule mérite ce nom. L'un et l'autre
trahissent l'ignorance ; et seulement le dernier trahit
encore plus de vanité que d'ignorance. Ce qu'il ajoute
du nom de la tragi-comédie est aussi faux. Tragi-comédie s'appelle la représentation d'une action importante entre des personnages nobles, qui a un issu (un
dénouement) plaisant ; ceci est *le Cid*, et le soufflet
n'y venait pas du tout en considération, car malgré ce
soufflet, Corneille nomma plus tard sa pièce une tragédie, dès qu'il avait rejeté le préjudice, qu'une tragédie devait avoir nécessairement une catastrophe
malheureuse. Plaute emploie à dire vrai, le mot tragi-
comédie : mais il l'emploie seulement pour plai-
santer, et pas du tout pour en désigner (avec cela) un

genre spécial. Aussi aucun homme ne le (1) lui a
emprunté dans ce sens, jusqu'à ce qu'il vînt au
XVIᵉ siècle à l'esprit (aux) des poètes espagnols et
italiens, de nommer ainsi certains de leurs avortons
dramatiques. Même (mais) si Plaute avait aussi ainsi
nommé son *Amphitryon* en sérieux, alors cela ne serait
pourtant pas arrivé par (de) cette raison que Voltaire lui
impute faussement. Non pas parce que la part que
Sosias prend à l'action, est comique, et [que] celle
qu'Amphitryon y prend est tragique : non pas pour
cela Plaute aurait préféré (aimé mieux) de vouloir
nommer (voulu nommer) sa pièce, (plutôt) une tragi-
comédie. Car sa pièce est entièrement comique, et
nous nous amusons de l'embarras d'Amphitryon autant que de celui de Sosias (2). Mais pour cela, parce
que cette action comique se passe pour la plus grande
partie entre des personnes plus hautes (grandes), que
l'on n'a l'habitude de voir dans la comédie. Plaute
lui-même s'explique là-dessus assez clairement :

Je ferai que la tragi-comédie soit mélangée : car
que je fasse toujours, qu'une comédie soit [une pièce]
où les rois viennent et les dieux, je ne le crois pas
juste : quoi donc? parce qu'ici un esclave a aussi
un rôle je ferai, comme j'ai dit cette tragi-comédie.

Mais pour (3) revenir au soufflet. — C'est donc
une fois comme ça qu'un soufflet, qu'un homme
d'honneur reçoit de son égal ou d'un supérieur, est
regardé comme (pour) une tellement honteuse (infa-
mante) offense, que toute satisfaction, que les lois

---

(1) « = das Wort «.

(2) Tournure familière = « an der des Sosias.

(3) Mieux : » aber um.

peuvent lui donner pour cela, est vaine. Elle (1) ne
veut pas être châtiée par un troisième, elle veut être
punie par l'offensé lui-même, et [elle veut] être vengée d'une manière aussi arbitraire, qu'elle [a] été faite.
Si c'est le vrai ou le faux honneur qui ordonne cela,
de cela il ne s'agit pas ici. Comme j'ai dit, c'est une
fois comme ça.

Et si c'est une fois comme ça dans le monde : pourquoi ne doit-il pas aussi être ainsi sur le théâtre? Si
les soufflets sont là-bas en vogue : pourquoi pas aussi
ici?

« Les acteurs dit M. de Voltaire, ne savent pas
comment ils doivent s'y prendre. » Ils le sauraient
bien ; mais on ne veut aussi pas même avoir volontiers un soufflet (dans) sous un nom étranger. Le coup
les met en feu ; le personnage (2) le reçoit, mais [eux]
ils (3) le ressentent ; la douleur enlève la dissimulation ;
ils perdent leur contenance ; [la] honte et [le] trouble
s'exprime(nt) malgré eux sur leur visage ; ils devraient
avoir l'air furieux, et ils ont l'air niais ; et chaque
acteur, dont les propres sentiments entrent en collision avec son rôle, nous fait rire (4).

Ceci n'est pas le seul cas, dans lequel on pourrait
regretter l'abolition des masques. L'acteur peut incontestablement (5) garder sous le masque plus de contenance ; sa personne trouve moins d'occasion d'éclater ; et si toutefois elle éclate, (alors) nous (nous)
apercevons moins (de) cet éclat (cette explosion).

Cependant que l'acteur se comporte au moment de
[recevoir] le soufflet, comme il veut : le poète drama-

---

(1) L'offense. — (2) Sous-entendu : qu'ils représentent.
— (3) Les acteurs. — (4) « = macht uns achen. —
(5) « = unstreitig ».

tique à dire vrai travaille bien pour l'acteur, mais il ne doit pas pour cela se refuser tout ce qui est (à) pour celui ci moins praticable et commode. Aucun acteur ne peut devenir rouge (rougir), quand il veut : mais malgré le poète peut le lui prescrire ; malgré il peut laisser dire l'un, qu'il le voit devenir l'autre. L'acteur ne veut pas se laisser frapper dans la figure; il croit que cela le rend ridicule ; cela le trouble; cela lui fait mal : très bien ! S'il n'est pas encore assez avancé dans son art (ne l'a pas encore si loin poussé, parvenu assez loin), pour qu'une telle chose ne le trouble pas; s'il n'aime pas son art tant, qu'il veut (se laisser plaire) acquiescer au profit de lui, à une petite mortification : qu'il cherche alors à passer ce passage (éviter), aussi bien qu'il peut; qu'il pare le coup; qu'il mette la main devant; seulement, qu'il ne demande pas, que le poète doive se faire (se fasse) à cause de lui plus de scrupules, qu'il ne se fait [lui] (1) à cause de la personne, qu'il (2) le fait représenter. Si le véritable Diego, si le véritable Essex doit accepter un soufflet ; leurs représentants que veulent-ils avoir à y objecter ?

Mais le spectateur ne veut peut-être pas voir donner un soufflet ! Ou au plus haut seulement à un domestique, qu'il ne déshonore (3) pas particulièrement, pour lequel il est une correction convenable à sa position ? A un héros par contre, à un héros un soufflet ! comme [c'est] petit, comme [c'est] malséant ! — Et s'il doit maintenant précisément l'être ? Si précisément cette indécence doit devenir et devient la

---

(1) L'acteur. — (2) Le poète. — (3) « = beschimpft, schaendet ».

source des plus violentes résolutions, de la plus sanglante vengeance ? Si chaque moindre offense n'aurait
pas pu avoir ces terribles effets ? Ce qui dans ses suites
[peut devenir si tragique] doit devenir si tragique,
[ce qui entre certains personnages nécessairement
doit devenir si tragique] doit pourtant être exclu de
la tragédie, parce qu'il trouve aussi [une] place dans
la comédie, parce que cela [trouve] aussi [une place]
dans la pièce burlesque (bouffonne) ? De ce, dont
nous rions une fois, nous ne devons pas pouvoir nous
effrayer une autre fois ?

Si je voudrais savoir abolis les soufflets d'un (dans
un) genre du drame, alors cela serait de la comédie.
Car quelles suites peut-il (1) y avoir ? de tristes ? celles-ci sont au-delà de sa (2) sphère. De ridicules ? celles-
ci sont au-dessous d'elle, et appartiennent à la pièce
bouffonne. Pas [de suites] du tout ? alors il ne valait
pas la peine de le faire donner. Celui qui le donne, ne
[trahira] rien qu'une ardeur grossière, et celui qui le
reçoit ne trahira rien qu'une pusillanimité servile.
Il (3) reste donc aux deux extrêmes, à la tragédie et à
la pièce bouffonne, qui ont plusieurs choses de cette
espèce de communes, desquelles nous voulons ou
nous moquer ou trembler.

Et je demande à chacun qui [a] vu représenter *le
Cid*, ou [qui] l'[a] aussi seulement lu avec quelque
attention, si un frisson ne l'[a] pas pris, quand le
fanfaron Gormas ose frapper le vieux [et] digne Diégo?
S'il n'[a] pas ressenti la plus sensible pitié pour celui-ci, et le plus amer dépit contre celui-là ? Si tout
à coup toutes les suites sanglantes et tristes que cette

---

(1) Incorrect pour Koennen sic. — (2) Mettez le datif
« ihrer ». — (3) Toujours : le soufflet.

honteuse rencontre [a] dû [doit] entraîner après elle, ne
lui [sont] pas venues avec force dans les idées, et [si
elles] ne l'[ont] pas rempli d'attente et de crainte?
Malgré doit un événement qui a tout cet effet sur
lui (1) ne pas être tragique (2) ?

Si jamais on [a] (il a été) ri à [l'occasion de] ce
soufflet, alors c'était assurément par un (quelqu'un)
de la galerie (3), qui était trop (connu) familiarisé
avec les soufflets, et [qui] justement maintenant (en)
aurait mérité un de son voisin (4). Mais celui que la
manière maladroite avec laquelle l'acteur s'y compor-
ta peut-être, a fait sourire (3) contre sa volonté, [ce-
lui-là] se mordit promptement [vite] la lèvre, et se
hâta pour se transporter de nouveau dans l'illusion,
de laquelle presque chaque action plus violente a la
coutume de mettre le spectateur plus ou moins.

Aussi demandé-je quelle autre offense pourrait
bien remplacer le (la place du) soufflet? Pour chaque
autre [offense] il serait dans le pouvoir du roi de faire
avoir satisfaction à l'offensé ; pour chaque autre le
fils pourrait se refuser, à sacrifier à son père le père
de sa bien-aimée. Pour cette [offense] seule le point
d'honneur (6) ne laisse valoir ni excuse ni amende
honorable , et tous (toutes) les chemins (démarches)

---

(1) Lui = « Jeden » qui a vu jouer *le Cid*.

(2) Il sera difficile de trouver un passage plus long que
celui-ci, où il manque chaque verbe auxiliaire.

(3) La galerie est généralement occupée par des gens
moins bien élevés.

(4) Parce qu'il s'est mal conduit.

(5) Supprimez « zu ».

(6) Voilà où je voudrais voir la remarque que M. Cottler a faite page 16.

10

à l'amiable (1) que même le monarque y veut ménager, sont vains (vaines). Corneille laissa, après cette manière de penser, très bien répondre [par] Gormas, quand le roi lui fait (dire) signifier de satisfaire Diégo :

Diese Genugthuung'n besaenft' gen nicht die Seel' :
Wer sie erhaelt hat Nichts, entehrt ist wer sie giebt.
Und der gewoehnlichste Erfolg all der Vertraege,
Ist Unehre fuer zwei anstatt fuer einen Menschen (2).

A l'époque il avait été publié depuis peu en France l'édit contre les duels, auquel de telles maximes allaient diamétralement contrairement (étaient directement contraires). Corneille reçut donc à dire vrai, l'ordre de supprimer toutes ces lignes ; et elle furent bannies de la bouche de l'acteur. Mais chaque spectateur les compléta (ajouta) par la mémoire et par son sentiment.

XXXIX. — Von dem Styl der Tragoedie.

Seulement on ne doit pas juger le style de Banks de (après) ma traduction. Il a fallu que je m'écarte totalement de son expression. Il est en même temps tellement commun et tellement précieux, si bassement s'humiliant et si pompeux (ronflant) et ceci non pas de personnage en personnage, mais tout entièrement, qu'il peut servir comme modèle à cette espèce

(1) « = guetlichen ». — (2) Alexandrins allemands.

de dissension. J'ai cherché à me glisser entre les deux
écueils aussi bien que possible ; mais avec ça j'ai
pourtant voulu échouer plutôt à l'un qu'à l'autre.

Je me suis plus gardé du ronflant (de l'ampoulé)
que du trivial. La plupart (1) auraient peut-être justement fait le contraire ; car ronflant et tragique,
beaucoup [le] prennent à peu près pour la même
chose; non seulement pas beaucoup des lecteurs,
[mais] aussi beaucoup des poètes même. Leurs héros
devraient parler comme d'autres hommes? Quels
héros seraient cela ? Des paroles ampoulées et
des mots de six pieds (démesurément longs), des
sentences et des ampoules et des mots longs comme
une aune, ceci leur constitue le véritable ton de la
tragédie.

« Nous ne l'avons laissé manquer de rien, dit Diderot, (qu'on remarque, qu'il parle principalement de
ses compatriotes) pour gâter le drame par cette raison. Nous avons gardé des anciens la pleine magnifique versification, qui convient cependant seulement
si bien à des langues de quantités très mesurées, et
d'accents très sensibles, seulement à des scènes vastes,
seulement à une déclamation mise en musique et ac-
compagnée d'instruments : mais leur simplicité dans
l'intrigue et dans le dialogue et la vérité de leurs
images, avons-nous laissé échapper (abandonné). »

Diderot aurait pu ajouter encore une raison, pourquoi nous ne pouvons pas (nous) prendre l'expression
des anciennes tragédies généralement pour modèle.
Tous les personnages y parlent et s'y entretiennent
sur une place publique, libre, en présence d'une foule
curieuse de gens. Il faut donc qu'ils parlent presque tou-

_____

(1) Pour « die meisten ».

jours avec réserve et avec égard à leur dignité ; ils ne peuvent pas se décharger (débarrasser) de leurs idées et [de leurs] sentiments (dans) par les premières paroles venues (1) ; il faut, qu'ils les mesurent (pèsent) et [qu'ils les] choisissent. Mais nous [autres] plus modernes, qui (nous) [avons] aboli le chœur, qui laissons nos personnes en majeure partie (le plus souvent) entre leurs quatre murs (chez eux) : quelle raison pouvons nous avoir, à les laisser parler malgré (2) cela toujours un langage si décent, si recherché, si rhétorique ? Personne ne les entend, que celui à qui elles veulent le permettre de les entendre ; personne ne leur parle que des gens qui [sont] réellement engagés avec dans l'action, qui donc eux-mêmes sont en émotion, et qui n'ont ni l'envie ni le temps de contrôler des expressions. Ceci était seulement à craindre du chœur, qui, tout exactement qu'il fût entrelacé dans la pièce, n'agissait pourtant jamais avec, et qui jugeait toujours plutôt les personnes agissant, qu'il ne prît à leur sort un intérêt réel (réellement part). Vainement s'appuie-t-on pour cela (3) sur le rang plus élevé des personnages. Des gens distingués ont appris à mieux s'exprimer, que l'homme ordinaire ; mais ils n'affectent pas continuellement de s'exprimer mieux que lui. Pour le moins dans les passions ; desquelles (dans lesquelles) chacun a sa propre éloquence, de laquelle (4) anime uniquement la nature, qui n'est apprise dans

---

(1) C'est grammaticalement juste, mais aujourd'hui on dirait : « mit den ersten besten... entledigen », ou encore mieux : « ihre Gedanken... in ou mit den ersten .. ausdruecken.

(2) Voyez la note page 25.

(3) = Desshalb. — (4) éloquence.

aucune école, et à laquelle (1) le plus mal élevé s'entend aussi bien, que le plus poli (mieux élevé).

Dans un langage recherché, précieux [et] ampoulé
ne peut jamais être du sentiment (de la passion). Il ne
prouve (dénote) aucun sentiment, et ne peut en produire. Mais il se comporte bien avec les mots (2) et
les phrases les plus simples, les plus communs, les
plus plats.

Comme je laisse parler [moi] Elisabeth de Banks,
je sais bien, [ainsi] n'a pas encore parlé aucune reine
sur le théâtre français. Le ton bas [et] confident, dans
lequel elle s'entretient avec ses femmes, on [le] trouverait à Paris à peine convenable pour une bonne
femme nobiliaire de la campagne (dame de bonne noblesse de province). « Est-ce que tu ne te portes pas
bien ? — Je me porte parfaitement bien. Lève-toi, je
te prie. — Seulement inquiète ; un peu inquiète suis-je.
— Raconte-moi donc. — N'est-ce pas Nottingham ?
Fais cela ! Laisse entendre ! — Doucement, doucement ! — Tu te fâches à perdre haleine. — Venin et
variole sur sa langue ! Il m'est permis de maltraiter
(jouer avec) la chose que j'ai créée, comme je veux.
— Frapper sur la tête. — Comment est-ce ? Sois gaie
chère Rutland ; je veux te chercher un brave mari.
— Comment peux-tu parler ainsi ? Tu dois bien (déjà)
le voir (le verras bien). — Elle m'a bien, bien fâchée.
Je ne pouvais pas plus longtemps la voir devant mes
yeux. — Viens ici, ma chère ; laisse-moi me reposer
sur ton sein. — Je le pensais ! .- Cela n'est pas à
supporter plus longtemps. » — Sans doute cela n'est

---

(1) Éloquence.
(2) Lessing ne distingue pas toujours entre « Worte »
et « Woerter ».

pas à supporter ! diraient les critiques fins (délicats). —

Diront peut-être aussi maints de mes lecteurs. Car hélas ! il y a des Allemands qui sont encore beaucoup plus Français, que les Français Pour leur plaire, ai-je porté (mis) sur (en) un tas ces bribes. Je connais leur manière de critiquer. Toutes les petites négligences, qui offensent si infiniment (tant) leur oreille, qui étaient si difficiles à trouver au poète, qu'il semait avec tant de réflexion par-ci et par-là, pour rendre le dialogue souple, et pour donner aux paroles un vrai air (apparence) d'inspiration momentanée, ils les enfilent fort spirituellement (ensemble sur un fil), et veulent s'en pâmer de rire (rire à en être malade). Enfin suit un compatissant haussement d'épaules : « On entend bien, que le (ce) bon homme ne connaît pas le grand monde ; qu'il n'[a] pas entendu parler beaucoup de reines ; Racine comprenait cela mieux ; mais Racine vivait aussi à la cour (1) »

Malgré (2), cela ne me troublerait pas. Tant pis pour les reines, si réellement elles ne parlent pas ainsi, ne peuvent pas parler ainsi. Je l'ai déjà cru longtemps, que la cour n'est justement pas l'endroit, où un poète peut étudier la nature. Mais si la pompe et l'étiquette font (fait) des hommes des machines, alors c'est l'affaire (l'œuvre) du poète, de faire de ces machines de nouveau des hommes. Que les véritables reines parlent aussi recherché et affecté, qu'elles (3) veulent : ses reines doivent parler naturellement.

---

(1) C'est ici qu'on pourrait voir une petite pointe lancée contre Frédéric II.

(2) Voyez la note page 25.

(3) Mieux est : » wie sie wollen ».

Qu'il écoute seulement assidûment Hécube d'Euripide ; et qu'il se console toujours, si déjà d'ordinaire
(autrement) il n'a pas parlé (aux reines) à point de
reines.

Rien n'est plus décent et plus convenable que la
simple nature. De la grossièreté et du fatras (est) sont
aussi loin (éloigné) d'elle, que le pathos et phébus [le
sont], du sublime. Le même sentiment, qui aperçoit
la démarcation là-bas, la remarquera aussi ici. Le
poète ampoulé est par conséquent infailliblement
aussi le plus populacier. Les deux fautes (défauts)
sont inséparables ; et aucune espèce ne donne plus
d'occasion de tomber dans les deux, que la tragédie.

XL. — Von den spanischen Trauer-
spielen.

Lope de Véga, bien qu'il soit regardé comme le
créateur du théâtre espagnol, n'était(-ce) pourtant
pas, [celui] qui introduisit ce ton hermaphrodite. Le
peuple y était déjà tant habitué, qu'il fallut qu'il l'en-
tonnât (dut l'entonner) aussi contre sa volonté. Dans
son poème didactique sur (de) l'art de faire de nouvelles comédies, dont j'[ai] déjà fait mention en haut,
il s'en lamente assez. Comme il voyait, qu'il n'était
pas possible, de travailler après les règles et les modèles des anciens pour ses contemporains avec approbation, (alors) il cherchait à mettre au moins des
bornes à l'irrégularité ; ceci fut l'intention de ce poème
(le but). Il pensa, tout sauvage et barbare que soit
le goût de la nation, il doit bien avoir ses principes ; et il est mieux agir aussi seulement après

ceux-ci avec une continuelle uniformité, que d'après
aucun(s) [principe(s)]. Des pièces, qui n'observent pas
les règles classiques, peuvent pourtant encore toujours observer des règles, et il faut qu'elles en observent, si elles veulent plaire. Celles-ci donc, prises du
seul goût national, voulut-il fixer ; et ainsi devint l'alliance du sérieux et du ridicule la première [règle].

« Aussi des rois, dit-il, pouvez-vous laisser paraître
en scène dans vos comédies. J'entends, à dire vrai,
que notre sage monarque (Philippe II) n'approuve pas
cela ; soit qu'il comprît, que cela allât contre les règles,
ou parce qu'il le croyait contraire à la dignité d'un
roi, d'être ainsi mêlé (à) avec la plèbe. J'accorde aussi
volontiers, que cela s'appelle retourner de nouveau à la
plus ancienne comédie, qui introduisit même des dieux;
comme entre autres dans l'*Amphitryon* de Plaute
[est] à voir, et je sais très bien, que Plutarque, quand
il parle de Ménandre : ne loue pas bien la plus ancienne
comédie. Il me coûte donc en effet beaucoup, d'ap-
prouver notre mode. Mais comme nous nous éloignons
une fois en Espagne tant de l'art : alors il faut que
les savants se taisent (déjà) bien aussi là-dessus. Il
est vrai, le comique mélangé avec le tragique, Senèque
fondu (ensemble) avec Térence ne produit pas un
moins petit monstre, que le fut le minotaure de Pasi-
phaë. Mais ce changement plaît maintenant une fois ;
on ne veut maintenant une fois pas voir d'autres (1)
pièces, que celles [qui] sont à moitié sérieuses et à
moitié gaies ; la nature elle-même nous apprend cette
diversité, de laquelle elle emprunte une partie de sa
beauté. »

Ce sont les dernières paroles, à cause desquelles je

(1) Pour « anderen ».

cite ce passage. Est-il vrai, que la nature elle-même nous sert dans ce mélange du commun et du sublime, du grotesque et du sérieux, du gai et du triste comme (pour) modèle ? Il paraît ainsi. Mais si cela est vrai, alors Lope a plus fait, qu'il ne se proposa ; il n'a non seulement pas pallié les défauts (fautes) de son théâtre (sa scène) ; il a proprement dit, prouvé, que du moins ce défaut n'en est point (n'est pas un) ; car rien ne peut être un défaut, qui est une imitation de la nature.

XLI. — Die alten deutschen Stuecke.

« On blâme, » dit un de nos plus modernes écrivains, « à Shakespeare, — à celui parmi tous les poètes depuis Homère, qui ait connu le mieux les hommes, du roi jusqu'au mendiant, et de Jules César jusqu'à Jacques Fallstaff, et qui les ait pénétrés d'outre en outre avec une espèce d'incompréhensible intuition, — que ses pièces n'ont pas [de plan], ou pourtant seulement un plan très incorrect, irrégulier et mal conçu (inventé) ; que du comique et du tragique y sont (est) jetés pêle-mêle de la manière la plus singulière, et [que] souvent la même personne, qui nous a fait monter (attiré) par le langage touchant de la nature des larmes dans les yeux, (dans) peu de moments après par une idée étrange ou par une expression baroque nous fait sinon (pas) rire (1), du moins nous refroidit à tel point, qu'il lui (2) devient après

---

(1) Aujourd'hui : « wenn » et sans « zu ».
(2) Shakespeare.

très difficile, à nous mettre de nouveau dans cette
disposition, dans laquelle il (1) nous voudrait avoir.
--- On blàme cela, et [on] n'y pense pas, que ses
pièces sont justement là-dedans des images (portraits)
naturelles de la vie humaine. »

« La vie de la plupart des hommes et (si nous pouvons le dire) la carrière des grands corps d'Etat
même, en tant que nous les regardons comme autant
d'être moraux, ressemble aux actions principales et
publiques dans le vieux (de l'ancien) goût gothique
dans (sous) tant de points, qu'on voudrait presque
venir sur les idées, concevoir les idées (que) les
inventeurs de ces dernières avaient été plus sensés
que l'on ne pense communément, et qu'ils avaient
voulu, pourvu qu'ils n'aient pas eu finalement le but
secret, de rendre la vie humaine ridicule, au moins
imiter la nature aussi fidèlement, que les Grecs s'ap-
pliquèrent à l'embellir. Pour ne rien dire maintenant
de la ressemblance fortuite, que dans ces pièces,
comme dans la vie, les rôles les plus importants sont
très souvent joués justement par les plus mauvais
acteurs, — que peut être plus ressemblant (peut-il
être de), que ne l'ont l'habitude de l'être les deux
espèces des actions principales et publiques ensemble
dans le plan, dans la division et la disposition des
scènes, dans le nœud et dans le développement ?
Combien rarement les auteurs des unes et des autres
se demandent-ils à eux-mêmes, pourquoi ils ont fait
ceci ou cela justement ainsi et pas autrement. Combien souvent nous surprennent-ils par des événements
auxquels nous n'étions pas le moins du monde pré-
parés? Combien souvent voyons-nous des personnages

(1) Mettez « er ».

venir et disparaître (de la scène) de nouveau , sans
qu'il se laisse comprendre pourquoi ils venaient et
pourquoi ils disparaissent de nouveau ? Combien est
abandonné dans les deux au hasard ! Que de fois
voyons-nous les plus grands effets produits par les
plus misérables causes ? Que de fois [voyons-nous] le
sérieux et l'important traités avec une manière légère, et
l'insignifiant avec une gravité ridicule ? Et si dans toutes
les deux finalement tout est si misérablement embrouillé
et entrelacé ensemble, qu'on commence à désespérer
de la possibilité du développement : combien heureusement voyons nous , par un dieu quelconque, qui,
sous des éclairs et des tonnerres saute de nuages en
papier, ou par un bon coup de sabre, le nœud tout à
coup, il est vrai non pas dénoué, mais pourtant
coupé, ce qui en tant arrive à la même chose, que
d'une manière ou de l'autre la pièce a une fin , et [que]
les spectateurs peuvent applaudir ou siffler, comme
ils veulent ou — comme ils peuvent (ont la permission). Du reste, on sait, quel personnage important
représente dans les (ces) tragédies comiques dont nous
parlons [nous], l'honorable arlequin qui probablement
comme éternel monument du goût de nos ancêtres,
paraît vouloir se maintenir sur le théâtre de la capi-
tale de l'empire allemand. Plût à Dieu , qu'il repré-
sentât sa personne uniquement sur le théâtre ! Mais
combien de grands actes sur le théâtre du monde
n'a-t-on pas vu représenter dans tous les temps avec
arlequin — ou , ce qui est encore un peu pire, par
arlequin ? Que de fois les plus grands hommes, nés
pour être les génies protecteurs d'un trône, les bien-

NOTE. — C'est toujours Wieland qui parle dans son
Agathon.

faiteurs de peuples entiers et d'ères [entières] ont-ils
dû voir déjouées toute leur sagesse et [toute leur] bra-
voure par un petit tour plaisant d'arlequin (1) ou de
telles gens, qui sans précisément porter son pourpoint
et ses culottes jaunes, portaient pourtant assurément
tout son caractère sur (dans) eux? Que de fois résulte
dans les deux espèces des tragi-comédies l'intrigue
elle-même uniquement par là, qu'arlequin gâte par
un tour niais et frippon quelconque de son travail,
aux gens sensés, leur jeu, avant qu'ils puissent s'y
attendre? » —

XLII. — Lessing's Meinung von der Tragi-Komoedie.

Si dans cette comparaison (2) l'humeur satirique
n'était pas trop saillante (brillait, contrastait), (alors)
on pourrait la prendre pour la meilleure apologie
(plaidoyer) du drame comi-tragique ou tragi-comique
(je l'ai une fois trouvé nommé sur un titre quelconque
jeu mixte), pour l'exécution la plus préméditée de la
pensée chez Lope. Mais en même temps elle (2) en (3)
serait aussi la réfutation (d'elle). Car elle (2) montrerait, que le même exemple de la nature qui doit justifier l'union du sérieux solennel à (avec) la gaîté
bouffonne, peut justifier aussi bien chaque monstre
dramatique, qui n'a ni plan, ni liaison, ni bon sens.
L'imitation de la nature devrait donc ou ne pas être

---

(1) Mettez « Hanswurst ». — (2) La comparaison que
nous venons de lire. — (3) La pensée.

du tout un principe de l'art, ou si elle (1) le restait quand
même, alors l'art cesserait par lui-même (2) d'être un
art ; au moins [il] ne serait pas un art plus élevé, qu'à
peu près l'art d'imiter les veines bariolées du marbre
en plâtre (gypse); leur (3) trait et cours peu(ven)t réussir
comme ils veu(len)t (que leur... réussissent),— le plus
singulier ne peut pas être si singulier, qu'il ne pourrait
pas paraître naturel; seulement et uniquement celui ne
le paraît pas, chez qui se montre trop de symétrie,
trop de mesure égale et proportion , trop de ce, qui
dans chaque autre art constitue l'art; le [trait le] plus
artistique dans ce sens est ici le plus mauvais, et le
plus sauvage, le meilleur !

Comme critique, notre auteur (4) pourrait [peut-
être] parler (parlerait) tout autrement. Ce qu'il paraît
vouloir ici si ingénieusement appuyer (soutenir), il le
condamnerait sans doute comme un avorton du goût
barbare, au moins [il le] représenterait comme les
premiers essais de l'art renaissant parmi des peuples
grossiers, (5) à la forme duquel une coïncidence de certaines raisons (causes) extérieures où le hasard avait la
plus grande part, la raison et la réflexion, cependant
la moindre, aussi peut-être (bien) absolument pas du
tout. Il dirait difficilement, que les premiers inventeurs du jeu mixte (puisque le mot existe une fois,
pourquoi ne dois-je pas l'employer ?) « ont voulu la
nature aussi fidèlement imiter, que les Grecs ont eu
à cœur de l'embellir. »

Les mots fidèlement et embellir, employés de l'imi-

---

(1) L'imitation. — (2) Le principe. — (3) Les veines
(4) Wieland. — (5) « = Ungeschlachteten », expression
familière.

tation et de la nature, comme du sujet de l'imitation sont sujets à beaucoup de fausses interprétations. Il y a des gens qui ne veulent (savoir) entendre [parler] d'aucune nature, qu'on puisse imiter trop fidèlement ; même ce qui nous déplaît dans la nature, plaît dans l'imitation fidèle moyennant (par) l'imitation. Il y a d'autres qui prennent l'embellissement (enjolivement) de la nature pour un caprice ; une nature qui veut être plus belle que la nature n'est justement pas pour cela de la nature. Tous les deux se déclarent pour admirateurs de la seule nature, telle qu'elle est : ceux-là ne trouvent rien en elle à éviter, ceux-ci [ne trouvent] rien à ajouter (qu'il n'y a rien…, ceux-ci qu'il n'y a rien à…). A ceux-là donc devrait nécessairement plaire le jeu mixte gothique, de même que ceux-ci auraient de la peine à trouver du goût aux chefs-d'œuvre des anciens.

Si ceci maintenant cependant ne s'en suivait pas ? Si ceux-là, tous grands amateurs qu'ils (1) soient de la nature, la plus ordinaire et la plus commune, se déclaraient malgré contre le mélange du grotesque et de l'intéressant ? Si ceux-ci, tout énorme qu'ils trouvent tout ce qui veut être, mieux et plus beau, que la nature, parcouraient malgré tout le théâtre grec sans le moindre achoppement de ce côté ? Comment voudrions-nous expliquer cette contradiction ?

Nous reviendrions nécessairement et nous devrions rétracter ce que nous [avons] d'abord soutenu des deux espèces. Mais comment devrions-nous rétracter, sans nous embrouiller dans de nouvelles difficultés ? La comparaison d'une telle action principale et pu-

(1) Mettez « sic » pour « sich ».

blique, de la bonté (qualité) de laquelle nous discutons, avec la vie humaine, avec le cours ordinaire du monde, est pourtant si juste !

Je veux donner ici quelques idées qui, si elles ne sont pas assez approfondies, peuvent cependant provoquer de plus approfondies. — L'idée principale est celle-ci : il est vrai et aussi [il n'est] pas vrai, que la tragédie comique d'invention gothique imite fidèlement la nature ; elle l'imite seulement dans une moitié fidèlement, et [elle] (1) néglige l'autre moitié totalement ; elle (1) imite la nature des apparitions (événements) sans y faire le moins du monde attention à la nature de nos sentiments et de nos facultés (2) de l'âme.

Dans la nature tout est uni à tout ; tout s'entre-croise, tout alterne avec tout, tout se change l'un dans l'autre. Mais, après cette infinie diversité, elle (3) est seulement un spectacle pour un esprit infini. Pour laisser prendre part des esprits finis (limités) (4) (au plaisir) à la jouissance de celle-ci (5) il fallait que ceux-ci (6) reçussent la faculté de lui (3) donner des limites, qu'elle (3) n'a pas ; la faculté de distinguer, (séparer) et de pouvoir diriger leur attention (7) à leur idée (comme il leur plaira).

Cette faculté nous l'exerçons dans tous les moments de la vie ; sans elle il n'y aurait pour nous point de vie du tout ; nous ne ressentirions rien à force de trop de différents sentiments ; nous serions une

(1) La tragédie comique. — (2) « Seelenkraefte ». — (3) La nature. — (4) « Endlich » l'adverbe est faux, mettez l'adjectif « Endliche » opposé à « unendlichen ». (5) Mettez « derselben », c'est-à-dire de la nature, et non pas « desselben ». — (6) Les esprits limités. — (7) Des esprits limités.

proie continuelle de l'impression actuelle (présente) ;
nous rêverions, sans savoir ce que nous rêvions.

La destination de l'art est de nous épargner dans
l'empire du beau cette séparation, de nous faciliter
la fixation de notre attention. Tout ce que nous sépa-
rons dans la nature d'un objet ou d'un ensemble (d'une
union) de différents objets, soit après le temps ou le
lieu, dans nos pensées, ou que nous désirons pouvoir
séparer, il le sépare réellement, et [il] nous procure
cet objet ou cet ensemble de différents objets si pure-
ment, avec tant de concision, que le sentiment qu'il
[a] dû exciter le permet toujours.

Si nous sommes témoins d'un événement important et touchant, et [si] un autre [événement] d'une
portée futile arrive à travers (le traverse) : alors nous
cherchons à éviter le plus possible la distraction, avec
laquelle celui-ci nous menace (1). Nous abstrayons
de lui (2), et il doit nous nécessairement dégoûter de
retrouver dans l'art ce que nous désirions (qu'il soit)
loin (absent) de la nature.

Seulement si ce même événement prend dans sa
suite toutes les nuances de l'intérêt, et si l'une
ne suit seulement pas l'autre, mais [si elle] résulte si
nécessairement de l'autre ; si le sérieux engendre le
rire, la tristesse, la joie, ou *vice versâ*, si directement,
que l'abstraction de l'un ou de l'autre nous est
(devient) impossible : seulement alors nous ne le (2)
demandons non plus dans l'art, et l'art sait tirer profit
de cette impossibilité elle-même.

Mais assez de cela : on voit déjà où je veux arriver
(aboutir). —

---

(1) = « womit diese uns droht ». — (2) L'événement.

XLIII. — Von dem Gebaerdenspiel (1) bei den Alten.

Seulement, pour venir derrière (comprendre) toutes
les finesses de Térence le don est souvent (2) très
nécessaire, de se représenter (s'imaginer) le jeu de
l'acteur ; car ceci les anciens poètes ne l'écrivirent
pas en marge (l'annotèrent). La déclamation avait son
(propre) artiste spécial, et (dans) pour le reste ils (3)
pouvaient se reposer (compter) sans doute sur l'intelligence des joueurs (acteurs), qui firent de leur métier
une étude très sérieuse. Pas rarement se trouvèrent
parmi ceux-ci (4) les poètes eux-mêmes ; ils disaient,
comme ils voulaient l'avoir ; et comme ils ne laissèrent en général pas devenir connues leurs pièces plus
tôt (que jusqu'à ce qu'elles) qu'elles ne furent jouées,
qu'on les eut vues et entendues : alors ils en pouvaient d'autant plus être dispensés, (5) d'interrompre
le dialogue écrit par des parenthèses, dans lesquelles
le poète descriptif paraît en quelque façon se mêler
parmi les personnes agissant. Mais si l'on s'imagine,
que les anciens poètes, pour s'épargner ces parenthèses, aient cherché à indiquer dans les paroles elles-
mêmes, chaque mouvement, chaque geste, chaque
mine, chaque changement particulier de la voix, qui
y [sont] à observer, alors on se trompe. Dans Térence

---

(1) « Geberde » est aussi juste.
(2) Voyez la note page 107.
(3) Les poètes.
(4) Les acteurs.
(5) Aujourd'hui on dit : « einer Sache ueberhoben sein ».

11

seul se trouvent d'innombrables passages, dans lesquels d'une telle indication ne se trouve pas la moindre trace, et où néanmoins le vrai sens ne peut être saisi que par la divination de la véritable action ; même en beaucoup [de passages] paraissent les paroles dire juste le contraire de ce que l'acteur doit exprimer par celle-là (1).

XLIV. — Vom Charakter Richards des Dritten.

C'est principalement le caractère de Richard (2), sur lequel je désire (pour moi) l'explication du poète.

Aristote l'aurait nettement rejeté ; à dire vrai avec l'autorité d'Aristote je voudrais bientôt être fini (me serais arrangé), si je savais seulement aussi (le devenir) m'arranger avec ses raisons.

La tragédie, suppose-t-il, doit exciter de la pitié et de la terreur (crainte) : et de là il conclut, que le héros d'elle ne doit être ni un homme tout à fait vertueux, ni un scélérat accompli. Car ni avec le malheur de l'un ni avec [celui] de l'autre se laisse atteindre ce but.

Si j'accorde cela : alors *Richard III* est une tragédie qui manque son but (3). Si je ne l'accorde pas : alors je ne sais plus du tout ce que c'est qu'une tragédie.

Car Richard III, tel que M. Weiss le dépeint, est incontestablement le monstre le plus grand, le plus

---

(1) L'action. — (2) Voyez la note page 119.
(3) = « ihren Zweck.

affreux, que la scène n'ait jamais porté. Je dis, la scène ; que la terre l'ait réellement porté, j'en doute.

Quelle pitié peut éveiller la perte de ce monstre ? Mais, ceci elle ne le doit non plus ; le poète n'a pas eu cette intention ; et il y a de tout autres personnes dans son œuvre, qu'il a faites pour objets de notre pitié.

Mais de la terreur (crainte) ? — Ce scélérat qu [n'a] rempli (comblé) le gouffre, qui s' [est] trouvé entre lui et le trône, que de cadavres, des cadavres de ceux, qui auraient dû (lui) être pour lui le plus chers dans le monde ; ce diable sanguinaire, (qui) se (vante) vantant de son avidité (sa soif) de sang, se chatouillant (réjouissant) de ses crimes, ne devrait-il pas éveiller de la terreur en pleine mesure ?

Il éveille bien de la terreur : si on doit (s'il est à) comprendre sous terreur l'étonnement causé par (sur) d'incompréhensibles forfaits, l'épouvante de méchancetés qui dépassent notre idée, si [on doit comprendre] là-dessous le frisson qui nous saisit à la vue d'abominations préméditées, qui sont accomplies avec plaisir. De cette terreur Richard III m'a fait ressentir ma bonne part.

Mais cette terreur est si peu une des intentions de la tragédie, que plutôt les anciens poètes cherchèrent de toute manière à la diminuer (mitiger), quand leurs personnages devaient accomplir (commettre) un grand crime quelconque. Souvent ils aimèrent mieux attribuer la faute au sort, firent plutôt du crime la (une) fatalité d'une divinité vengeresse, changèrent plutôt l'homme libre en une machine, avant qu'ils voulussent laisser nous arrêter à l'affreuse idée, que l'homme par nature soit capable d'une telle dépravation.

Chez les Français Crébillon porte le surnom du Terrible. Je crains beaucoup, plutôt de cette terreur qui ne devait pas être dans la tragédie, que de la vraie, que le philosophe compte comme l'essentiel de la tragédie (regarde).

XLV. -- Vom Mitleiden und von der Furcht nach Aristoteles.

Et ceci -- on n'aurait pas du tout dû l'appeler terreur. Le mot qu'Aristote emploie, s'appelle crainte ; de la pitié et de la crainte, dit-il, doit exciter la tragédie, non pas de la pitié et de la terreur. Il est vrai, la terreur (1) est une espèce de crainte ; c'est une crainte subite, surprenante. Mais justement ce subit, ce surprenant qu'enferme l'idée de celle-ci, montre clairement, que ceux, desquels provient ici l'introduction du mot terreur, au lieu du mot crainte, n'ont pas compris quelle sorte de peur Aristote imagine. --- Je ne voudrais pas revenir (il se pourrait que je ne revinsse pas) de sitôt sur ce chemin ; qu'on me permette donc une petite digression (2).

« La pitié, dit Aristote, demande quelqu'un qui souffre sans l'avoir mérité, et la crainte quelqu'un de notre pareil. Le scélérat n'est ni ceci ni cela ; donc aussi son malheur ne peut exciter ni le premier ni l'autre (le second). »

La crainte, dis-je, les commentateurs et les traducteurs plus modernes l'appellent terreur, et ils

---

(1) Aussi et même généralement masculin.
(2) = » Abschweifung «.

réussissent, à l'aide de ce changement de mot à faire au philosophe les plus étranges querelles du monde.

« On n'a pas pu, dit un de la multitude, se mettre d'accord sur la définition de la terreur ; et en effet contient-elle dans (sous) chaque considération un membre de trop, qui l'empêche (la gêne) dans sa généralité et qui la limite par trop. Si Aristote par l'adjonction de « notre pareil » a seulement compris la ressemblance de l'humanité (du genre humain) de l'espèce humaine savoir parce que le spectateur et la personne agissant sont tous les deux des hommes, supposé même, qu'il se trouvât dans leur caractère, leur dignité et leur rang une distance infinie : (alors) cette adjonction était inutile (superflue) , car elle se comprenait d'elle-même. Mais s'il avait l'opinion, que seulement des personnes vertueuses, ou de telles [personnes] qui avaient une faute pardonnable en elles, puissent exciter la terreur : (alors) il avait tort ; car la raison et l'expérience sont alors contre lui (lui est contraire). La terreur provient incontestablement d'un sentiment (1) de l'humanité : car chaque homme lui est sujet, et chaque homme s'émeut, moyennant ce sentiment, au cas contraire (dans un cas de malheur) d'un autre homme. Il est bien possible, qu'il puisse venir à l'esprit (à) de quelqu'un, de nier ceci de soi-même ; mais ceci serait chaque fois un reniement de ses sentiments naturels, et par conséquent seulement une pure fanfaronnade [causée] par des principes gâtés, et non pas une objection. — Si maintenant aussi arrive à une personne vicieuse, sur (vers) laquelle nous tournons justement notre attention, inopinément un cas contraire, alors

---

(1) Ceci est mieux que : du sentiment.

nous perdons le vicieux de vue, et [nous] voyons seulement l'homme. La vue de la misère humaine en général nous rend tristes, et le sentiment subit [et] triste, que nous avons alors, est la terreur. »

Tout juste, mais seulement pas au bon endroit ! Car que dit (prouve) cela contre Aristote ? Rien. Aristote ne pense pas à cette terreur, quand il parle de la peur dans laquelle peut seulement nous mettre le malheur de notre semblable. Cette terreur, qui nous saisit à la vue subite d'un malheur qui attend un autre, est une terreur compatissante et donc déjà comprise sous la pitié. Aristote ne dirait pas pitié et crainte, s'il ne comprenait sous la crainte rien autre qu'une simple modification de la pitié.

XLVI. — Meinung Mendelsohn's.

« La pitié, » dit l'auteur des *Lettres sur les Sentiments*, » est un sentiment mélangé (mixte) qui est composé de l'amour pour un sujet et du déplaisir de son malheur. Les sentiments, par lesquels la pitié se fait connaître, sont distincts et des simples symptômes de l'amour et du déplaisir, car la pitié est une apparition. Mais combien de choses peut devenir cette apparition ! Qu'on change seulement dans le malheur regretté la seule détermination du temps : (alors) la pitié se manifestera par de tout autres signes caractéristiques. Avec Electre, qui pleure sur l'urne de son frère, nous ressentons une tristesse compatissante, car elle croit le malheur [comme] arrivé et [elle] pleure sa perte [réellement] eue. Ce que nous ressentons aux douleurs de Philoctète, est égale-

ment de la pitié, mais d'une nature un peu autre ;
car la torture que ce vertueux a à endurer, est présente et le saisit devant nos yeux. Mais si Œdipe
s'épouvante, au moment où le grand secret se dévoile
tout-à-coup ; si Monime s'effraie lorsqu'elle voit le
jaloux Mithridate se décolorer (changer de couleur) ;
si la vertueuse Desdemone a peur, lorsqu'elle entend
son Othello autrement si tendre, lui parler [d'un ton]
si menaçant : que ressentons-nous alors? Toujours
encore de la pitié! Mais de l'épouvante compatissante,
de la crainte compatissante, de la terreur compatissante. Les émotions sont différentes, mais l'essentiel
des sentiments est dans tous ces cas le même. Car
comme chaque amour est uni (avec) à l'empressement de nous mettre à la place de l'aimé : (alors)
il faut que nous partagions toutes les espèces de
souffrances avec la personne aimée ; ce qu'on appelle
très expressément compassion. Pourquoi ne devraient
donc pas pouvoir provenir (résulter) de la pitié, aussi
la crainte, la terreur, la colère, la jalousie, le désir
de vengeance et en général toutes les espèces de sentiments désagréables vu même l'envie pas exceptée?
— On voit par ceci, combien par trop maladroitement la plus grande partie des critiques divise les
passions tragiques en terreur et pitié. Terreur et
pitié! La terreur théâtrale n'est-elle donc pas de la
pitié? Pour qui le spectateur s'effraie-t-il, quand Mérope tire le poignard (lève) sur son propre fils?
Assurément pas pour soi, (lui) mais pour Égisthe, dont
on désire tant la conservation, et pour la reine trompée
qui le regarde comme (pour) le meurtrier de son fils.
Si nous voulons cependant seulement appeler de la
pitié le déplaisir du mal présent d'un autre : (alors)
nous devons distinguer non-seulement pas la terreur,
mais toutes les autres passions qui nous sont com-

muniquées par un autre de la véritable pitié (compassion). »

Ces idées sont tellement justes, tellement claires,
[et] tellement évidentes, qu'il nous semble chacun
aurait pu les avoir et [aurait] dû [les] avoir. Malgré je
ne veux pas substituer les remarques pénétrantes du
philosophe moderne (1) à l'ancien (2); je connais le mérite (3) de celui-là pour la doctrine des sentiments
mélangés trop bien; la vraie théorie d'eux (4) nous
la devons seulement à lui (1). Mais ce qu'il (1) a
expliqué [lui] si excellemment, ceci peut donc Aristote
en général à peu près avoir ressenti; au moins est-il
incontestable qu'Aristote ou a dû croire, la tragédie
ne peut et ne doit éveiller rien que la véritable pitié, rien
que le déplaisir (causé par le) du mal présent d'un
autre, ce dont il [est] difficile de le croire capable; ou
il a compris sous le mot pitié toutes les passions en
général, qui nous sont communiquées par un autre.

Car lui, Aristote, n'est-ce certainement pas qui a
fait cette division, blâmée avec raison, des passions
tragiques en pitié et en terreur. On l'a mal compris,
mal traduit. Il parle de pitié et de crainte, non pas
de pitié et de terreur; et sa crainte n'est nullement
la crainte que nous éveille le mal imminent d'un

---

(1) « Mendelsohn ».

(2) Aristote.

(3) Pour éviter chaque malentendu on fera bien d'écrire
« Jenes » (avec une majuscule), c'est le génitif du singulier masculin se rapportant à « Mendelsohn, et non pas
l'accusatif du neutre singulier se rapportant à « das Verdienst » le mérite; « der Verdienst » veut dire, le béné-
fice.

(4) Des sentiments.

autre pour cet autre, mais c'est la crainte qui (par)
de notre ressemblance avec la personne souffrante
résulte pour nous-mêmes ; c'est la crainte que les
malheurs que nous voyons suspendus sur celle ne
puissent [nous] frapper nous-mêmes ; c'est la crainte
que nous puissions devenir [nous-mêmes] le sujet
regretté lui-même. En un mot : cette crainte est la
pitié rapportée à nous-mêmes.

XLVII. — Wie man Aristoteles aus-legen muss.

Aristote veut partout être expliqué par (de) lui-
même. Celui qui veut nous livrer un nouveau commentaire de son art de la poésie (sa poétique), qui dépasse de beaucoup celui de Dacier (1) à celui je conseille, de lire avant toutes choses les œuvres du philosophe du commencement jusqu'à la fin. Il trouvera des
renseignements pour (2) l'art de la poésie (sur), [là]
où il s'en doute le moins ; surtout doit-il étudier les
livres de la rhétorique et de la morale. On devrait, à
dire vrai'penser, ces renseignements les savants scolas-
tiques devraient les avoir trouvés depuis longtemps,
[eux] qui savaient les écrits d'Aristote sur le bout des
doigts. Cependant la poétique était justement celui de
ses écrits duquel ils s'occupèrent le moins. Avec ça
leur manquaient d'autres connaissances, sans lesquelles ces renseignements-là au moins ne pouvaient

---

(1) André Dacier 1657-1722. — (2) = « ueber ».

devenir fertiles ; ils ne connaissaient pas le théâtre et (ses) les chefs-d'œuvre de lui.

L'explication authentique de cette crainte qu'Aristote ajoute à la pitié tragique, se trouve dans le cinquième et dans le huitième chapitre du second livre de sa rhétorique. Il n'était pas du tout difficile de se rappeler ces chapitres ; néanmoins peut-être aucun de ses commentateurs s'en est souvenu, au moins aucun n'en a fait l'usage qui s'en laisse faire. Car aussi ceux, qui sans eux (1) comprenaient que cette crainte n'est pas la terreur compatissante, auraient (encore) eu à apprendre (de) par eux encore un point (morceau) important : savoir la raison, pourquoi le Stagirite (2) a associé ici à la pitié la crainte, et pourquoi seulement la crainte, pourquoi pas une autre passion, et pourquoi pas plusieurs passions. De cette raison ils ne savent rien, et je voudrais bien entendre ce qu'ils répondraient de leur tête, si on leur demandait : pourquoi par exemple la tragédie ne peut-elle et ne doit-elle pas exciter aussi bien de la pitié et de l'admiration , que de la pitié et de la crainte?

Mais tout repose sur (dépend de) l'idée qu'Aristote s'est faite de la pitié. Savoir il croyait que le mal qui doit devenir l'objet de notre pitié, doit nécessairement être de cette (la) qualité (espèce), que nous l'eussions à craindre aussi pour nous-mêmes ou pour un (3) des nôtres. Là où cette crainte n'est pas, ne peut non plus avoir lieu la pitié. Car ni celui que le malheur a si profondément abaissé, qu'il ne voyait plus rien à craindre pour lui, ni celui qui se croit si parfaite-

---

(1) Les chapitres. — (2) Aristote parce qu'il est né à Stagire. — (3) = « fucr einen ».

ment heureux, qu'il ne comprend pas du tout, d'où
un malheur lui peut venir, ni le désespéré, ni le
présomptueux n'ont coutume d'avoir pitié (avec) des
(les) autres. Il explique par conséquent aussi ce qui
est à craindre et ce qui est digne de pitié l'un par
l'autre. Tout ce, dit-il, nous est à craindre (1) qui, s'il
était arrivé à un autre ou [s'il] devait arriver [à un
autre], éveillerait notre pitié : et nous trouvons digne
de pitié, tout ce que nous craindrions, s'il nous me-
naçait nous-mêmes (était sur le point d'arriver à). Il
ne suffit donc pas, que le malheureux avec qui nous
devons avoir pitié, ne mérite pas son malheur, bien
qu'il se le soit attiré par une faiblesse quelconque,
son innocence torturée, ou plutôt sa faute trop cruellement châtiée, est perdue pour nous, n'est pas
capable d'exciter notre pitié, si nous ne voyions pas
la possibilité que son malheur peut aussi frapper
nous-[mêmes]. Cette possibilité cependant se trouve
alors, et peut s'accroître à une grande vraisemblance,
si le poète ne le fait pas pire, que nous n'avons l'habitude de l'être communément, s'il le laisse exactement
penser et agir ainsi, que nous-[mêmes] dans ses conditions aurions pensé et agi, ou du moins croyons
que nous aurions dû penser et agir : bref, s'il le
dépeint [comme étant] avec nous de la même trempe.
De cette égalité résulte la crainte que notre sort
puisse bien facilement devenir aussi semblable au sien,
que nous nous sentons nous-mêmes de l'être à lui, et
c'est cette crainte, qui, à ainsi dire, fait mûrir la pitié.

---

(1) Nous paraît digne de notre crainte; donnez à tout
cet alinéa la forme directe et il sera facile à comprendre,
« fuerchterlich » et plus haut, page 133 du texte, « ver-
geblich » sont pris dans une acceptation très rare.

XLVIII. — Corneille und Aristoteles.

Ainsi (voilà comment) pensa Aristote de la pitié et seulement par là devient compréhensible la vraie raison, pourquoi il nomma dans la définition de la tragédie, à côté de la pitié, seulement la seule crainte. Non pas comme si cette crainte est ici une passion spéciale indépendante de la pitié, qui peut être excitée tantôt avec tantôt sans (1) la pitié, de même que la pitié [peut-être excitée] tantôt avec tantôt sans (1) elle; ce qui fut la fausse interprétation de Corneille : mais parce que d'après sa définition de la pitié, celle-ci enferme nécessairement la crainte; parce que rien n'excite notre pitié que ce qui peut éveiller en même temps notre crainte.

Corneille avait déjà écrit toutes ses pièces, lorsqu'il se mit (s'assit) pour commenter l'art poétique d'Aristote. Il avait travaillé cinquante ans pour le théâtre, et après cette expérience il aurait pu nous dire incontestablement d'excellentes choses sur le vieux code dramatique, s'il l'avait seulement aussi pendant le temps de son travail consulté plus diligemment. Cependant ceci il paraît au plus haut l'avoir fait seulement eu égard aux règles mécaniques de l'art (en tant qu'il visait). Dans [les règles] plus essentielles il (se laissa pour lui sans souci) (2) ne se mit pas en

---

(1) Aujourd'hui toujours l'accusatif.
(2) On dit aujourd'hui : « bekuemmerte er sich nicht um ihn ». c'est-à-dire le code.

peine de lui, et lorsqu'il trouva finalement (à la fin) qu'il [avait] péché contre lui, [mais que] néanmoins il ne voulut pas avoir péché contre lui : (alors) il chercha à s'aider par des interprétations, et il fit dire à son maître prétendu des choses auxquelles il (1) n'avait évidemment jamais pensé.

Corneille avait mis sur la scène des martyrs, et [il] les [avait dépeints comme les personnes les plus parfaites les moins blâmables (plus irréprochables) ; il avait représenté (exhibé) les monstres les plus terribles dans Prusias, dans Phocas, dans Cléopâtre : et des deux espèces soutient Aristote, qu'elles étaient impropres à la tragédie, parce que toutes les deux ne pouvaient éveiller ni la pitié ni la crainte. Corneille, que répond-il là-dessus ? Comment (le commence-t-) s'y prend-il, afin qu'avec cette contradiction ne puisse souffrir ni son autorité, ni l'autorité d'Aristote ? « Oh ! dit-il, avec Aristote, nous pouvons ici facilement nous mettre d'accord. Nous n'avons besoin que de supposer, qu'il n'ait justement pas voulu affirmer (soutenir) que les deux moyens en même temps, et la crainte et la piété, étaient nécessaires pour effectuer la purification des passions, dont il fait le dernier but final de la tragédie : mais qu'après son opinion aussi un [moyen] est suffisant.—Nous pouvons confirmer cette explication, continue-t-il, de (par) lui-même, si nous pesons bien les raisons qu'il donne de l'exclusion de ces événements, qu'il désapprouve dans la tragédie. Il ne dit jamais : ceci ou cela ne va pas (convient) dans (à) la tragédie, parce qu'il (excite) éveille seulement la pitié et pas de crainte ; ou ceci y est insupportable, parce qu'il éveille seulement la crainte, sans exciter

---

(1) Le maître.

la pitié. Non. Mais il les (1) rejette pour cela, parce qu'ils (1), comme il dit, ne parviennent pas à exciter ni de la pitié ni de la crainte, et il nous donne par là à connaître, qu'ils (1) ne lui plaisent pas pour cela parce qu'il leur (1) manque et l'un (2) et l'autre (2), et qu'il ne leur (1) refuserait pas son approbation, s'ils (1) effectuaient (provoquaient) seulement l'un des deux. »

Mais ceci est absolument faux ! — Je ne peux pas assez m'étonner, comment Dacier qui pourtant ailleurs était attentif aux fausses interprétations que Corneille cherchait à faire en sa faveur du texte d'Aristote, [ait] pu ne pas voir (omettre) cette plus grande de toutes. A dire vrai, comment ne pouvait-il pas ne pas la voir, puisqu'il ne lui vint jamais à l'esprit de conseiller à philosophe la définition de la pitié ? — Comme j'ai dit, c'est tout à fait faux, ce que Corneille s'imagine. Aristote ne peut pas avoir voulu dire cela, ou l'on devrait croire, qu'il puisse oublier (ait pu) ses propres définitions, on devrait croire qu'il pût (puisse) se contredire de la manière la plus palpable. Si, après sa doctrine, aucun malheur d'un autre n'excite notre pitié, que (3) nous ne craignons pour nous-mêmes : (alors) il ne pouvait être content d'aucune action de la tragédie, qui excite seulement de la pitié et pas de crainte ; car il prenait la chose elle-même pour impossible ; de telles actions n'existaient pas pour lui ; mais dès qu'elles étaient capables d'éveiller notre pitié, il croyait, qu'elles devaient exciter (éveiller) aussi de la crainte pour nous ; ou plutôt, seulement par cette

_____

(1) Les événements.
(2) La pitié et la crainte.
(3) = « welches ».

crainte elles éveillaient de la pitié. Encore moins
pouvait-il se représenter l'action d'une tragédie, qui
peut exciter de la crainte pour nous, sans éveiller en
même temps notre pitié : car il était persuadé, que
tout ce qui nous excite de la crainte pour nous-mêmes
doit aussi éveiller notre pitié : dès que nous en voyions
d'autres menacés ou atteints ; et ceci est justement le
cas de la tragédie, où nous voyons tout (1) le mal
que nous craignons, arriver non pas à nous, mais à
d'autres.

Il est vrai, si Aristote parle des actions qui ne conviennent pas à la tragédie, (alors) il se sert plusieurs
fois (2) du terme (de l'expression), qu'elles n'éveillent
ni de la pitié ni de la crainte. Mais tant pis, si Corneille
s'[est] laissé séduire par ce ni-ni. Ces particules dis-
jonctives n'enferment (3) (enveloppent) pas toujours
ce qu'il laisse les enfermer (à (par) elles). Car si nous
nions deux ou plusieurs choses (points) d'une chose
(d'un objet) par elles, alors il dépend de ce, si ces choses
se laissent aussi bien séparer dans la nature l'une de
l'autre, que nous pouvons les séparer dans l'abstraction et par l'expression symbolique, si la chose doit
malgré cela (4) encore subsister, bien qu'il lui manque
l'un ou l'autre de ces points (choses). Si par exemple
nous disons d'une femme (5) elle n'est ni belle ni spirituelle (6) : alors nous voulons en effet dire, nous
serions contents, si elle était aussi seulement l'un des

(1) = « all das Uebel ».
(2) = « mehrmals ».
(3) Prisd u latin.
(4) = « dessenungeachtet ».
(5) Dites : femme = « Frau ».
(6) = « geistreich ».

deux ; car l'esprit (1) et la beauté ne se laissent non seulement pas séparer dans les idées (pensées), mais ils sont réellement séparés. Mais si nous disons cet homme ne croit ni (au) ciel ni (à) l'enfer : voulons-nous avec cela aussi dire, que nous serions contents, s'il croyait (2) seulement à l'un des deux , s'il croyait seulement à un ciel et à point d'enfer, ou seulement à l'enfer et à point de ciel? Assurément pas ; car celui qui croit (à) un, doit forcément croire aussi (à) l'autre ; ciel et enfer, châtiment et récompense sont relatifs ; si l'un est, est aussi l'autre. Ou , pour prendre mon exemple d'un art parent : si nous disons, ce tableau ne vaut rien , car il n'a ni dessin ni coloris : voulons-nous dire avec cela, qu'un bon tableau puisse se contenter d'un des deux ? — Ceci est si clair !

XLIX. — Das Mitleid und die Menschenliebe nach Aristoteles.

Mais, comment [faire], si la définition, qu'Aristote donne de la pitié était fausse ? Comment, si nous pourrions ressentir de la pitié aussi avec des maux et des malheurs, que nous n'avons d'aucune manière pour nous à craindre ?

Il est vrai : il n'est pas besoin de notre (3), crainte,

(1) « Geist ».
(2) On dit : « etwas glauben », croire quelque chose ; « einem glauben » est ajouter foi à quelqu'un ; ou bien on dit : « glauben an ».
(3) C'est-à-dire pour nous-mêmes.

pour ressentir du déplaisir du mal physique d'un sujet que nous aimons. Ce déplaisir naît (provient) seulement de l'imagination de l'imperfection [de lui] (1)
de même que notre amour [naît] de l'imagination de
sa (1) perfection ; et du concours de ce plaisir et [de
ce] déplaisir, naît (résulte) le sentiment mixte que
nous appelons pitié.

Mais aussi après ceci je ne crois pas devoir nécessairement abandonner la cause d'Aristote.

Car bien que nous puissions (déjà), sans crainte
pour nous-mêmes ressentir de la pitié pour des autres :
(alors) il est pourtant incontestable, que notre pitié si
cette crainte-là survient (s'ajoute) devient beaucoup
plus vive et plus forte et plus attrayante (2), qu'elle ne
peut être sans elle. Et qu'est-ce qui nous empêche,
de supposer, que le sentiment mixte, du (sur le) mal
physique d'un sujet aimé, croît seulement unique men
par la crainte pour nous, qui survient, à ce degré,
dans lequel il mérite d'être appelé passion ?

Aristote l'a réellement admis. Il regarde la pitié
non pas d'après ses mouvements primitifs, il la regarde seulement comme passion. Sans méconnaître
celle-là, il refuse seulement à l'étincelle le nom de la
flamme. Des émotions compatissantes, sans crainte
pour nous-mêmes il [les] appelle philanthropie, et
seulement aux plus fortes (mouvements) émotions de
cette espèce, qui sont unies à de la crainte pour nous-
même, il donne le nom de pitié. Donc, à dire vrai,
il soutient que le mal d'un scélérat n'excite ni notre
pitié, ni notre crainte : mais il ne lui conteste pas
pour cela toute émotion. Aussi le scélérat est encore

---

(1) Le sujet. Lessing dit des imperfections.
(2) = « anziehender ».

un homme, est encore un être, qui avec toutes ses imperfections morales, garde assez de perfections, pour plutôt ne pas vouloir sa perte, [et] son anéantissement, pour ressentir à celui-ci quelque chose de semblable à la pitié, à ainsi dire, les éléments de la pitié. Mais, comme j'ai déjà dit, ce sentiment, semblable à la pitié, il ne l'appelle pas pitié, mais philanthropie. « Il faut, dit-il, ne pas laisser arriver un scélérat de circonstances malheureuses dans des heureuses ; car ceci est le (plus) moins tragique, qui puisse être ; il n'a rien de tout ce qu'il devrait avoir, il n'éveille ni de la philanthropie, ni de la pitié, ni de la crainte. Aussi ne faut-il pas que ce soit un scélérat accompli qui tombe de circonstances heureuses dans des malheureuses ; car un tel (2) événement peut bien éveiller de la philanthropie, mais ni de la pitié ni de la crainte. » Je ne connais rien de plus misérable et de plus absurde, que les traductions ordinaires de ce mot philanthropie. Savoir : ils en rendent l'adjectif (de lui) en latin par agréable aux hommes ; en français par « das, was einiges Vergnuegen machen kann » ; et en allemand par « ce qui peut faire plaisir. » Le seul Goulston, tant que je trouve, paraît ne pas avoir manqué le sens du philosophe, en traduisant le philanthropique par « ce qui touche par le sentiment de l'humanité. » Car en effet est à comprendre sous cette philanthropie, (sur) à laquelle le malheur même d'un scélérat fait prétention non pas la joie (sur) de sa punition méritée, mais le sentiment sympathique de l'humanité qui, malgré (la représentation) l'imagination que sa souffrance ne

---

(2) = « eine derartige ».

soit rien que mérite, se meut pourtant dans le moment de la souffrance dans nous pour lui-même. — Et ce même amour, [dis-je moi], que nous ne pouvons perdre contre notre semblable sous aucune(s) circonstance(s) entièrement, qui continue de couver inextinguiblement sous la cendre avec laquelle le couvrent d'autres sentiments plus forts et [qui] pour ainsi dire attend seulement un coup de vent favorable de malheur et de douleur et de ruine, pour éclater dans la flamme de la pitié; justement cet amour est ce qu'Aristote comprend sous le nom de philanthropie. Nous avons raison, si nous le comprenons (avec) aussi sous le nom de la pitié. Mais Aristote n'avait non plus tort, quand il lui donna un nom spécial, pour le distinguer, comme j'ai dit, du plus haut degré des sentiments compatissants, dans lequel ils (1) deviennent par l'adjonction d'une crainte probable pour nous-mêmes de la passion.

L. — Warum Aristoteles die Furcht dem Mitleid hinzufuegt.

Il y a ici encore à prévenir une objection. Si Aristote avait cette idée de la passion de la pitié, qu'elle (2)

. (1) Les sentiments. — NOTE. — On trouve ces observations dans la dramaturgie complète sous la soixante-seizième pièce (22 janvier 1768) qui commence par : «Aber das ist grundfalsch!» Dans nos extraits nous trouvons une moitié sous le numéro 48, et l'autre sous le numéro 49, avec suppression de toute une page. — (2) Il faut mettre « er der Affect ».

devrait nécessairement être liée avec la crainte pour
nous-mêmes : qu'était-il nécessaire, de mentionner (1)
encore spécialement la crainte ? Le mot pitié la ren-
fermait déjà en elle, et il aurait été assez, s'il avait
seulement dit : la tragédie doit effectuer par l'excitation de la pitié la purification de nos passions. Car
l'adjonction de la crainte ne dit rien de plus et rend
ce qu'il doit dire, en plus chancelant et incertain.

Je réponds : si Aristote avait seulement voulu nous
apprendre, quelles passions la tragédie peut et doit
exciter, alors il aurait pu en effet s'épargner l'adjonction de la crainte, et sans doute il le se serait épargné
réellement ; car jamais philosophe fut un plus grand
épargneur de mots que lui. Mais il voulut en même
temps nous apprendre, quelles passions devraient
être purifiées en nous, par celles excitées par la
tragédie : et dans cette intention il dut spécialement
mentionner la crainte. Car, bien qu'après lui l'émotion de la pitié ne puisse être ni dans ni dehors le
théâtre sans crainte pour nous-mêmes ; bien qu'elle (2)
soit un ingrédient nécessaire de la pitié : (alors) ceci
pourtant n'a pas sa valeur aussi dans le sens inverse,
et la pitié pour d'autres n'est pas un ingrédient de la
crainte pour nous-mêmes. Dès que la tragédie est
terminée, cesse notre pitié, et de toutes les émotions
reçues il ne reste rien en nous, que la crainte probable, que le malheur regretté nous [a] laissé prendre
(puiser) pour nous-mêmes. Celle-ci nous l'emportons;
et de même qu'elle [a] aidé à purifier comme ingrédient de la pitié, la pitié, ainsi elle aide aussi maintenant à se purifier elle-même, comme une passion
durant par elle-même. Donc, pour indiquer, qu'elle

---

(1) Aussi avec l'accusatif. — (2) La crainte.

peut faire cela, et qu'elle le fait réellement, Aristote le trouva nécessaire, de la mentionner spéciale- ment.

LI. --- Erklaerung der Tragoedie nach Aristoteles.

Il est incontestable, qu'Aristote en général n'a pas voulu donner une rigoureusement logique définition de la tragédie. Car sans se borner à ses qualités seu- lement essentielles, il y a impliqué (attiré) de diffé- rentes accidentelles, parce que l'usage à l'époque les avait rendues nécessaires. Celles-ci cependant défal- quées et les autres signes caractéristiques réduits les uns dans les autres, il reste une définition parfaite- ment exacte : savoir celle, que la tragédie, en un mot est un poème qui excite de la pitié. D'après son genre elle est l'imitation d'une action ; de même que l'épopée et la comédie : mais après son espèce l'imi- tation d'une action digne de pitié. De ces deux don- nées se laissent parfaitement dériver toutes ses règles; et même sa forme dramatique en est à déterminer (par là).

Du dernier on pourrait peut-être douter. Au moins je ne saurais nommer aucun critique à qui il serait seulement venu à l'esprit, de l'essayer (1). Ils accep- tent tous la forme dramatique de la tragédie comme quelque chose de (transmis) reçu qui maintenant est ainsi, parce que c'est une fois comme ça, et qu'on laisse ainsi, parce qu'on le trouve bon. Le seul Aris-

---

(1) Sous-entendu : d'en dériver toutes ses règles.

tote a approfondi la cause, mais [il] l'a dans sa définition plutôt supposée, que clairement indiquée. « La
tragédie, dit-il, est l'imitation d'une action, — qui
effectue non pas moyennant la narration, mais moyennant la pitié et la crainte la purification de ces et de
pareilles passions. » Ainsi il s'exprime de mot en
mot. Qui ne devrait pas ici surprendre la singulière
antithèse (l. s. contraste) : « Non pas moyennant la
narration, mais moyennant la pitié et la crainte? » La
pitié et la crainte sont les moyens dont la tragédie se
sert, pour atteindre son but : et la narration peut
seulement se rapporter à la manière et à la façon de
se servir de ces moyens ou de ne pas s'en servir. Aristote ne paraît-il donc pas faire ici un saut? La vraie antithèse de la narration, qui est cette (la) forme dramatique,
ne paraît-elle pas évidemment manquer ici? Que font
cependant les traducteurs à cette lacune? L'un la tourne
tout doucement (avec précaution), et l'autre la remplit, mais seulement avec des mots. Tous n'y trouvent
rien d'autre qu'une construction (alliance de mots)
négligée à laquelle ils ne croient pas devoir se tenir
pourvu qu'ils fournissent seulement le sens du philosophe. Dacier traduit : einer Handlung, — die ohne
(die) Hilfe der Erzaehlung, vermittelst des Mitleids
und des Schreckens, etc.; et Curtius [traduit] : d'une
action qui ne purifie pas par la narration du poète,
mais [qui] nous [purifie] (par la représentation de l'action elle-même) moyennant la terreur et la compassion
des défauts des passions représentées. « Oh, très bien !
Tous les deux disent ce qu'Aristote veut dire, seulement ils ne le disent pas ainsi, (comment) qu'il le dit
[lui]. Toutefois il importe aussi ce comment (1) » ;

_____

(1) Il y a ici une faute d'impression qui rend toute in-

car ce n'est réellement pas une construction seule_
ment négligée. Bref l'affaire est celle-ci : Aristote remarqua, que la pitié demande nécessairement un mal
existant ; que nous pouvons avoir pitié des maux [qui
sont] passés depuis longtemps, ou qui nous menacent
loin dans l'avenir (dans un avenir lointain), ou ne
pas du tout, ou pourtant qu'il s'en faut de beaucoup
que nous en ayons pitié aussi fortement, que d'un
[mal] présent, que par conséquent il est nécessaire,
de ne pas imiter l'action par laquelle nous voulons
exciter de la pitié comme passée, c'est-à-dire, non
pas dans (sous) la forme narrative (1). Et seulement
ceci, que notre pitié est excitée par la narration peu
ou ne pas du tout, mais [qu'elle est excitée] presque
uniquement et seulement par l'aspect (la vue) mo-
mentané(e) (présent(e), seulement ceci l'autorisa (2) de
placer dans la définition au lieu de la forme de la
chose, la chose immédiatement elle-même, parce que
cette chose est seulement capable de cette seule
forme. S'il l'avait cru possible que notre pitié pût
être excitée aussi par la narration : alors il aurait été
en effet un saut très blâmable (vicieux), s'il avait
dit : « Non pas par la narration, mais par la pitié et
la crainte. » Mais (2) comme il était convaincu, que

---

telligence impossible. Enlevez « Wege » et mettez « Wie».
Du reste cette page est difficile à comprendre, il faut
bien faire attention pour la saisir et la pénétrer. Goethe
dans « die wandelnde Glocke », dit : « Und Sonntags
fand es stets ein Wie ».

(1) Ajoutez à ceci : « mais comme présente, c'est-à-
dire dans la forme dramatique. » Ces mots se trouvent
chez Lessing et ont été probablement oubliés.

(2) Ce mais se trouve chez Lessing, je l'ai donc ajouté,

la pitié et la crainte dans l'imitation sont (est) seulement à exciter par la seule forme dramatique, alors
il put se permettre ce saut à cause de la brièveté.

LII. --- Von der Reinigung der Leidenschaften.

Ce qui touche enfin le but final moral qu'Aristote
donne à la tragédie et qu'il croyait devoir (mettre
avec) faire entrer aussi dans la (sa) définition d'elle :
(alors) il est connu, combien surtout dans les temps
plus modernes on a disputé là-dessus. Cependant je
me fais fort de prouver, que tous ceux qui se [sont]
déclarés contre, n'ont pas compris Aristote. Ils lui ont
tous substitué (1) leurs propres (2) idées, avant qu'ils
sussent pour sûr, quelles [idées] seraient les siennes.
Ils combattent des grillons, qu'ils ont conçus eux-
mêmes, et ils s'imaginent combien incontestablement
ils réfutent le philosophe, en confondant leur propre
chimère. Je ne puis pas rentrer ici dans la plus
proche discussion de cette chose. Afin que je ne paraisse cependant pas (de) parler tout à fait sans preuve,
je veux faire deux remarques.

Ils font dire Aristote, « la tragédie doit nous purifier moyennant la terreur et la crainte des défauts des
passions représentées. » Des [passions] représentées ?
Donc si le héros devient malheureux par curiosité,
ou par ambition, ou par amour, ou par colère : alors

---

de même que plus haut « berechtigte » pour « berech-
tigt ». — (1) Il faut dire « untergeschoben » c'est un
verbe séparable aujourd'hui. — (2) « = eigenen ».

c'est notre curiosité, notre ambition, notre amour, notre colère, que la tragédie doit purifier ? Ceci n'est jamais venu à l'esprit d'Aristote. Et ainsi ces messieurs ont beau se quereller ; leur imagination change des moulins en géants ; ils s'y élancent dans le certain espoir de la victoire, et ne font attention à aucun Sancho qui n'a rien d'autre que le sain bon sens (humain), et [qui] leur crie après de derrière sur son cheval plus circonspect de ne pas se hâter trop et d'écarquiller donc seulement d'abord bien les yeux (1). Τῶν τοιούτων παθημάτων, dit Aristote ; et ceci ne dit pas des passions représentées ; ceci ils auraient dû le traduire par « de ces et de pareilles [passions] » ou [par] « des passions éveillées ». Le τοιούτων (des pareilles) se rapporte uniquement à la pitié et la crainte qui précède(nt) (précédant) ; la tragédie doit exciter notre pitié et notre crainte, seulement pour purifier ces passions et des pareilles, mais non pas [pour purifier] toutes les passions sans distinction. Il dit cependant des pareilles et non pas de celles-ci ; il dit de celles-ci et de pareilles, et non seulement pas de celles-ci : pour indiquer qu'il comprend sous la pitié non seulement pas la pitié précisément ainsi nommée, mais en général toutes les émotions (tous les sentiments) philanthropiques, de même qu'il [comprend] sous la crainte non seulement pas le déplaisir d'un mal qui nous menace, mais aussi chaque déplaisir [qui] y [est] analogue, aussi le déplaisir d'un [malheur] présent, aussi le déplaisir d'un malheur passé, d'une affliction et d'un chagrin [présent ou passé]. Dans toute cette étendue doit (doivent) purifier la pitié

---

(1) Allusion à Don Quichotte.

et la crainte ; (1) mais aussi seulement purifier celles-ci et non pas d'autres passions.

. Comme les adversaires d'Aristote n'eurent pas soin [de prendre en considération] quelles passions il voulait précisément avoir purifiées en nous par la pitié et la crainte de la tragédie ; (alors) il était naturel qu'ils durent aussi se tromper avec la purification elle-même. Aristote promet à la fin de sa *Politique*, où il parle de la purification des passions par la musique, de traiter de cette purification dans sa poétique plus longuement. « Mais comme dit Corneille, on n'y trouve absolument rien du tout de cette matière, alors la plus grande partie de ses interprètes est tombée sur les idées, qu'elle n'est pas venue entièrement jusqu'à nous. » Rien du tout? Moi pour ma part je crois, de trouver aussi déjà dans ce qui nous reste encore de sa *Poétique*, que ça soit peu ou beaucoup, tout ce qu'il pouvait croire (pour) nécessaire à dire sur cette affaire à quelqu'un qui autrement n'est pas tout à fait inconnu avec sa philosophie. Corneille lui-même remarqua un passage qui nous pourrait donner après son opinion assez de lumière, pour découvrir la manière et la façon de laquelle se fait la purification des passions dans la tragédie ; savoir celui où Aristote dit : « La pitié demande quelqu'un qui souffre sans l'avoir mérité et la crainte un de notre pareil. » Ce passage est aussi réellement très important, seulement que Corneille en fit un faux usage, et [qu'il] ne pouvait pas bien autrement que [de le] faire, parce qu'il avait une fois la purification des passions en général dans la tête. « La pitié avec le malheur, dit-

---

(1) Chez Lessing nous trouvons après crainte que la tragédie éveille, notre pitié et notre crainte.

il, du quel nous voyons être saisi notre pareil (semblable), éveille dans nous la crainte, qu'un malheur semblable puisse nous frapper [nous] ; cette crainte éveille le désir de l'éviter (1) ; et ce désir [éveille] un effort de purifier, de modérer, de corriger, voir même d'exterminer la passion par laquelle la personne de laquelle nous avons pitié (que nous plaignons) s'attire son malheur devant nos yeux ; parce que (vu que) la raison dit à chacun, qu'il faut couper la cause, si l'on veut éviter l'effet. » Mais ce raisonnement qui fait de la crainte seulement un instrument, par lequel la pitié effectue la purification des passions est faux et peut impo siblement (il est impossible que) être l'opinion d'Aristote ; parce qu'après cela la tragédie pourrait justement purifier toutes les passions, seulement pas les deux, qu'Aristote veut expressément savoir purifiées par elle (2) Elle (2) pourrait purifier notre colère, notre curiosité, notre envie, notre ambition, notre haine, et notre amour, d'après (dès que) c'est l'une ou l'autre passion, par laquelle la personne dont nous avons pitié s'est attirée son malheur. Seulement notre pitié et notre crainte elle (2) devrait [les] laisser non purifiées. Car la pitié et la crainte sont les (ces) passions, que dans la tragédie nous ressentons [nous], mais non pas les personnes agissant ; [car la pitié et la crainte] sont les passions par lesquelles les personnes agissant nous touchent [nous], mais non pas celles (3), par lesquelles elles s'attirent elles-mêmes (4) leurs malheurs. Il peut y avoir une pièce dans laquelle elles (3) sont l'un et l'autre (5) : cela je le sais bien. Mais jusqu'à présent je ne connais pas une telle

---

(1) Le malheur. — (2) La tragédie. — (3) Passions. — (4) Les personnes. — (5) Crainte et pitié.

pièce : savoir une pièce, dans laquelle la personne dont nous avons pitié se jette dans le malheur par une pitié mal comprise, ou par une crainte mal comprise. Toutefois cette pièce serait la seule, dans laquelle, ainsi que le comprend Corneille, arrive ce qu'Aristote veut qu'il arrive dans toutes les tragédies (arrive ce dont Aristote….) ; et aussi dans cette seule [pièce] cela n'ariverait pas de la (cette) manière, de laquelle celui-ci le demande. Cette seule pièce serait pour ainsi dire le point dans lequel se rencontrent deux lignes droites s'inclinant l'une vers l'autre, pour ne plus se rencontrer de nouveau dans toute infinité . — Aussi entièrement ne pouvait pas manquer Dacier le sens d'Aristote. Il était obligé, d'être plus attentif aux (sur les) paroles de son auteur, et celles-ci l'indiquent trop positivement, que notre pitié et notre crainte doivent être purifiées par la pitié et [par] la crainte de la tragédie. Mais parce qu'il crut sans doute, que l'avantage de la tragédie serait fort petit, s'il était seulement limité là-dessus : (alors) il se laissa séduire, après la définition de Corneille, de lui attribuer la purification proportionnée aussi de toutes les autres passions. Comme Corneille maintenant nia celle-ci pour sa part, et [comme] il montra dans des exemples, qu'elle est plutôt une belle idée, qu'une chose qui ordinairement arrive à la réalité : (alors) il dut s'engager avec lui dans ces exemples eux-mêmes, où il se trouva donc tellement dans l'embarras, qu'il dut faire les plus violentes torsions et tournures, pour faire passer avec lui son Aristote. Je dis son Aristote : car le vrai est bien loin d'avoir besoin de telles torsions et de tels détours. Celui-ci, pour le dire encore une fois et encore une fois, n'a pensé à aucune(s) (1)

---

(1) = « anderen ».

.

autre(s) passion(s) que la pitié et la crainte de la
tragédie doivent purifier, qu'à notre pitié et qu'à notre
crainte elles-mêmes ; et il lui est fort égal (indifférent), si la tragédie attribue peu ou beaucoup à (pour
la purification des autres passions. A cette purifica-
tion-là Dacier aurait dû se tenir uniquement : mais
en effet aurait-il dû alors aussi y joindre une idée plus
complète. « Comment la tragédie, dit-il, excite de la
pitié et de la crainte, pour purifier la pitié et la
crainte, ceci n'est pas difficile à expliquer. Elle les
excite, en nous mettant le malheur devant les yeux,
dans lequel nos semblables sont tombés par des fautes
non préméditées ; et elle les purifie, en nous faisant
faire connaissance avec ce même malheur, et en nous
apprenant par là, de ni trop le craindre, ni d'en
devenir par trop émus, si réellement il devrait nous
frapper nous-mêmes. -- Elle prépare (1) les hommes,
à supporter les événements imprévus les plus contraires courageusement, et [elle] rend les plus malheureux enclins, à se croire heureux, en comparant
(s'ils comparent) leurs malheurs avec de beaucoup
plus grands que leur représente la tragédie. Car dans
quelles conditions peut bien se trouver (1) un homme,
qui, en voyant un Œdipe, un Philoctète, un Oreste,
ne devrait reconnaître, que tous les maux, qu'il [a] à
supporter [lui] ne sont pas du tout à comparer (ne
rentrent...... en comparaison) contre (avec) ceux que
ces hommes doivent supporter? « Eh bien ceci est
vrai ; cette explication ne peut pas avoir fait (coûté) à
Dacier beaucoup de cassement de tête (3). Seulement
il faut que je demande : combien il (en) [a] dit maintenant avec cela? S'il [a] dit avec cela le moins du

_____

(1) = « vorbereiten ». — (2) = « befinden ». —
(3) = « Kopfzerbrechen » grands efforts d'esprit.

monde de plus que ce que la pitié purifie notre
crainte ? Assurément [que] non ! et cela serait pourtant seulement à peine la quatrième partie de la
demande d'Aristote. Car si Aristote soutient que la
tragédie excite de la pitié et de la crainte, pour purifier la pitié et la crainte : qui ne voit pas, que ceci dit
beaucoup plus, que Dacier [n'a] trouvé bon à expliquer ? Car après les différentes combinaisons des
idées qui se présentent ici, il faut que celui qui veut
épuiser totalement le sens d'Aristote, montre pièce
par pièce : 1º comment la pitié tragique peut purifier
et purifie réellement notre pitié ; 2º comment la
crainte tragique [peut purifier et purifie réellement]
notre crainte ; 3º comment la pitié tragique [peut
purifier et purifie réellement] notre crainte, et 4º comment la crainte tragique [peut purifier et purifie réel-
lement] notre pitié. Dacier cependant s'est seulement
tenu au troisième point, et aussi celui-ci il l'a expliqué seulement très mal, et aussi celui-ci il [l'a] seulement [expliqué] à moitié. Car celui qui s'est donné
de la peine pour [obtenir] une idée juste (vraie) et
complète de la purification aristotélienne des passions,
[celui-là] trouvera, que chacun de ces quatre points-là
renferme un cas double en lui. Savoir comme, pour le
dire brièvement, cette purification ne repose sur rien
d'autre, que sur (dans) le changement (transformation) des passions dans des aptitudes vertueuses,
[comme] il se trouve cependant pour chaque vertu,
d'après notre philosophe, en deçà et en delà un
extrême, entre lequel elle est juste au milieu :
(alors) il faut que la tragédie, si elle doit changer
notre pitié en vertu, soit capable de nous purifier
des deux extrêmes de la pitié ; ce qui est aussi à
comprendre de la crainte. Il faut que la pitié tragique
ne purifie non seulement pas eu égard à la pitié,

l'âme de celui qui ressent trop de pitié, mais aussi de celui, qui [ressent] trop peu. Il faut que la crainte tragique ne purifie non seulement pas, eu égard à la crainte, l'âme de celui; qui ne redoute absolument pas du tout un malheur, mais aussi de celui que chaque malheur, même le plus éloigné, même le plus invraisemblable met en peur. De même faut-il que la pitié tragique prévienne (reprime) eu égard à la crainte ce qui est de trop, et ce qui est de trop peu ; ainsi que de rechef [il faut que] la crainte tragique [le fasse] eu égard à la pitié (1).

LIII. — Die Franzosen haben kein Theater.

Il est connu combien passionné le peuple grec et [le peuple] romain était pour les spectacles ; surtout celui-là pour le [spectacle] tragique. Combien indifférent, combien froid est par contre notre peuple pour le théâtre ! D'où [vient] cette différence, si elle ne vient de là, que les Grecs se sentirent animés devant leur scène (avec) de (2) si forts, de si extraordinaires sentiments, qu'ils ne pouvaient pas attendre le moment de (pour) les avoir encore et encore ; que par contre [nous] nous nous souvenons devant notre scène de si faibles impressions, que nous le croyons rarement digne du temps et de l'argent, pour nous les procurer ? Nous allons presque tous, presque toujours au

---

(1) Ces numéros de notre extrait se trouvent complets dans l Dramaturgie sous les pièces 76, 77 et 78.
(2) Aujourd'hui : « von so starken ».

théâtre, par curiosité, par mode, par ennui, par
société, par désir de regarder et d'être regardés ; et
seulement peu et ces peu (1) seulement rarement [y
vont] par une autre intention.

Je dis nous, notre peuple, notre scène ; je ne pense
cependant non seulement pas à nous (2) [autres] Allemands. Nous [autres] Allemands nous l'avouons assez
franchement que nous n'avons pas encore un théâtre.
Ce que beaucoup de nos critiques qui sont d'accord
avec cet aveu, et qui sont de grands admirateurs du
théâtre français, pensent avec cela (comprennent là-
dessous), ceci je ne peux le savoir si précisément.
Mais je sais bien, ce que j'y pense [moi]. C'est-à-dire
je comprends sous cela : que non seulement pas nous
autres Allemands, mais qu'aussi ceux, qui se vantent
d'avoir depuis cent ans un théâtre, voire même se
glorifient d'avoir le meilleur théâtre de toute l'Europe,
—qu'aussi les Français n'ont pas encore (3) un théâtre.

Un [théâtre] tragique assurément pas ! (4) Car aussi
les impressions que fait la tragédie française, sont si
plates, si froides ! — Qu'on entende un Français lui-
même en parler :

« Chez (dans) les beautés saillantes de notre théâtre,
dit M. de Voltaire, se trouva un défaut caché, qu'on
n'avait pas aperçu, parce que le public de lui-même
ne pouvait pas avoir de plus hautes idées, que les

----

(1) » Wenigen ». — (2) Changez « nur » en « uns ». —
(3) J'ai ajouté « encore » qui se trouve chez Lessing, et
qui modifie un peu le sens de notre texte. — (4) Double
négation, « Kein-nicht, n'est pas ici une affirmation,
mais une négation bien énergique ; cela se trouve quelquefois, par exemple dans le poème « die Riesentochter:
« Ist kein Spielzeug nicht ».

grands maîtres lui apprenaient par leurs modèles. Le seul Saint-Évremond a relevé ce défaut; c'est-à-dire il dit, que nos pièces ne faisaient pas assez d'impression, que ce qui doit éveiller de la pitié, excite au plus haut de la tendresse, que l'émotion prend la place de l'ébranlement et l'étonnement la place de la terreur ; bref que nos sentiments n'allaient pas assez profondément. Il n'est pas à nier, Saint-Évremond a touché (avec) du doigt justement (sur) la plaie secrète du théâtre français. Qu'on dise toujours que Saint-Évremond est l'auteur de la misérable comédie « *Sir Politik Wouldbe* » et encore d'une autre aussi misérable, nommée « *les Opéras* »; [qu'on dise toujours] que ses petits poèmes de société sont le plus plat et le plus commun, que nous possédions dans cette espèce ; [qu'on dise toujours] qu'il n'était rien qu'un tourneur de phrases ; on ne peut avoir pas une lueur de génie et cependant posséder beaucoup d'esprit et de goût. Son goût cependant était incontestablement très fin, puisqu'il trouva la raison, pourquoi la plupart de nos pièces sont si faibles et si froides, si exactement. Il nous (1) a toujours manqué un degré de chaleur ; l'autre (le reste) nous l'avions tout. »

Ceci est : nous avions tout, seulement pas ce que nous devions avoir ; nos tragédies étaient excellentes, seulement que cela n'étaient pas des tragédies.

Veux-je donc maintenant cependant dire avec cela qu'aucun Français ne soit capable, de faire une œuvre

---

(1) Chez Lessing, au moins dans mon édition qui date de 1874 on trouve nous « uns », tandis que dans l'extrait nous trouvons « nur » seulement, ce qui ferait : il a seulement toujours, etc.

tragique réellement touchante ? [Veux-je d. a. c.] que
l'esprit volatile de la nation n'est pas assez fort (capable de) pour un tel travail ? — J'aurais honte si ceci
m'était seulement venu à l'esprit.

Que veux-je donc ? Je veux seulement dire, ce que
les Français pourraient très bien avoir, qu'ils ne l'ont
pas encore : la vraie tragédie.

Je veux dire, ils ne l'ont pas encore, parce qu'ils
ont cru l'avoir déjà depuis longtemps. Et dans cette
croyance ils sont maintenant à dire vrai affermis
par quelque chose qu'ils possèdent par excellence
avant tous les peuples, mais cela n'est pas un don de
la nature : par leur vanité.

Il [y] va avec les nations comme avec des hommes
particuliers. — Gottsched passa dans sa jeunesse pour
un poète, parce qu'alors on ne savait pas encore distinguer le versificateur du poète. Philosophie et critique mirent petit à petit cette différence au clair
(jour) ; et si Gottsched avait seulement voulu suivre la
route (progresser) avec son siècle, si ses idées et son
goût avaient seulement voulu s'élargir et se purifier
en même temps avec les idées et le goût de son ère :
alors il aurait peut-être pu devenir du versificateur un
poète. Mais comme il s'était déjà si souvent entendu
appeler le (plus) (1) grand poète, comme sa vanité
l'avait persuadé, qu'il l'est : alors cela n'eut pas lieu.
Il ne pouvait impossiblement (était impossible qu'il
pût) obtenir, ce qu'il crut déjà posséder ; et plus qu'il
devint vieux, plus il devint entêté et impudent à se
maintenir dans cette possession chimérique.

Justement ainsi, me paraît-il, est-il arrivé aux Français. A peine Corneille arracha-t-il leur théâtre un

---

(1) Lessing a dit « groessten ».

peu de la barbarie : voilà (alors) qu'ils le croyaient déjà tout près de la perfection. Racine leur parut avoir mis la dernière main ; et sur cela il n'était plus du tout la question (qui à la vérité il n'a aussi jamais été), si le poète tragique ne peut être encore plus pathétique, encore plus touchant, que Corneille et Racine, mais ceci fut accepté comme impossible et tout l'empressement des poètes suivants dut se borner à ce, de devenir à l'un ou à l'autre aussi semblable que possible. Ils se sont abusés cent ans eux-mêmes et en partie aussi leurs voisins : que quelqu'un vienne maintenant et leur dise cela, et qu'il entende, ce qu'ils répondent !

Des deux cependant c'est Corneille, qui a causé le plus grand dommage et qui a eu sur leurs poètes tragiques l'influence la plus pernicieuse. Car Racine a seulement séduit par ses exemples : Corneille cependant par ses modèles et (ses) doctrines en même temps.

LIV. --- Meinung Diderot's ueber die komischen Charactere.

Diderot affirma qu'il existait dans la nature humaine au plus haut seulement une douzaine de caractères réellement comiques (1), qui étaient capables de grands traits, et que les petites variétés parmi les caractères humains ne pouvaient pas être traités aussi heureusement, que les caractères purs, sans mélange. Il proposa donc, de ne plus mettre sur la scène les

(1) = « komischer ».

caractères, mais les états, et il voulut faire du traitement de ceux-ci l'affaire spéciale de la comédie sérieuse. Jusqu'à présent, dit-il, le caractère a été dans
la comédie l'œuvre principale, et l'état (rang, position)
était seulement quelque chose d'accidentel ; maintenant cependant il faut que l'état devienne l'œuvre
principale, et le caractère l'accidentel. Du caractère
on tira toute l'intrigue : on chercha généralement
(partout) les circonstances dans lesquelles il se manifeste le mieux, et [on] lia ces circonstances ensemble.
Dorénavant il faut que l'état, il faut que les devoirs,
[que] les avantages, [que] les incommodités de lui
servent pour (de) base de l'œuvre. Cette source me
paraît beaucoup plus abondante, (1) d'une étendue beaucoup plus grande, d'un avantage beaucoup plus grand,
que la source des caractères. Si le caractère était seulement un peu exagéré, (alors) le spectateur pouvait
dire à lui-même, cela je ne le suis pas. Mais ceci il
ne peut le nier impossiblement (il est impossible
qu'il), que l'état, que l'on joue (représente) est son
état ; il est impossible qu'il méconnaisse ses devoirs.
Il faut qu'il applique ce qu'il entend nécessairement à
(sur) lui. »

Ce que Pallissot mentionne contre cela (2) n'est pas
sans raison. Il le nie que la nature soit si pauvre de

---

(1) « ergiebiger » vaut mieux.
(2) Je fais remarquer qu'il y a ici, dans « les extraits »,
quelques irrégularités. D'abord il faut écrire «hierwider»
au lieu de « hier wieder « ; « hierwider » est égal à « hier-
gegen », et ceci est le sens qu'il nous faut, mais « hier
wieder » est égal à, ici de nouveau, ce qui est peu compréhensible. Lessing lui-même a écrit « hierwider ».
Deuxièmement je remarque que le « dass » après « sei »
est le « ut consecutivum », qu'il faut donc mettre une

caractères originaux, que les poètes comiques les devaient déjà avoir épuisés. Molière voyait encore assez
de caractères nouveaux devant lui, et croyait à peine
avoir traité la plus petite partie de ceux qu'il peut
traiter. Le passage, dans lequel il en esquisse de différents (d'eux) dans la vitesse, est aussi remarquable
qu'instructif, parce qu'il laisse présumer, que *le Mi-
santhrope* pourrait être resté difficilement son « *non
plus ultra* » dans le haut comique, s'il avait vécu
plus longtemps. Palissot lui-même n'est pas malheureux, d'ajouter (en ajoutant) quelques caractères nouveaux de sa propre remarque (observation) : le stupide
mécène avec ses clients vils ; l'homme à sa place
fausse ; l'astucieux, dont les projets artificiels échouent
toujours contre la simplicité d'un naïf homme probe
(au cœur loyal); le (faux) philosophe d'apparence ;
l'original que Destouches a manqué ; l'hypocrite avec
des vertus de société, puisque l'hypocrite en religion
est assez hors de mode. — Ce ne sont en effet pas de
vues ordinaires, qui s'élargissent à (pour) un œil qui
porte bien dans le lointain jusqu'à l'infini. Ceci est (1)
encore assez de moisson pour les peu de moisson-
neurs qui peuvent s'y hasarder !

---

virgule après « sei » et continuer par une minuscule;
du reste Lessing l'a fait. Troisièmement il faut écrire «sah»
pour « sahe », toujours après Lessing : on pourrait croire
et admettre que « sahe » devrait être l'imparfait du subjonctif et qu'on avait seulement oublié les deux petits
points sur l'a, pour avoir la forme juste c'est-à-dire
« sache », mais comme il n'y a pas ici de discours indirect qui seul permettrait ici le subjonctif, il faut: mettre
« sah » ; « sahe » est faux dans tous les cas. Quatrième-
ment je fais remarquer que les deux notes françaises de
la page 159 de nos extraits sont de Lessing et non-seulement pas la première. — (1) Lessing dit « voila, da ist ».

Et si aussi, dit Pallissot, des caractères comiques, il
y avait réellement si peu et [si] ces peu étaient réellement tous déjà traités : les états remédieraient-ils
donc à cet embarras? Qu'on choisisse une fois un ;
par exemple l'état de juge. Ne serai-je donc pas obligé
de donner à lui, au juge un caractère? Ne faudra-t-il
pas qu'il soit triste ou gai, sérieux ou léger, affable ou
impétueux? Est-ce que cela ne sera seulement pas ce
caractère qui le fait ressortir de la classe des abstraits
métaphysiques et [qui] fait une personne réelle de lui?
Par conséquent la base de l'intrigue et la morale de la
pièce ne reposera-t-elle (reposeront-elles) pas de nouveau sur le caractère? Par conséquent l'état ne sera-
t-il pas de nouveau seulement l'accidentel?

A dire vrai, Diderot pourrait répondre là-dessus :
En effet il faut bien que la personne que je revêts de
l'état, ait aussi son caractère moral individuel; mais
je veux, que ce soit un tel [caractère] qui n'est pas
en contradiction avec les devoirs et les relations de
l'état, mais [qui] est en harmonie pour le mieux [avec
lui]. Donc si cette personne est un juge, (alors) il ne
m'est pas permis, si je veux le rendre sérieux ou léger,
affable ou impétueux : il faut qu'il soit nécessairement
sérieux et affable, et [qu'il] le soit chaque fois dans le
degré que l'affaire présente demande.

Ceci, dis-je, pourrait répondre Diderot ; mais en
même temps il se serait approché d'un autre écueil,
savoir l'écueil des caractères parfaits. Les personnes
de ses états ne feraient jamais autre chose que ce
qu'elles devraient faire après [leur] devoir et [leur]
conscience ; elles agiraient, entièrement comme c'est
[écrit] dans le livre (1) (elles sont obligées de le faire).

_____

(1) Locution allemande.

Attendons-nous cela dans la comédie? Pouvons-nous trouver de telles représentations assez attrayantes? Le profit, que nous pouvons en espérer, sera-t-il assez grand, pour qu'il vaille la peine, d'établir pour cela une nouvelle espèce, et d'écrire pour celle-ci une poétique spéciale?

LV. — Von den vollkommenen Charakteren in der Komoedie.

L'écueil des caractères parfaits Diderot me parait en général ne pas l'avoir assez exploré. Dans ses pièces il s'y dirige assez directement (se dirige assez directement sur lui), et dans ses cartes de mer (nautiques) ne se trouve absolument pas un avertissement devant. Plutôt s'y trouvent des choses qui conseillent, à diriger le cours vers lui. Qu'on se souvienne seulement de ce qu'il dit à l'occasion du contraste entre les caractères, des frères de Térence. « Les deux pères y contrastés sont dépeints avec une force (énergie) tellement égale, qu'on peut défier le plus fin critique de nommer la personne principale; si cela doit être Micion ou si cela doit être Demea? S'il prononce son jugement avant la dernière scène, (alors) il pourrait facilement voir avec étonnement, que celui qu'il a pris pendant cinq actes tout entiers pour un homme raisonnable, n'est rien qu'un fou, et que celui qu'il a pris pour un fou, pourrait peut-être bien être l'homme raisonnable. On devrait presque dire au commencement du cinquième acte de ce drame, que l'auteur par le contraste (importun) onéreux a été forcé à laisser échapper son but, et à changer (tourner) tout l'intérêt de la pièce. Qu'est cependant devenu cela?

Ceci, qu'on ne sait plus du tout pour qui on doit s'intéresser. Depuis le commencement on a été pour Micion contre Demea, et à la fin on n'est pour aucun
des deux. Presque on devrait demander un troisième
père, qui tiendrait le milieu (1) entre ces deux personnes et [qui] montrerait, dans quoi elles péchèrent
toutes les deux. »

Non pas moi! [je demanderai ce troisième père].
Je prie bien d'être dispensé de ce troisième père;
soit dans la même pièce, ou aussi seul. Quel père ne
croit pas savoir, comment un père doit être? Nous
nous croyons tous sur le bon chemin : nous demandons seulement, d'être avertis de temps en temps des
faux chemins des deux côtés.

Diderot a raison : il vaut mieux, si les caractères
sont seulement différents, que s'ils sont contrastés.
Des caractères contrastés sont moins naturels et augmentent la teinture romantique de laquelle il manque
déjà sans cela rarement (2) aux événements drama-

---

(1) « Das Mittel = die Mitte ».

(2) Il y a ici dans nos extraits une faute d'impression,
qui fait dire à Diderot et à Lessing justement le contraire
de ce qu'ils voulaient et qu'ils pouvaient seulement dire.
En examinant notre texte des extraits nous trouvons : il
vaut mieux si les caractères sont différents, que s'ils sont
contrastés; et que les caractères contrastés sont moins
naturels, et qu'ils augmentent une chose qui manque à
une autre. Nous devons donc conclure, que les caractères
différents qui valent mieux, sont plus naturels et qu'ils
n'augmentent pas une chose qui manque à une autre.
D'abord c'est déjà une grande anomalie que d'augmenter
une chose qui manque, et puis est-il donc vrai que cette
chose, c'est-à-dire la teinture romantique , manque à
l'autre chose, c'est-à-dire aux événements dramatiques?
Évidemment que non; du moins elle manque seulement

tiques (les événements dramatiques manquent). Pour
une société dans la vie ordinaire, où le contraste des
caractères se montre aussi saillant, que le poète comique le demande, se trouveront toujours mille, où
ils ne sont rien autre que différents. Très juste ! Mais
un caractère qui se tient toujours exactement dans
l'ornière droite (directe), que la raison et la vertu lui
prescrivent, n'est-il pas une apparition encore plus
rare ? De vingt sociétés dans la vie ordinaire il y aura
plutôt dix, dans lesquelles on trouve des pères, qui
en élevant leurs enfants (dans l'éducation de leurs)
suivent (prennent) des chemins tout à fait opposés,
qu'une qui pourrait montrer le vrai père. Et ce vrai
père est avec ça toujours le même, est seulement un
unique, parce que des écarts de lui il y en a à l'infini.
Les pièces donc qui mettent en jeu le vrai père, ne
seront seulement pas chacune pour elle plus contraire
à la nature, mais elles seront aussi entre elles plus
monotones, que ne le peuvent être celles, qui intro-
duisent des pères de différents principes. Aussi est-il
certain, que les caractères qui dans des sociétés tran-
quilles paraissent seulement différents, se contrastent
d'eux-mêmes, dès qu'un intérêt adverse les met en

---

rarement, et c'est justement ce rarement qui manque
dans nos extraits, mais qui se trouve chez Lessing. Je
l'ai donc ajouté pour rétablir le vrai sens. En effet, des
événements qui manquent seulement rarement de quelque chose, ont presque toujours cette chose, c'est-à-dire
la teinture romantique, et les caractères contrastés en
l'augmentant sont moins naturels, valent par conséquent
moins que les caractères différents qui, après Diderot
et Lessing, valent mieux étant plus naturels et n'augmentant pas une chose que les événements dramatiques
possèdent presque toujours, ou déjà assez, si je veux bien
interpréter le « so schon ». « Quod erat demonstrandum ».

mouvement. Oui, il est naturel, qu'ils s'empressent
alors de paraître encore beaucoup plus éloignés l'un
de l'autre, qu'ils [ne le] sont réellement. Le vif devient
feu et flamme contre celui, qui lui paraît se compor-
ter trop tièdement ; et le tiède devient froid comme
de la glace, pour faire commettre à celui-là autant
de précipitations (étourderies) que lui peuvent seulement toujours être utiles.

LVI. — Sind die komischen Charak- tere allgemeiner als die der Tra- goedie ? Beurtheilung des natuerli- chen Sohnes von Diderot.

« L'espèce comique, dit Diderot, a des genres, et
la tragique a des individus. » Je veux m'expliquer. Le
héros d'une tragédie est tel et tel homme : c'est Régulus ou Brutus ou Caton, et autrement pas un autre.
La plus principale personne d'une comédie par contre
doit représenter un grand nombre d'hommes. Si on
lui donnait par hasard une physionomie si particulière, que seulement un seul individu lui serait semblable (alors) la comédie rentrerait de nouveau dans
son enfance. -- Térence me paraît une fois être tombé
dans cette faute. Son Heautontimorumenos est un
père qui se chagrine de la résolution violente, vers
laquelle il a poussé son fils par une sévérité excessive
et qui se punit à cause de cela (1) maintenant lui-
même, en se tenant en vêtements et en nourriture
misérablement, qui fuit (en fuyant) toute société (tout

---

(1) = « desswegen ».

commerce) en congédiant ses domestiques et en labourant le champ de [ses] propres mains. La plus grande ville aurait à peine dans tout un siècle à montrer un [seul] (1) exemple d'une si étrange affliction. On peut très bien dire, qu'il n'y a pas un tel père.

Cependant (2) que tout soit parfaitement comme Diderot le dit ! Que le caractère du persécuteur de soi-même soit à cause (3) du par trop singulier, à cause de ce pli qui appartient presque seulement à lui seul, aussi impropre à un caractère comique qu'il veuille. Diderot ne serait-il pas tombé dans la même faute ? Car que peut être plus singulier que le caractère de son Dorval ? Quel caractère peut plus avoir un pli qui appartient seulement à lui seul, que le caractère de ce fils naturel ? « Aussitôt après ma naissance, le laisse-t-il dire de lui-même, fus-je jeté (4) dans un endroit qui peut s'appeler la limite entre la solitude et la société ; et lorsque j'ouvris les yeux, pour chercher les liens (5) qui m'attachaient aux hommes, je pouvais à peine en (6) apercevoir quelques ruines. Trente ans durant j'errais parmi eux seul, inconnu et négligé (7) çà et là, sans avoir ressenti la tendresse de quiconque, ni avoir rencontré un homme quelconque qui eût cherché la mienne. » Qu'un enfant naturel peut chercher vainement ses parents, vainement des personnes auxquelles les liens plus proches du sang l'attachent : ceci est très com-

---

(1) L'accent se trouvant sur « ein » j'ai ajouté seul, en allemand on devrait écrire « Ein » avec une majuscule. — (2) On a supprimé ici un long passage. — (3) « Wegen » se place ordinairement après son substantif. — (4) = « geschleudert ». — (5) « Das Band », pluriel « die Baender » = le ruban. « Der Band », pluriel « die Baende » = le volume. « Das Band » pluriel « die Bande » = le lien. — (6) Des liens. — (7) = « vernachlaessigt ».

préhensible ; ceci peut arriver parmi dix à neuf. Mais qu'il puisse errer çà et là trente ans entiers dans le monde, sans avoir ressenti la tendresse d'un homme quelconque, sans avoir rencontré un homme qui aurait cherché la sienne : ceci, devrais-je presque dire, est absolument impossible. Ou si cela était possible, quelle foule de circonstances toutes particulières devraient (être venues ensemble) avoir coïncidé des deux côtés, du côté du monde et des côtés (1) de cet être si longtemps isolé (2) (insulté) pour rendre cette triste possibilité réelle ? Des siècles et (sur) des siècles s'écouleront, avant qu'elle devienne de nouveau (encore) une fois possible. Que le ciel ne veuille pas, que je me représente jamais le genre humain autrement ! J'aimerais mieux autrement être né un ours qu'un homme. Non, aucun homme peut être parmi les hommes si longtemps abandonné ! Qu'on le lance, où l'on veut ; s'il tombe encore parmi des hommes, alors il tombe parmi des êtres qui, avant qu'il ait regardé autour de lui, où il est, sont de tous côtés prêts à s'attacher à lui. Si ce ne sont pas des grands, alors ce sont des petits, si ce ne sont pas des heureux alors ce sont des hommes malheureux ! Ce sont quand même toujours des hommes. Telle qu'une goutte n'a besoin que de toucher (d'effleurer) la surface de l'eau pour être reçue d'elle et pour se perdre tout à fait en elle (en coulant), que l'eau s'appelle comme elle veut, mare ou source, fleuve ou lac, belt ou océan (3).

---

(1) = de la part.— (2) Les extraits portent « insultirt », mon texte dit « isolirt » ce qui est naturellement plus juste. — (3) Lessing a écrit :

Wer Freunde sucht, ist sie zu finden werth :
Wer Keinen hat, hat Keinen noch begehrt.

Néanmoins cette solitude trentenaire parmi les hommes doit avoir formé le caractère de Dorval. Quel caractère peut maintenant lui être semblable ? (ressembler) ? Qui peut se reconnaître en lui ? seulement pour la plus petite partie en lui se reconnaître ?

LVII. — Worauf die Meinung Diderot's beruht. Irrthum dieser Meinung.

Je dois remarquer (1), que Diderot a laissé son assertion sans toute preuve (tout argument). Il faut qu'il l'ait regardé comme (pour) une vérité qu'aucun homme (tirera) mettra en doute, ni pourra [mettre en doute] ; qu'on n'aurait besoin qu'à penser, pour penser en même temps aussi sa raison. Et devrait-il bien peut-être l'avoir trouvé dans les vrais noms des personnes tragiques ? Parce que celles-ci s'appellent Achille, et Alexandre, et Caton, et Auguste, et [parce que] Achille, Alexandre, Caton [et] Auguste ont été réellement de seules personnes ; devrait-il bien par là avoir conclu, que par conséquent tout ce que le poète les fait dire et agir dans la tragédie, doit pouvoir appartenir aussi seulement à (2) ces seules per-

---

(1) Ainsi commence la pièce 89 de Lessing. L'alinéa ui commence par : « Die Komoedie gab... » se trouve quatre pages plus loin dans la pièce 90, au milieu. « la die wahren Namen. . . . . » est le commencement de la pièce 91, qui, fortement abrégée dans nos extraits, nous mène presqu'à sa fin.

(2) Les extraits portent : « auch nur in diesen... », cet *in* n'a pas de raison d'être, je l'ai donc supprimé.

sonnes ainsi nommées, et à personne dans le monde
en même temps aussi ? Il paraît presque ainsi.

Mais cette erreur Aristote l'avait refutée il y a déjà
deux mille ans et [il avait] fondé sur la vérité qui lui
est opposée la différence essentielle entre la poésie et
l'histoire, ainsi que le plus grand avantage de la dernière sur la première (1).

La comédie donna à ses personnages des noms
qui, moyennant leur dérivation grammaticale et [leur]
composition ou aussi [moyennant leur] autre signification, exprimèrent la qualité de ces personnages ; en
un mot, elle leur donna des noms parlants, des noms,
qu'on avait seulement besoin d'entendre, pour savoir
immédiatement de quelle espèce seraient ceux qui
les (2) portent. Celui qui veut se convaincre de cela
par encore (3) plus d'exemples, celui-là n'a qu'à examiner les noms chez Plaute et Térence. Comme leurs
pièces sont toutes prises du grec : (alors) aussi les
noms de leurs personnages sont d'origine grecque et
ont après l'étymologie toujours un rapport avec l'état,
avec la manière de penser ou avec autrement quelque
chose, que ces personnages peuvent avoir de commun avec plusieurs, bien que nous ne puissions pas
(toujours) indiquer [une] telle étymologie toujours
clairement et sûrement.

Oui les vrais noms eux-mêmes, peut-on dire,
se rapportèrent non pas rarement plus au général,

(1) Lessing a écrit « den groesseren Nutzen » et traduit
un long passage d'Aristote, pour soutenir son affirmation. Cette affirmation est très vraie, et peut-être moins
discutable que la note 1, page 38, de nos extraits le dit.
— (2) Les noms. — (3) Cet encore se trouve chez Lessing.

qu'au particulier. Sous le nom de Socrate Aristophane ne voulut pas rendre ridicule et suspect le seul Socrate, mais tous les sophistes, qui s'occupèrent (1) de l'éducation de jeunes gens. Le sophiste dangereux en général était son sujet, et il nomma celui-ci seulement Socrate, parce que Socrate était décrié (2) comme un tel. Par là une foule de traits qui n'allaient pas du tout à Socrate ; ainsi que Socrate pouvait sans crainte dans le (au) théâtre se lever et se livrer à la comparaison. Mais combien méconnaît-on l'essentiel de la comédie, quand on déclare ces traits non frappants pour rien que de méchantes calomnies, et si l'on ne veut absolument pas les reconnaître pour ce qu'ils sont pourtant, pour des amplifications du caractère seul, pour des élévations du personnel au général !

Je veux seulement encore faire l'application aux vrais noms de la tragédie. De même que le Socrate aristophanique ne représenta pas le seul homme de ce nom, ni dut [le] représenter ; de même que cet idéal personnifié d'une vaine et dangereuse sagesse d'école reçut seulement pour cela le nom de Socrate, parce que Socrate était en partie connu comme (pour) un tel trompeur et séducteur, en partie devait encore [le] devenir plus connu (davantage), de même que seulement l'idée de l'état et du caractère, qu'on attacha au (avec le) nom de Socrate, et qu'on devait encore y attacher de plus près, détermina le poète dans le choix de son nom : ainsi est aussi seulement (3) l'idée du caractère que nous avons l'habitude d'attacher (avec les) aux noms de Régulus, Caton, Brutus, la raison, pourquoi le poète tragique attribue à ses personnages ces noms.

---

(1) = « befassten ». — (2) = « verrufen ». — (3) = « bloss ».

Il représente un Régulus, un Brutus, non pas pour
nous laisser faire connaissance avec les aventures
réelles de ces hommes, non pas pour renouveler leur
mémoire, mais pour nous entretenir (avec) de tels
événements, qui peuvent et doivent arriver à des
hommes de leur caractère en général. Maintenant il
est, à dire vrai, vrai, que nous avons abstrait celui-ci
leur caractère de leurs aventures réelles ; mais il ne
s'ensuit pourtant pas de là qu'aussi leur caractère
nous doit ramener de nouveau à leurs aventures ; il
peut nous mener non pas rarement beaucoup plus
brièvement, beaucoup plus naturellement à toutes
autres [aventures] avec lesquelles ces [aventures]
réelles-là non rien de plus de commun, que ce qu'elles
sont venues (en coulant) avec elles d'une [même]
source, mais sur des détours qu'on ne peut pas poursuivre, et sur des terrains, qui ont gâté leur pu-
reté.

Maintenant donc pour revenir à l'affirmation de
Diderot. Si je puis croire avoir bien expliqué la doctrine d'Aristote, (alors) je puis aussi croire avoir
prouvé par mon explication, que la chose elle-même
peut être impossiblement autrement (qu'il est impossible que... soit autrement), qu'Aristote l'apprend. Il
faut que les caractères de la tragédie soient aussi géné-
raux, que les caractères de la comédie. La différence
que Diderot affirme est fausse (1).

---

(1) M. Cottler a supprimé après ce mot « falsch » deux
lignes qui modifient beaucoup la dernière phrase de nos
extraits, les voilà : « Ou il faut que Diderot ait compris
sous la généralité d'un caractère tout à fait autre chose,
que ne comprit Aristote là-dessous. » Ses pièces 92, 93,
94, 95, dont il ne se trouve rien dans nos extraits, trai-

LVIII. — Die dramatische Litteratur Deutschlands zur Zeit Lessing's.

La plus grande partie que nous [autres] Allemands avons encore dans la belle littérature, sont des essais de jeunes gens. Oui (1) le préjugé est chez nous presque général, qu'il n'appartient qu'à des jeunes gens, de travailler dans ce champ. Des hommes, dit-on, ont des études plus sérieuses ou des affaires plus importantes pour lesquelles l'Église ou l'État les réclame. Des vers et des comédies s'appellent des jouets ; à la rigueur des exercices préliminaires non pas inutiles avec lesquels on doit au plus haut s'occuper jusque dans sa vingt-cinquième année. Dès que nous nous approchons de l'âge viril, nous devons sagement consacrer toutes nos forces à un emploi utile ; et si cet emploi nous laisse quelque temps pour écrire quelque chose, qu'on se garde alors bien de n'écrire rien autre chose que ce qui peut subsister avec la gravité et le rang civil de lui (de cet emploi) ; un joli abrégé des facultés supérieures, une bonne chronique de la chère ville natale, un sermon édifiant, etc. (2).

------

tent cette même matière d'après l'anglais Hurd; bref, loin de dire : Diderot a tort, Lessing a dit : il a raison s'il comprend sous la généralité...

(1) Ainsi commence le troisième alinéa de la pièce 96 de Lessing (1er avril 1768).

(2) Rien ne caractérise mieux l'état de la littérature allemande de l'époque et l'esprit d'épicier et de petit bourgeois, « Philistergeist » disent les étudiants allemands, que cette mordante et ironique critique de Lessing !

14

De là il vient donc aussi, que notre belle littérature, je veux dire non seulement pas contre la belle littérature des anciens, mais même presque contre celle de tous les peuples plus modernes civilisés, a un aspect si juvénil, même enfantin, et [qu'elle] l'aura encore longtemps, longtemps. Il ne lui manque enfin pas de sang et de vie, de couleur et de feu, mais des forces et des nerfs, de la moelle et des os lui manquent encore beaucoup. Elle a encore peu d'œuvres, qu'un homme qui est exercé à (dans le) penser, aime à prendre dans la main, s'il veut une fois pour sa récréation et pour sa fortification, penser en dehors du cercle dégoûtant et monotone de ses occupations quotidiennes ! Quelle nourriture un tel homme peut-il bien trouver par exemple dans nos comédies fort triviales ? Des jeux de mots, des proverbes, de petites plaisanteries, comme on les entend tous les jours dans (sur) les rues : De telles babioles font bien rire le parterre, qui s'amuse aussi bien qu'il peut ; mais celui qui veut ébranler de lui plus que le ventre (le diaphragme, désopiler sa rate, exciter plus que son hilarité), celui qui veut en même temps rire avec son esprit, celui-là y a été une fois, et ne revient plus.

Celui qui n'a rien, celui ne peut rien donner. Un jeune homme, qui seulement lui-même entre dans le monde, peut impossiblement (il est impossible qu'un jeune homme qui... puisse) le monde connaître et le dépeindre. Le plus grand génie comique se montre dans ses œuvres juvéniles creux et vide ; même des premières pièces de Ménandre (1), Plutarque dit, qu'elles n'ont pas du tout été à comparer avec ses

_____

(1) = « des Menander ».

pièces postérieures et dernières. De celles-ci cependant, ajoute-t-il, on peut conclure ce qu'il aurait encore produit, s'il avait vécu plus longtemps. Et combien jeune (à quel âge) pense-t-on à peu près que Ménandre mourut ? Combien de comédies pense-t-on bien qu'il avait seulement écrites ? Pas moins de cent cinq (1), et pas plus jeune que cinquante-deux [ans].

Aucun de tous nos poètes comiques défunts, dont il (se) vaudrait la peine de parler est devenu si vieux; aucun de ceux qui vivent maintenant ne l'est encore à l'époque; aucun des deux n'a fait [pour] la quatrième partie autant de pièces. Et la critique ne devrait pas avoir à dire d'eux juste autant qu'elle trouva à dire de Ménandre ? — Mais qu'elle l'ose seulement et [qu'elle] parle (2) !

LIX. — Das Genie und die Kritik.

Et ce ne sont pas les auteurs seuls qui l'entendent (3) avec indignation. Nous avons, grâce soit au ciel (4), maintenant une race elle-même (particulière) de critiques, dont la meilleure critique consiste là dedans, — de rendre toute critique suspecte. « Du génie ! du génie ! crient-ils (5). » Le génie se met au-dessus de toutes les règles ! Ce que le génie fait, est

------

(1) = « hundert und fuenf ».
(2) Sous-entendu : et elle verra comme elle est reçue !
(3) La critique.
(4) Ironie.
(5) Ces critiques.

règle ! » Ainsi ils flattent le génie ; je crois, afin que
nous les devions prendre pour des génies eux aussi.
Cependant ils trahissent trop qu'ils n'en (1) ressentent
en eux par une lueur, s'ils ajoutent dans une et la
même haleine (immédiatement après) : « les règles
oppriment le génie ! » — Comme si le génie se laissait
opprimer par quelque chose dans le monde ! Et encore
plus, par quelque chose qui, comme ils (2) avouent
eux-mêmes est dérivé de lui (1). Non pas chaque
critique est un génie ; mais chaque génie est un critique né (de naissance). Il (1) a en lui la marque (le
coin) de toutes les règles. Il comprend et garde et suit
seulement celles (3) qui lui expriment ses sentiments
en paroles. Et ceci, son sentiment exprimé en paroles
devrait pouvoir diminuer son (1) activité ? Sophistiquez
là-dessus avec lui (1) tant que vous voulez ; il vous
comprend seulement en tant qu'il reconnaît vos thèses
générales en les regardant pour (4) le moment (ins-
tantanément) dans un cas particulier ; et seulement
de ce cas particulier reste un souvenir en lui (1), qui
pendant son travail ne peut agir sur ses forces ni plus
ni moins, que le souvenir d'un exemple heureux, [que]
le souvenir d'une propre expérience heureuse est en
état d'agir sur elles (5). Soutenir donc que des règles
et de la critique peuvent opprimer le génie : veut
dire avec d'autres mots, soutenir que des exemples et
de l'exercice peuvent faire la même chose ; veut dire
limiter le génie non seulement pas sur lui-même, veut
dire même le limiter sur son premier essai.

---

(1) Du génie. — (2) Les critiques. — (3) Règles.
(4) = « augenblicklich ». — (5) Les forces.

LX. — Von den nationalen Sitten auf dem Theater.

Si nous trouvons si peu d'achoppement à voir des mœurs romaines ou grecques dépeintes dans la tragédie : pourquoi [ne trouvons-nous pas la même chose] pas non plus dans la comédie ? D'où [vient] la règle, si autrement c'est une règle, de placer la scène de la première dans un pays éloigné, parmi un peuple étranger ; la scène de l'autre cependant, dans notre patrie (1) ? D'où [vient] l'obligation que nous imposons au poète, de dépeindre dans celle-là les mœurs de ce peuple parmi lequel il laisse passer son action, aussi exactement que possible ; puisque nous demandons dans celle-ci à voir dépeintes de lui seulement nos propres mœurs ? « Ceci, dit Pope à un endroit, paraît à la première vue (après) être du pur entêtement, du pur caprice : cela a cependant pourtant sa bonne raison dans la nature. Le plus principal, que nous cherchons dans la comédie, est une image fidèle de la vie ordinaire, de la fidélité de laquelle nous ne pouvons cependant pas être assurés si facilement, si nous la trouvons déguisée dans des modes et des mœurs étrangères. Dans la tragédie par contre est-ce l'action qui attire notre attention le plus à elle. Mais pour rendre commode pour la scène une aventure indigène, pour cela il faut qu'on se permette (prenne) avec l'action de plus grandes libertés, qu'une histoire trop connue ne le permet (2). »

----

(1) Orthographe moderne pour « Heimath ».
(2) Ici termine la pièce 96 de Lessing; l'alinéa suivant commence sa pièce 97 (5 avril 1768).

Cette solution , bien regardée, ne pourrait peut-être pas être suffisante sous tous les rapports. Car en admettant, que des mœurs étrangères ne s'accordent pas si bien avec le but de la comédie que des mœurs du pays : il reste encore toujours la question , si les mœurs du pays n'ont pas aussi pour le but de la tragédie un meilleur rapport (une meilleure opportunité) que des [mœurs] étrangères ? A cette question n'est au moins pas répondu , par la difficulté de faire une aventure indigène commode pour la scène sans des changements par trop sensibles et choquants. A la vérité demandent des mœurs indigènes aussi des aventures indigènes (du pays) ; si donc cependant seulement avec celles-là la tragédie atteignait le plus facilement et le plus sûrement son but, alors il devrait pourtant bien être mieux de se mettre au-dessus de toutes les difficultés qui se trouvent dans le traitement de celles-ci, que de tomber trop court eu égard (1) au plus principal, qui est incontestablement le but. Aussi tous les événements indigènes n'auront-ils pas besoin de si sensibles et de si choquants changements ; et ceux qui en ont besoin, on n'est ma foi pas obligé de les traiter. Aristote a déjà remarqué, qu'il peut y avoir très bien des événements et qu'il y en a, qui se sont passés parfaitement ainsi , que le poëte en a besoin (d'eux). Mais comme de tels [événements] sont seulement rares, alors il a aussi déjà décidé , que le poëte ne doit plutôt pas se soucier de la moindre partie de ses spectateurs qui peut-être est informée (enseignée) des vraies circonstances que de donner à son devoir moins de satisfaction.

L'avantage que les mœurs du pays ont dans la co-

---

(1) = « in Hinsicht ».

médie, repose sur la connaissance intime, dans laquelle nous sommes avec elles. Le poète n'a pas besoin de nous les faire connaître d'abord ; il est dispensé de toutes les descriptions et indications nécessaires pour cela ; il peut laisser agir ses personnages de suite après leurs mœurs, sans nous dépeindre d'abord ennuyeusement ces mœurs elles-mêmes. Des mœurs du pays donc lui facilitent le travail et favorisent chez le spectateur l'illusion.

Pourquoi maintenant le poète tragique devrait-il se passer de cet important double avantage ? Aussi lui il a de la raison pour se faciliter le travail autant que possible, pour ne pas gaspiller ses forces à des buts secondaires, mais pour les épargner entièrement pour le but principal. Aussi pour lui tout dépend de l'illusion du spectateur. — On répondra peut-être ici dessus que la tragédie n'a pas bien besoin (grandement) des mœurs, qu'elle peut d'elles tout à fait être dispensée (1). Mais après cela elle n'a non plus besoin des mœurs étrangères, et du peu, qu'elle veut avoir et montrer des mœurs, il sera pourtant toujours mieux, si cela est pris des mœurs du pays, que des étrangères (dans les).

Les Grecs au moins n'ont jamais mis pour base d'autres mœurs que leurs propres, non seulement pas dans la comédie, mais aussi dans la tragédie. Oui, ils ont (même) aimé à prêter à des peuples étrangers, de l'histoire desquels ils empruntèrent la matière de leur tragédie peut-être une fois, leurs propres mœurs grecques, que de vouloir affaiblir les effets de la scène par des mœurs barbares inintelligibles. Du costume qui est si anxieusement recommandé à nos

_____

(1) Très rare = » entbehren ».

poètes tragiques, ils n'en firent peu de cas ou point
du tout. La preuve de ceci peuvent principalement
être les *Persiennes* d'Eschyle ; et la raison pourquoi
ils crurent pouvoir s'attacher si peu au costume est
facilement à conclure (déduire) du but de la tragédie.

LXI. — Lessing von sich selbst beurtheilt.

Lorsque, il y a un an (et quelques jours) (1), quelques bonnes gens ici prirent l'idée de faire un essai,
s'il ne se laisse pas faire pour le théâtre allemand
quelque chose de plus que ne peut se faire sous l'administration d'un soi-disant principal, je ne sais pas,
comment on tomba avec cela sur moi et [comment]
on s'imagina, que je pusse bien être utile dans cette
entreprise ? — Je me trouvais justement au marché (2)
et j'étais oisif ; personne ne voulut m'engager (louer),
sans doute, parce que personne ne savait m'employer,
excepté justement ces amis ! — Jusqu'à présent (encore) dans ma vie toutes les occupations m'ont été
fort indifférentes : je ne me suis jamais pressé à aucune, ou seulement offert ; mais aussi la plus petite
je ne l'ai pas refusée, à laquelle je pouvais me croire
être élu par une espèce de prédilection.
Si je voulais concourir à la mise en vogue du théâtre
d'ici ? là-dessus était donc facilement répondu. Toutes

---

(1) Locution allemande.
(2) Comme une marchandise qui attend son acheteur.

les difficultés furent seulement celles : si je le puis ?
et comment je le puis de la meilleure manière ?

Je ne suis ni acteur ni poète (1).

On me fait à dire vrai quelquefois l'honneur de me
reconnaître pour le dernier. Mais seulement parce
qu'on me méconnaît. De quelques essais dramatiques que j'ai risqués, on ne devrait pas conclure si
généreusement. Non pas chacun qui prend le pinceau
dans la main et qui barbouille (2) des couleurs, est (un)
peintre. Les plus anciens de ces essais-là ont été écrits
dans les années où l'on prend l'envie et la facilité si
volontiers pour du génie. Ce qui est de supportable dans
les [essais] plus récents, de ceci je m'en rends bien
compte que je le dois seulement et uniquement à la
critique. Je ne sens pas cette source vivante en moi
qui s'élève (monte) en travaillant par [sa] propre force,
[qui] par sa propre force jaillit (en haut) dans des jets
si riches, si frais, si purs, il faut que je fasse monter
de (en) moi tout par des machines à pression et par
des tuyaux. Je serais si pauvre, si froid, si irréfléchi (miope), si je n'avais pas tant soit peu appris à
emprunter modestement des trésors étrangers, à me
chauffer près d'un feu étranger, et à fortifier mes
yeux (mon œil) par les verres de l'art. Je suis donc
devenu toujours honteux ou fâché, si j'entendais ou si
je lisais quelque chose au préjudice de la critique.
Elle doit étouffer le génie (3) : et [moi] je me flattais,

---

(1) Lessing est ici par trop modeste, dans une lettre à
Ramler (5 août 1764) il parle un peu autrement.

(2) Ce verbe est très rare, je ne sais vraiment pas si je
l'ai bien traduit, aujourd'hui on dirait « verklecken » ou
« verklecksen », voyez du reste le dictionnaire.

(3) On dit, on prétend qu'elle...

de recevoir d'elle quelque chose qui approche de beaucoup du génie. Je suis un boiteux, qu'un pasquille sur la béquille peut impossiblement édifier.

Cependant en effet, comme la béquille aide bien le boiteux à se mouvoir d'un endroit dans un autre, mais [comment] elle ne peut pas non plus faire de lui un coureur, de même (ainsi aussi) la critique. Si je fais quelque chose avec son aide, qui est mieux qu'un [autre] de mes talents le ferait sans critique, (alors) cela me coûte tant de temps, il faut que je sois d'autres affaires si exempt, si peu interrompu par des distractions involontaires, il faut que j'aie tout mon savoir tellement présent, il faut que je puisse à chaque pas pourcourir toutes les remarques que j'aie jamais faites sur les mœurs et les passions si tranquillement, que pour un ouvrier (travailleur), qui doit entretenir un théâtre avec des nouveautés, personne dans le monde ne peut être plus maladroit que moi.

LXII. — Hat die hamburgische Dramaturgie ihren Zweck erreicht ? Von den Schauspielern; vom Publicum.

Ce que devraient devenir autrement ces feuilles, là-dessus je me suis expliqué dans l'annonce; ce qu'elles sont réellement devenues, ceci mes lecteurs le sauront. Non pas tout à fait ce à quoi je promettais de les faire, quelque chose d'autre [elles sont devenues], mais néanmoins, pensé-je rien de plus mauvais (de pire).

« Elles devraient accompagner chaque pas que l'art et du poëte et de l'acteur ferait ici. »

La dernière moitié je l'ai bientôt prise en dépit (1).
Nous avons des acteurs, mais non pas un art de
comédie. Si jadis il y a eu un tel art, alors nous
ne l'avons plus ; il est perdu ; il faut qu'il soit
recherché tout à fait de nouveau. Du bavardage général là-dessus on en a assez dans de différentes
langues ; mais des règles spéciales, de tout le monde
reconnues, avec clarté et avec précision rédigées,
après lesquelles le blâme ou l'éloge de l'acteur est à
déterminer dans un cas particulier, de celles-là je
saurais à peine deux ou trois. De là il vient, que tout
le raisonnement sur cette matière paraît toujours si
douteux et équivoque, qu'il n'est précisément pas un
miracle, si l'acteur qui n'a rien qu'une routine heureuse, se trouve offensé par là de toute manière. Il
ne se croira jamais assez loué, mais [il se croira]
toujours beaucoup trop blâmé, oui souvent il ne saura
seulement pas du tout, si on [a] voulu le blâmer ou
louer. Du reste on a déjà fait depuis longtemps la
remarque, que la susceptibilité des artistes, eu égard
à la critique, monte dans la même proportion, dans
laquelle la sûreté et la clarté et la quantité des principes de leur art diminue(nt). — Tant pour mon
excuse et même pour l'excuse de ceux, sans lesquels
je n'aurais pas à m'excuser.

Mais la première moitié de ma promesse ? Chez
celle-ci est en effet *l'ici* jusqu'à présent (à l'époque)
pas encore bien entré en considération, — et comment l'aurait-il aussi pu ? Les lices sont encore à
peine ouvertes et on voudrait plutôt déjà voir les cou-
reurs au but ; à un but qui leur est placé tous les

_____

(1) Aujourd'hui on dit : » einer Sache ueberdruessig-
werden ».

moments toujours plus loin et plus loin (de plus en plus loin)? Si le public demande : qu'est-il donc maintenant arrivé, et [s'il] répond à lui-même avec un ironique rien, alors je demande de nouveau : et le public qu'a-t-il donc fait, pour que quelque chose pût se faire? Aussi rien; même encore quelque chose de pire que rien. Non pas assez, qu'il ne favorise non-seulement pas l'œuvre, il ne lui a seulement pas laissé son cours naturel, — De la naïve idée (1) de procurer aux Allemands un théâtre national, puisque nous [autres] Allemands ne sommes pas encore une nation! Je ne parle pas de la constitution (2) politique, mais seulement du caractère moral. On devrait presque dire, celui est : de ne pas vouloir avoir un propre [caractère national]. Nous sommes encore toujours les imitateurs jurés (acharnés) de tout ce qui est étranger, surtout encore toujours les humbles admirateurs des jamais assez admirés Français (qui ne sont...). Tout ce qui nous vient de l'autre côté (3) du Rhin, est beau, charmant, mignon, divin ; plutôt nous renions la vue et l'ouïe que ce que nous devrions le trouver autrement, plutôt voulons-nous nous laisser persuader de la lourdeur pour du sans-gêne, de l'effronterie pour de la grâce, de la grimace pour de l'expression, un tintement (4) de rimes pour de la poésie, des hurlements pour de la musique, que de douter le moins du monde de la supériorité, que cet aimable peuple, ce premier peuple du monde, comme il a

---

(1) Vous voyez, Lessing ne se gênait pas vis à vis de ses chers compatriotes, mais quoiqu'il n'ait pas eu beaucoup de succès, cent ans après lui c'est encore la même chose. — (2) organisation — (3) « Jenseits » demande aujourd'hui le génitif. — (4) « Geklingle » est mieux.

l'habitude de se nommer très modestement lui-même,
a reçue dans tout ce qui est bon et beau et sublime
et convenable, du juste sort (destin), en partage.

Mais ce lieu commun est tellement rebattu, et l'application plus proche de lui pourrait facilement devenir si amère, que je préfère d'y couper court.

LXIII. — Von der Tragweite der Kritiken Lessing's ueber das franzoesische Theater ; Gestaendniss des Verfassers.

Je l'ose faire ici une déclaration, qu'on la prenne
donc, pourquoi on veut ! — Qu'on me nomme la pièce
du grand Corneille, que je ne voulais pas mieux faire.
Combien vaut le pari ? (que voulez-vous gager) !

Mais non, je ne voudrais pas bien qu'on pût prendre
la déclaration pour de la fanfaronnade. Qu'on remarque donc bien, ce que j'ajoute : Je la ferai certainement mieux, --- et il s'en faudra de beaucoup que je
sois un Corneille, --- et que j'aie fait [il s'en faudra
de beaucoup] un chef-d'œuvre. Je la rendrai certainement mieux, --- et je pourrais pourtant peu m'en
flatter. Je n'aurai rien fait que ce que chacun peut
faire, — qui croit si fermement en Aristote que moi.

TABLE DES MATIÈRES